조용한 밤에 생각에 잠기다

靜夜思

침상 앞의 밝은 달빛은

아마도 땅에 내린 서리인가

머리 들어 산마루의 달 바라보다가

머리 떨구고 고향 생각하노라

舉頭望山月　低頭思故鄉

牀前明月光　疑是地上霜

NTASTIC ORIENTAL HEROES
영웅탄생

영웅 탄생 4

이동휘 新무협 판타지소설

초판 1쇄 찍은 날 § 2004년 12월 24일
초판 1쇄 펴낸 날 § 2004년 12월 31일

지은이 § 이동휘
펴낸이 § 서경석

편집장 § 문혜영
편집책임 § 서지현
편집 § 장상수 · 한지윤
마케팅 § 정필 · 강양원 · 이선구 · 홍현경

펴낸곳 § 도서출판 청어람
등록번호 § 제1081-1-89호
등록일자 § 1999. 5. 31
어람번호 § 제2-0500호

주소 § 경기도 부천시 원미구 심곡1동 350-1 남성B/D 3F (우) 420-011
전화 § 032-656-4452 팩스 § 032-656-4453
http://www.chungeoram.com
E-mail § eoram99@chollian.net

ⓒ 이동휘, 2004

ISBN 89-5831-361-7 04810
ISBN 89-5831-265-3 (SET)

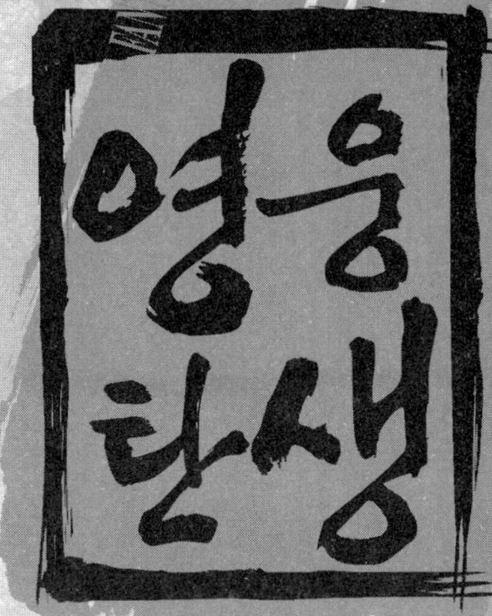

영웅탄생

|영웅수련(英雄修鍊)|

4

이동휘 新무협 판타지 소설

英雄誕生

도서출판
청어람

■ 차례 ■

제1장

영웅의 주변에는

사연 많은 자가 몰리기 마련이다

영웅의 주변에는

사연 많은 자가 몰리기 마련이다

　무릉에 도착한 추적대는 객잔 한곳에 거처를 정하고 신검보에 관한 정보를 수집했다.
　도착한 날 저녁 추적대에게 굴복했던 중경의 일곱 파에서 보낸 천비장에 관한 일차 보고서가 도착했다. 그리고 비슷한 시각에 신검보에 대한 보고서가 비영각으로부터 날아왔다.

　천비장.
　목완이란 출신을 알 수 없는 사내가 팔 년 전 겨울 중경 중심가의 큰 장원을 사들여 천비장을 세움. 초창기에는 목완보다는 그의 부인이 주로 활동하며 고리대금으로 큰 수익을 얻음. 특이하게도 수입의 상당 부분을 약재를 사들이는 데 쓰곤 했음. 최근 아들이 아프다는 소문이 돌고부터는 사업이 지지부진한 상황.

신검보.

전임 보주인 강남대호 정광이 삼십 년 전 개파하여 지금까지 무릉의 터줏대감으로 군림하고 있는 방파. 정광이 노환으로 건강이 나빠져 일선에서 물러난 삼 년 전 잠시 세가 기울었으나, 현 보주인 남여린(藍麗璘)이 그를 대신하여 보주의 역할을 잘 이행, 다시 세를 회복함. 주로 귀주 지역과 사천, 호광을 연결하는 중계 무역으로 이득을 보고 있음.

"남여린? 설마……."

함토리는 말꼬리를 흐리며 간담을 보았고, 그의 시선을 받은 간담 역시 놀란 표정이었다.

"아는 사람입니까?"

맹정우의 질문에 함토리는 고개를 저었다.

"아, 아닐세. 잠시 다른 사람과 착각했나 보이."

추적대는 보고서 내용을 토대로 인원을 배분하여 신검보 본장와 그들의 주요 활동 지역을 주시하기로 결정했다.

다음날 본격적인 활동에 들어가기로 하고 모두 잠자리에 든 시각, 조용히 객잔 밖으로 나서는 두 개의 인영이 있었다.

두 인영은 밝은 달빛 아래 긴 그림자를 드리우며 무릉 시내로 들어섰다.

둘 중 하나가 걸어가며 말했다.

"설마 호연랑(湖蓮娘)일까?"

"글쎄… 그 친구와 잘살고 있을 사람이 왜 이런 곳에서 이런 중소방파의 보주 노릇을 하고 있겠나?"

“기든 아니든 대원들과 함께 마주칠 수야 없는 노릇이니 이렇게라도 먼저 가서 얼굴을 확인해야겠지.”

두 사람은 휘영청 밝은 달을 등진 채 걸음을 재촉했다.

삼경이 한참 지난 늦은 밤, 무릉 외곽에 위치한 신검보 본장에는 불이 환하게 밝혀져 있었다.

넓은 앞마당에는 쌀가마니가 가득 쌓여 있었다. 호광성 남부에서 받아와 사천 서부로 운반해 갈 물품들이었다. 동분서주하는 일꾼들을 칼을 찬 무사들이 독려하고 있었다.

무사들 중에 한 사람이 대청 앞에 서 있는 두 사람에게로 다가갔다.

“총관님, 얼추 집계가 된 것 같습니다.”

총관이라 불린 초로의 노인이 옆에 있던 소부(少婦)에게 말했다.

“보주, 이제 마차에 짐을 실어도 될 듯합니다만.”

이제 갓 서른이나 넘겼을까? 기품있는 미모의 소부는 고운 입술을 열어 말했다.

“수레에 짐을 올리면서 다시 한 번 정확한 개수를 확인해 주세요. 또한 같이 출발하는 무사들의 장비 점검도 같은 시간에 끝낼 수 있도록 해주시고요.”

“알겠습니다.”

지시가 내려지자 일꾼들과 무사들의 움직임은 더욱 분주해졌고, 짐을 다 싣고 표행을 연상케 하는 행렬이 활짝 열려진 신검보의 대문 밖을 나설 무렵에는 저 멀리 지평선에 서서히 동이 트려 하고 있었다.

“보주, 이만 들어가 쉬시지요.”

총관이 말하자 여보주는 빙긋 웃으며 말했다.

"총관님이야말로 얼른 들어가 쉬세요. 나이도 있으신데 밤새 무리하
셨어요."

노총관은 익살스러운 표정으로 한쪽 팔을 구부려 알통을 만들어 보
였다.

"나이라니요? 아직 이렇게 튼튼합니다. 하루쯤 더 새도 전혀 피곤하
지 않습니다."

"호호, 총관님도 참……."

보주는 웃음 띤 얼굴로 자리를 떴다.

퇴청하는 보주의 뒷모습을 흐뭇하게 바라보는 총관에게 아까 보고
를 했던 청년 무사가 다가왔다.

"보주님이 많이 밝아지신 듯하여 다행입니다."

"그러게 말일세."

청년 무사는 후원 길로 들어서는 보주의 먼 뒷모습을 보며 말했다.

"한 달 동안 식음을 전폐하실 때는 정말 돌아가시는 줄 알았는
데…… 이제 완전히 원기를 회복하신 모양이군요."

그 말을 들은 총관은 안타까운 표정이 되었다.

"원기를 회복했다기보다는…… 분노를 갈무리하신 게지. 우리 모두
놈들과 일전을 치를 날을 학수고대하고 있지만, 그 누구보다도 그날을
기다리시는 것은 보주님일 게야."

"우리야 동료에 대한 복수지만 보주께서야 아들에 대한 복수인 것이
니 오죽하시겠습니까."

"말을 조심하게! 함부로 꺼낼 얘기가 아닐세!"

총관의 꾸짖음에 무사는 당황한 얼굴로 고개를 조아렸다.

"죄송합니다. 무심코……."

"나에게 죄송할 것은 없네. 보주님께서 보주 자리를 승낙하시기까지 가장 고민한 부분이 바로 그 부분 아닌가? 아들의 복수에 보주 직을 이용하는 것이라는 시선을 두려워하셨기에 계속 고사했던 것일세. 놈들과의 일전이 목전에 이른 상황에서 또다시 그 얘기가 나오면 보주의 심려를 끼칠 수 있으니 각별히 주의하게!"

"알겠습니다."

둘의 대화가 끝날 무렵, 후원 길로 들어갔던 소부는 자신의 거처로 막 들어서고 있었다.

문을 열고 안으로 들어서는 순간 소부는 멈칫하고 말았다. 건물 안 어두운 복도에 누군가가 서 있었기 때문이다.

잠시 당황한 표정을 지었던 소부는 곧 침착함을 되찾고 입을 열었다.

"야심한 시각에 여인의 처소에 허락도 받지 않고 들어와 계시는 실례를 먼저 범했으니, 존성대명을 물어도 실례가 되지는 않겠지요?"

복도 깊숙이 위치해 있던 그림자는 한 발 앞으로 다가섰다.

"과연, 오랜 시간이 흘렀어도 모습이나 행동이나 하나도 변하지 않았군, 호연랑."

침착함을 되찾고 있던 소부는 다시 놀란 표정을 지을 수밖에 없었다.

"당신은……!"

잠시 후 두 사람은 소부의 방 안에 들어와 있었다.

소부는 마주 앉아 있는 노인을 물끄러미 응시하다가 입을 열었다.

"팔 년이란 시간이 지났어도 그 얼굴은 조금도 변하지 않았군요."

노인은 어색한 웃음을 지었다.

"어차피 변장인데 나이 먹고 자시고 할 게 있겠나."

"그때 쓰던 이름이 뭐였죠? 간담이라고 했었나?"

"잘 기억하고 있구먼."

거기까지 대화하자 잠시 말이 이어지지 않았다.

"묻고 싶은 말이 많으실 듯한데……."

소부의 말에 간담은 고개를 끄덕였다.

"무엇부터 물어봐야 할지 몰라서… 우선 그 친구 소식부터 알고 싶은데……."

소부는 무표정한 얼굴로 대답했다.

"잘살고 있을 거예요. 돈도 많이 벌었고."

"돈? 무슨 일을 하고 있나?"

"원래 가진 재산이 꽤 많았잖아요? 요즈음은 돈이 돈을 낳는 세상이니 많이 가지고 있으면 많이 벌 수밖에 없지요."

간담은 소부의 말에 가시가 섞여 있음을 느낄 수 있었다. 그가 지금 묻고 있는 대상과 눈앞의 여인은 부부 관계였다. 둘 다 예전에 함께 일을 하며 절친했던 동료, 특히 그녀의 남편과 그는 형제와도 같은 사이였다.

간담이 기억하는 둘은 너무도 금슬이 좋은 연인이었다. 지금의 소부처럼 상대에 대해 시큰둥하게 얘기하는 것은 상상할 수 없을 정도로.

소부의 반응이 워낙 뜻밖인지라 잠시 말을 잇지 못하던 간담은 마음을 정하고 입을 열었다.

"둘 사이에 무슨 일이 있었는지는 잘 모르겠지만, 나로서는 호연랑이 그와 떨어져서 이곳에서 이런 일을 하고 있다는 것이 쉽게 이해가 가지 않는군. 그 연유를 물어도 될까?"

소부는 눈을 들어 간담을 또렷이 바라보았다.

"듣고자 하시는 게 무엇인가요? 제 근황인가요, 아니면 그의 근황인가요?"

간담은 난감한 표정을 지었다.

"둘 모두의 근황이 궁금한 걸세."

소부는 냉랭해진 표정으로 말했다.

"전 보다시피 이 신검보에서 열심히 일하고 있고, 그는 중경에서 잘 살고 있답니다. 그에 대해 좀 더 자세히 알고 싶으시다면 그리로 가서 직접 찾아보시면 될 거예요."

그 말만 하고서 소부는 입을 꼭 다물었다.

간담으로서는 더 이상 질문할 재간이 없었다. 예전에 아무리 절친했던 사이라 해도 부부간에 뭔가 문제가 있는 것을 타인이 꼬치꼬치 캐물을 수는 없는 법이니까.

"알겠네, 그런데……."

"밤새 업무를 본 다음인지라 몹시 피곤하군요. 실례가 안 된다면 이만 잠자리에 들어도 될까요?"

명백한 축객령이었다. 간담은 자리를 털고 나설 수밖에 없었다.

간담은 문밖으로 나서며 잠시 걸음을 멈추고 뭐라고 말을 하려다가 그냥 방을 나섰다.

간담이 사라진 후 냉랭하던 소부, 남여린의 얼굴에는 자책하는 표정이 떠올랐다.

예전에 좋은 동료였고 또 존경하기까지 했던 그를 이런 식으로밖에 대할 수 없는 현실이 아쉬워 깊은 한숨을 내쉬었다.

한숨 끝에 눈물이 왈칵 쏟아졌다. 남편을 떠올리자니 또 하나의 얼굴이 같이 떠오르지 않을 수 없었기에.

최근에는 일에 몰두하며 외면하고자 했던 얼굴, 잠시 가슴속 망각의 자리 깊숙이 감춰두었던 그 얼굴이 떠오르자 쏟아지는 눈물을 주체할 수 없었다.

남여린은 꺼억꺼억 소리가 나는 입을 억지로 틀어막았다.

"크흐흐흐… 병아(炳兒)야…… 흐흐흐흐흑……."

한참 눈물을 쏟아 조금 진정될 즈음 바깥 복도에서 인기척이 들려왔다.

아직 기침(起寢)하기에는 한참 이른 시각, 깨우러 온 시비인 것 같지 않았으나 소부는 혹시나 해서 불러보았다.

"현옥이니?"

"대사저, 저예요."

낯선 음성, 그러나 그 말투는 귀에 익었다.

"…누구?"

"설연이에요."

"아연?"

남여린은 놀란 얼굴로 급히 눈물을 닦았다. 그녀의 어린 사매가 이곳을 어떻게 알고 찾아왔을까. 예상치 못한 객들이 둘씩이나 찾아온 기이한 밤이었다.

"정말 뜻밖이로구나. 여긴 어떻게 알고……."

"대사저야말로 너무 뜻밖이에요. 사문에서도 전혀 종적을 찾을 수 없었는데…… 사부님께서 언니 걱정을 많이 하셨어요."

남여린을 찾아온 두 번째 손님은 보타암에서 그녀와 같이 동문수학

했던 연설연이었다.

"사문을 떠날 때만 해도 내 허리에 못 미치던 아이가 이렇게 커서 순찰 직까지 맡고 있다니, 정말 대견하구나. 그리고 보면 내가 늙긴 늙었나 보구나."

격세지감을 느끼는 남여린의 말에 연설연은 고개를 흔들었다.

"별말씀을 다 하세요. 대사저는 어릴 적 보았던 모습 그대로이신걸요."

둘은 사문의 최근 근황에 대한 이런 저런 얘기를 나누었다. 연설연은 남여린이 의도적으로 말을 돌리고 있다는 것을 느꼈으나 남여린의 눈가에 아직 지워지지 않은 눈물 자국을 보고서 남여린의 마음이 진정될 때까지 그녀에게 보조를 맞추었다.

대화가 한참 진행된 후에야 연설연은 묻고자 하는 주제를 꺼낼 수가 있었다.

"아까 이곳에 들어오기 전에 웬 노인 하나가 문밖으로 나서던데, 그는 누구죠?"

"그는… 예전에 아주 절친했던 사람이지."

남여린은 과거를 회상하며 쓸쓸한 눈빛으로 말했다.

"많은 시련을 거친 후에 진정한 강자가 된 사람이야. 같이 활동하면서 참 의지가 되는 인물이었다. 강하고, 담대하고, 또 시련을 극복한 자가 가지는 여유로 우리를 편안하게 이끌었고. 위험한 일도 많이 겪었지만 지금 생각해 보면 험난했던 강호행 중에 그때가 가장 즐거웠던 것 같다."

연설연은 의아한 얼굴이었다. 표현하는 것을 보면 꼭 동년배나 나이가 많이 차이 나지 않는 사람을 말하는 듯 들렸기 때문이다.

"나이도 많은데 활동은 꽤 정력적으로 했나 보군요?"

연설연의 말에 잠시 어리둥절해하던 남여린은 웃음을 터뜨렸다.

"호호호, 하긴 너한테는 이상하게 들렸겠구나. 당시 우리가 속해 있던 비룡회는 젊은 무인들이 주축이었으니까. 그가 그중에 가장 나이 많은 축에 들긴 했지만 지금처럼 호호백발 노인은 아니었지."

"……?"

"그는 변장을 하고 있던 거야. 변장에 워낙 능숙해서, 비룡회 활동 중에도 아까의 노인 분장을 곧잘 하곤 했었지. 그러고 보니 오늘 왜 그런 변장을 하고 나타났는지 물어보질 않았구나."

"그는 지금 무림맹 추적대에 속해 있어요."

연설연의 말에 남여린은 놀란 표정을 지었다.

"무림맹 추적대에? 그런데 무슨 일로 이곳에……."

연설연은 남여린의 궁금증보다 자신의 궁금증이 먼저 풀리길 바랐다.

"그전에, 그의 실제 정체가 무엇이지요?"

남여린은 잠시 고민하다가 말했다.

"네가 그에게 무슨 의도로 관심을 가지고 있는지 모르겠지만, 그가 추적대인 사실까지 알고 있다면 굳이 숨길 것도 없어 보이는구나. 그는 바로 현 화산 장문인인 옥운자란다."

남여린의 대답에 어지간한 연설연도 놀랄 수밖에 없었다.

남여린이 강호행 당시 어떤 활동을 했는지 그녀는 잘 알고 있었다.

비룡회란 단체는 십 년 전에 활발히 활동했던 무림맹의 비밀 조직이었다.

당시 무림맹은 칠패의 급속한 성장으로 인해 활동이 크게 위축된 상태였고, 강호는 각 세력의 이권 다툼으로 매우 혼란했다.

도적 떼는 각지에서 기승을 부렸고, 사교가 여기저기서 출몰하여 혹세무민하던 혼란기였다.

이런 상황에서 맹을 새로이 떠맡은 무당파의 청천자는 아직 때가 묻지 않은 정파의 신진 무인들 가운데 탁월한 인재들을 추려내어 비룡회를 발족시켰다.

강호의 질서를 바로잡는 사업을 소리없이 지원한다는 취지로 발족한 비룡회는 그 구성원과 구체적 활동 내역이 자세히 알려지지는 않았으나, 곳곳에서 발현했던 사교들이 소리없이 사라지고 각지에서 들끓던 도적 떼가 크게 감소된 이면에는 그들의 공이 컸다는 것이 세인의 일반적인 평가였다.

결국 많은 피가 흘려진 팔 년 전 혈랑대와의 혈전 이후 강호는 어느 정도 안정을 찾았고, 비룡회의 활동 소식도 더 이상 들려오지 않았다.

연설연 역시 비룡회에 대해 아는 것은 세간의 소문 외엔 별로 없었으나 단 하나, 그녀의 대사저인 호연랑 남여린이 그곳 소속이라는 것은 알고 있었다.

남여린은 지금 그녀가 맡고 있는 보타암의 순찰 직으로 강호에 나가 있다가 비룡회에 몸을 담았는데, 그 안에서 중추적 역할을 했다고 한다. 그러던 중 같은 조의 동료와 연분이 닿아 혼인을 하게 되었다.

남여린의 혼인 상대자는 바로 비천신검(飛天神劍) 이도현(李濤炫).

당시 대력신도 탁비의 죽음으로 공석이 된 천하오성의 마지막 한자리를 대신할 거라고 평가받던 강호 제일의 기재이자 호남아였다. 비룡회 내에서 중추적인 역할을 하던 두 사람은 혈랑대와의 결전이 끝난 후 강호가 안정되고 회가 해체될 즈음 돌연 강호 은퇴를 선언하고 함께 잠적해 버렸다.

강호를 이끌어갈 거라 평가받던 재남재녀가 동시에 사라져 버리니 많은 의혹이 뒤따랐다.

특히 그들의 사문인 공동파와 보타암은 둘에게 걸고 있던 기대가 워낙 컸던지라 큰 충격을 받았는데, 두 문파가 강호를 샅샅이 수소문했음에도 불구하고 둘의 행적은 파악할 수 없었다.

그로부터 아무런 소식 없이 팔 년이 흐른 지금, 남여린이 엉뚱한 곳에서 뜻밖의 일을 하고 있음을 발견했으니 연설연이 그녀의 사연을 궁금해하지 않을 수 없었던 것이다.

연설연은 우선 얘기 중에 나온 간담에 대한 대목부터 파고들기 시작했다.

"그 간 노사가 대사저와 동료였나요? 그럼 그도 비룡회의 일원이었겠군요?"

"그랬지."

남여린은 지난 기억을 떠올리며 회상에 잠긴 눈빛으로 말을 이었다.

"솔직히 처음 보았을 때는 깜짝 놀랐어. 십여 년간 소식을 들을 수 없었던 화산일룡이 돌연 우리가 속했던 조의 조장 역할을 한다 하니 의아하지 않을 수가 없었지. 나와… 그, 그리고 옥운자가 속해 있던 용아조(龍牙組)는 각종 사파와의 전투가 끊이지 않았던, 비룡회에서도 가장 최전선에서 전투를 이끌어야 했던 위험한 조였거든. 처음에는 그… 나 나나 옥운자가 우리를 이끄는 것에 대해서 탐탁하게 생각하지 않았지."

유독 지칭할 때 남여린이 말을 끄는 '그'가 바로 비천신검 이도현임을 연설연은 짐작했다.

"그런데 막상 옥운자가 조장이 되고 함께 행동을 하게 되자 비룡회 내의 그 어떤 지휘관보다도 그가 뛰어남을 깨닫게 되었단다. 제아무리 어려운 상황이 닥쳐도 탁월한 판단력과 용기로 우리를 이끌어 결국 승리를 끌어냈지. 실패한 천재라는 세간의 평이 무색하게 무공도 정말 놀라웠고. 자존심 강한 '그'가 '천하오성의 빈자리를 차지할 자는 내가 아닌 우리 조장'이라고 평할 정도였으니까."

연설연은 놀랄 수밖에 없었다. 그녀가 아는 비천신검 이도현은 이십 대에 이미 구대문파 내에서는 청천자를 제외하면 당할 자가 없다고 평가받던 기재였다. 실력에 비례해 자신감과 오만함도 하늘을 찌르는 그가 그렇게 한 수 접는 평을 했다면 무존 진인이라 칭해지는 화산 장문인에 대한 세간의 평은 크게 잘못된 평가일 것이다.

그런데 그러한 옥운자가 지금 현재 신분을 숨기고 맹정우의 추적대에 잠입해 있었다. 연설연은 그 이유가 궁금했다.

'그저 무림맹 활동의 연장선상인가. 혹은 다른 의도가 있는 것일까.'

간담에 대한 의혹이 증폭되었지만 연설연은 보다 궁금한 것이 있었기에 그 얘기를 더 진행시키지 않았다.

"대사저, 사부님께서는 아직까지도 대사저가 잘 있는지 때때로 걱정하는 말씀을 하신답니다. 이번에 돌아갈 때 사저의 소식을 가져간다면 무척 기뻐하실 거예요. 그러니 근황에 대해서 좀 말씀해 주세요. 왜 여기서 이런 일을 하고 있는 것인지."

남여린은 괴로운 얼굴로 강하게 고개를 저었다.

"이런 꼴이 되어 있는 것은 안 들으시니만 못할 것이다. 부디 사부님이나 사문의 동료들한테는 아무 소리 말거라."

“이런 꼴이라뇨. 대관절 어떤 상황이 되어 있으신 건데요. 상황을 알아야 소식을 전하든 말든 하죠.”

연설연의 재촉에도 불구하고 남여린은 입을 굳게 다물었다.

한참의 채근이 이어진 후, 여기서 이러고 있는 것을 사부님께 고해바치겠다며 반쯤 협박까지 하고 나서야 연설연은 남여린의 입을 열게 할 수 있었다.

“휴우— 하긴 이제 숨겨야 할 이유가 진짜 뭔지도 모르겠구나. 내 뒤를 잇고 있는 너한테 털어놓는 것이 어찌 보면 바람직할 수가 있겠어.”

일단 승낙의 뜻을 비치고 나자 남여린은 자신의 사연을 술술 털어놓기 시작했다.

“우선 그, 이도현과 나는 당시 은거할 수밖에 없었다. 팔 년, 이제 햇수로 구 년이 다 되어가는구나. 감숙에서 벌어졌던 혈랑대와의 격전은 유례없이 치열했었다. 혈랑대는 강한 조직이긴 했으나 공동파와 화산의 연합에 무림맹의 비룡회까지 합세한 세력을 막기는 역부족이었지. 그러나 막상 마주치고 보니 그들의 힘은 엄청났어. 분명 이전까지 보았던 혈랑대와는 전혀 다른 전력의 상대였다. 우리는 싸우면서 그들의 배후에 또 다른 세력이 있다는 확신을 가질 수 있었지. 어쨌든 결국 승리를 거두었지만 아군의 피해도 엄청났다. 화산파는 당시 장문인이었던 태현 진인이 전사했고, 이도현의 사문이던 공동파는 봉문 지경에 이를 정도로 피해가 심각했지. 비룡회의 피해도 만만치 않았는데, 그 후유증으로 전투 후 비룡회는 해산되고 말았단다. 각파의 정영들이 많이 죽고 크게 다쳤으니 구대문파에서도 더 이상 무림맹에 그들을 의탁할 수가 없었던 것이지. 그리고…… 이도현 역시 당시 전투에서 크게 다쳤단다. 회복할 수 없을 정도로……."

남여린은 당시를 회상하는 것이 고통스러운 듯한 표정이었으나, 말을 계속 이었다.

"혈랑대의 수괴와의 결전 탓이었다. 전장에 나서면 늘 가장 선두로 뛰쳐나가던 그는 그때도 전장의 맨 앞에서 종횡무진하다가 적의 수괴와 맞닥뜨렸지. 부대주인 섭평은 유명했지만 혈랑대의 수괴는 그 정체가 그때까지도 알려진 바가 없었지. 그저 도의 고수라는 것만 알고 있었을 뿐. 그런데 막상 마주친 그자의 무력은 엄청났다. 불과 십여 초만에 이도현은 뒷걸음질치기 바빴고, 내가 그를 도우러 나섰지만 오히려 수괴의 무서운 도법에 밀려 둘 다 위기에 빠졌지. 그러던 중 이도현이 위험한 상황에 몰린 나를 지키려고 무리하는 바람에…… 치명적인 상처를 입고 말았다. 결국 나중에 쫓아온 옥운자 등 지원군에 의해 수괴는 물러났지만 이미 이도현은 돌이킬 수 없는 상태였어. 간신히 목숨은 건졌지만 몸은 예전처럼 회복될 수 없는 상태였지. 전투가 끝나고 자신의 처지를 깨닫게 되자 그는 극도로 상심했고, 나는 그의 몸과 마음을 치유하기 위해 주변에도 알리지 않고 은거를 선택했던 것이다."

"그랬군요……."

연설연은 그제야 자신의 대사저의 행보를 이해할 수 있었다.

그런데 한 가지 의혹은 남아 있었다. 이야기를 들어서도 알 수 있었지만 비천신검 이도현과 그녀는 떼려야 뗄 수 없는 관계였다. 그런데 왜 계속 호칭이 '이도현'이란 딱딱한 이름일까. 남편을 부르는 호칭으로는 맞지 않았다. 마치 타인을 부르는 듯한 느낌이었다.

연설연은 조심스럽게 입을 열었다.

“그런데 대사저, 이 대협과는 왜 떨어져 계신 건가요?”

남여린은 괴로운 표정으로 고개를 저을 따름이었다.

“그 얘기는 지금 별로 하고 싶지가 않구나. 나중에 얘기해 주마.”

가장 궁금했던 질문이 묵살당했으나 연설연은 굴하지 않고 물었다.

“그럼 이곳의 보주로 계신 이유만이라도 말씀해 주세요. 이유없이 이런 방파의 수장 자리에 올라 계신 것은 아닐 테지요?”

“이곳의 보주로 있는 까닭은…….”

남여린의 표정이 갑자기 서릿발같이 차가워졌다.

“오로지 죽은 내 아이의 원수를 갚기 위해서다!”

제2장

영웅은 타인과의 거래에 있어 돈보다 신의를 우선한다

제2장

영웅은 타인과의 거래에 있어 돈보다 신의를 우선한다

무릉에 도착한 후 사흘 동안 추적대는 신검보에 대한 정보를 채집하느라 동분서주했다.

그 와중에 아미파의 여제자들이 중요한 정보를 물어왔다. 신검보는 지금 다른 방파와의 전쟁을 준비하고 있다는 것이었다.

신검보가 노리고 있는 상대는 무릉 동쪽으로 삼백 리쯤 떨어진 사천과 호광의 경계에 자리잡고 있는 복룡타(伏龍舵)였다.

복룡타 역시 신검보처럼 삼성(三城)과 인접한 지리적 요건을 바탕으로 중계 무역에 손을 대고 있는 방파였다. 이 방파의 한 가지 큰 문제점은 장사가 잘될 때는 별 말썽이 없으나 장사가 안 될 때는 손해 본 것을 다른 상인에게서 빼앗아 메운다는 것이었다.

마치 황해에서 평상시에는 중계 무역을 하다가 손해 볼 것 같으면 해적으로 돌변하는 왜구와 같은 행태였는데, 관에도 연줄이 있는 데다가 타주인 상산와룡 곡방기 이하 수뇌진의 무예가 워낙 출중하여 인근에 감히 그들을 건드릴 수 있는 자가 없었다.

복룡타가 위치한 지역은 호광성으로 들어가는 길목인지라 그들이 행패를 부릴 것을 알면서도 어쩔 수 없이 많은 상인들이 그 길을 이용하고 있었다.

신검보 역시 호남으로 보내는 물산은 곧잘 그쪽 길을 이용하곤 했는데, 근 몇 년간 수차례 복룡타에게 피해를 입었다고 한다. 그러다가 특히 사 년 전 겨울에는 거의 전면전에 가까운 큰 싸움이 벌어져 보의 안위가 위태로울 정도로 큰 타격을 입었다고 한다. 그때부터 신검보는 복룡타와의 충돌을 계속 피해왔다. 그런데 그것이 겁나서 피한 게 아니라 힘을 키워 제대로 일전을 치러보려고 그런 모양이었다.

"그렇다면 그 복룡타와 천비장이 모종의 연관이 있는 게 아닐까요?"

단엽의 추리에 고개를 끄덕이는 대원이 많았다. 복룡타를 노리는 신검보를 다시 천비장이 노리고 있는 셈이니 천비장과 복룡타가 모종의 관계가 있으리라 예측할 근거가 되는 것이다.

"섣부르게 두 집단을 연결 지을 필요는 없을 듯하고…… 비영각에 복룡타에 대한 정보 요청을 했으니 곧 답신이 올 거요. 그보다도 우리가 신검보에 어떤 식으로 개입을 하느냐가 문제인데……."

말꼬리를 흐리던 함토리는 회의 내내 하품만 열심히 하고 있는 맹정우에게로 시선을 돌렸다.

"대주의 고견은 어떠신지?"

맹정우는 졸린 눈을 비비며 어깨를 으쓱했다.

"글쎄요, 그냥 가서 '좀 도와드릴까?' 하고 말하면 되지 않을까요? 큰 싸움을 앞두고 가뜩이나 손도 부족한 것 같으니 좋다고 받아들일 것 같은데."

"정체도 모르는 자들의 도움은 당연히 거절할 텐데요? 그렇다고 무림맹 추적대라는 신분을 함부로 드러낼 수도 없지 않습니까."

"그런가……."

머리를 긁적이던 맹정우는 생각이 떠오른 듯 손가락을 튕겼다.

"무정혈이라고 하면 되지 않습니까! 최근 떠오르는 신흥 청부 단체라고 한 다음에, 특별히 저렴한 가격에 자객들을 빌려주겠다고 하면……."

"오오, 그러면 되겠군요!"

단엽과 정태승을 비롯한 대원들이 '역시 대주님!' 하며 감탄사를 연발했다.

왠지 소 뒷발에 쥐 잡기 식으로 때려 맞춘 발상 같다는 일부 대원들의 의혹 어린 시선도 있었으나 어찌 되었든 꽤 그럴듯한 생각이기에 당장 실행하기로 결정이 되었다.

"그럼 우선 신검보와 접촉을 해야겠는데, 무정혈 살수로 가장하여 접선을 하면 되니 오늘 밤에 당장 시행하도록 하죠. 살수로 가장하고 신검보로 들어갈 대원은……."

맹정우의 말이 채 끝나기도 전에 함토리와 이비향이 손을 번쩍 들었다.

"노부가 가겠소."

"제가 갈게요."

맹정우는 미심쩍은 눈초리로 둘을 살폈다. 그리고는 고개를 저었다.

"그러실 필요 없습니다. 이번에는 제가 직접 가보도록 하죠."

"허허, 대주께서 그런 사소한 일에까지 몸소 나서시면 권위가 떨어집니다.”

“맞아요. 그 건은 저희에게 맡겨주세요.”

웬일인지 맹정우가 직접 나서겠다는 말에 함토리와 이비향은 펄쩍 뛰었다. 그러나 맹정우 역시 고집을 꺾지 않았다.

이왕 살수 단체로 가장하여 접선하는 김에 청부 비용을 두둑하게 챙겨보자는 심산이었는데, 함토리가 끼면 초를 치면 쳤지 좋을 일이 없어 보였기 때문이다. 그러나 함토리와 이비향의 고집도 만만치 않아서, 결국 셋이 함께 접선하는 것으로 결정이 되었다.

“거참, 별 희한한 양반 다 보겠군. 그렇게 고집 부릴 때는 언제고 왜 갑자기 빠진답니까?”

밤길을 걸어가며 맹정우가 하는 말이었다.

간담이 쓴웃음을 지으며 답했다.

“그래서 노부가 대신 가지 않나.”

“그럴 거면 애초에 간 노사님을 추천하던가. 아무튼 속을 알 수 없는 양반이라니까.”

투덜거리는 맹정우였으나 속으로는 좋아하고 있었다. 항상 돈에 관련된 문제에 훼방꾼으로 등장했던 함토리가 빠진 것이 이번 청부에 득이 될 것 같았기 때문이다.

맹정우와 간담, 이비향은 신검보의 장원에 다다랐다.

정문에 다가가 문을 두드리자 보초로 보이는 무인이 나와서 신분을 확인했다.

청부 단체에서 왔다고 하자, 어인 일인지 순순히 문을 열어주었다.

세 사람은 별다른 신원 확인 절차도 거치지 않고 보주에게로 안내되었다.

맹정우는 보주를 보는 순간 놀라고 말았다.

생각 외로 젊고 미인이었기 때문인데, 자신과 몇 살 차이가 나지도 않는 듯 보였다.

보주는 아름다운 눈동자를 천천히 굴리며 세 사람을 살폈다. 뜻밖에 찾아온 객임에도 불구하고 그리 놀라지 않는 표정이었다.

"청부 단체에서 오셨다고요? 단체의 이름이 어떻게 되는지요."

"무정혈이라고 합니다."

맹정우의 대답에 보주는 조금 놀란 표정을 지었다.

"사천 삼대난제 중에 하나를 풀었다는 그 무정혈 말씀인가요?"

맹정우는 으쓱한 표정으로 고개를 끄덕였다. 소문이 벌써 여기까지 퍼진 모양이었다.

"그런데 여기는 무슨 볼일로 오셨는지요. 저희는 청부를 요청한 일이 없습니다만."

'미끼를 내민다고 덥석 물지는 않겠다는 얘기로군.'

내치지는 않겠지만 쌍수를 들어 반기지도 않을 거라 예상했기에 맹정우는 당황하지 않고 말을 계속했다.

"최근 중대 결전을 앞두고 계시다고 들었습니다."

보주는 가볍게 웃음을 터뜨렸다.

"무정혈은 영업 방식이 참 특이하군요. 청부가 들어오기도 전에 손수 청부자를 구하러 다니나 보죠?"

"자주 그렇지는 않습니다. 지금같이 저희가 꼭 필요한 경우에만 부득이하게 나설 뿐이지요."

보주는 고개를 갸웃거렸다.

"꼭 필요한 경우라니, 어째서 그렇게 판단하시는지요?"

"어째서냐구요? 음……."

맹정우는 갑자기 말문이 막혔다. 이곳에 오기 전에 받아본 비영각의 정보에 의하면 복룡타의 전력은 확실히 신검보보다 한 수 위였다. 상산와룡 곡방기는 강남오걸의 한자리를 꿰어차고 있는 강자이며, 그의 직속 수하 다섯 명도 오독묘(五毒猫)라고 칭해지는 고수들이었다.

그에 반해 신검보는 전임 보주인 강남대호 정광이 제법 뛰어난 고수였으나 이미 은퇴한 상태였고, 기껏 이름이 알려진 인물이 현재 총관으로 있는 혼원곤(混元棍) 표명도(豹明度) 정도였고, 그나마 표명도도 오독묘 중 하나를 감당하기도 버겁다는 평이었다.

이런 면면을 볼 때 전력이 불리한 것이 당연하다고 생각되어 '무정혈의 도움이 꼭 필요한 경우' 라 지칭한 것인데, 왜 그렇게 판단하느냐고 되물으니 대답이 궁해지는 맹정우였다.

느낀 바대로 '전력이 달리지 않소?' 라 하면 이 예쁜 보주의 자존심을 건드리게 될지도 모르니 말하기가 조심스러웠다.

"비등한 전력의 두 단체가 격돌하면 어느 쪽이 승리한다 해도 피해가 서로 만만치 않음이 자명하지 않겠습니까? 만일 귀 보에서 저희를 고용하신다면 귀 보 무사들의 피를 많이 흘리지 않고도 능히 목적을 달성하실 수 있을 것이니, 돈 몇 푼 써서 얻을 수 있는 이득치고 이보다 더 큰 것이 뭐가 있겠습니까?"

궁여지책으로 짜낸 말치고는 제법 그럴듯했으나 보주는 썩 와 닿지 않는 듯한 표정이었다.

"귀가 솔깃한 말씀을 하시는군요. 그러나 저희는 댁들 같이 이름을 날리는 청부 단체를 고용할 만한 큰 방파도 아니고, 재정 형편도 썩 좋은 편이 아니에요."

고용할 만한 돈이 없다는 얘기였다.

"자금 문제라면 그리 신경 안 쓰셔도 될 것이, 저희 무정혈에서는 사천 진출 기념 염가 봉사의 일환으로 당분간 청부 금액 할인 행사를 실시……."

어떻게든 꼬셔보려는 맹정우의 노력을 보주의 뒤엣말이 날카롭게 끊었다.

"돈도 돈이지만 지금 저희가 벌이려는 싸움에 청부 살수 단체가 개입할 여지는 없습니다. 복룡타와의 결전은 단순히 경제적인 이유로 벌이는 싸움이 아니니까요. 지난 몇 년간 본 보의 형제들의 피가 수없이 대지에 뿌려졌어요. 이제 그것을 되갚아야 할 시점입니다. 우리가 아무리 돈이 많다 해도 타인의 손을 빌려 그들의 가슴에 칼을 꽂을 수는 없어요. 오로지 스스로의 손으로 해야 할 일입니다."

맹정우는 말문이 막혔다.

이제껏 그는 두 단체의 전면전이 경제적 갈등에서 비롯된 것이라고 생각했는데, 보주의 말을 들어보니 신검보는 복수의 명분을 가장 큰 이유로 내세우고 있었다. 원한 관계로 인한 전투라면 청부 단체가 개입할 여지는 확실히 줄어들 수밖에 없었다.

그러나 추적대 입장에서는 신검보가 만사 내팽개치고 복룡타와 전면전을 벌이도록 놔둘 수 없는 처지였다.

언제 천비장의 의뢰를 받은 흑월회의 칼이 이곳을 향해 날아들지 모르는 상황이기 때문이다. 그렇게 되면 신검보가 크게 몰려 싸움에 개입하지 못한 추적대가 단서를 잡기도 전에 모든 상황이 종료될 수도 있었다.

하는 수 없이 간담이 나섰다. 맹정우와 눈빛을 주고받은 후 그는 지난번 대원들 몰래 이곳에 왔을 때 하려다가 그만둔 이야기를 꺼냈다.

"보주께 하나 아뢸 말씀이 있소."

보주는 호기심 어린 눈초리로 간담을 보았다. 마치 무슨 말을 꺼낼지 기대가 된다는 듯.

"뭐죠?"

"우리 측에서 얻은 정보에 의하면, 복룡타와의 일전을 지금 벌이는 것은 지극히 위험하오."

"왜 그런지요?"

"이 신검보를 노리는 다른 세력이 있소. 만일 지금 출전을 고집한다면 복룡타와 제이의 세력에게 둘러싸이는 꼴이 될 수도 있소이다."

보주는 흥미롭다는 표정으로 말했다.

"재미있는 말씀이로군요. 대체 저희를 노리는 제이의 세력이 어디인가요? 그리고 갑자기 그런 말씀을 꺼내는 이유는 뭐죠? 무정혈이 저희에게 바라는 게 무언가요?"

"바라는 것은… 우리에게도 나서야 할 특별한 상황이 있소. 그 제이의 세력이 흑월회란 청부 단체에게 이 신검보를 쳐달라고 요청을 했는데, 우리 무정혈과 흑월회는 청산해야 할 일이 있기에 이렇게 개입하게 된 거요."

보주는 그제야 알겠다는 듯 고개를 끄덕였다.

"좋아요. 그건 그렇다 치고, 대관절 그 청부한 세력은 어디죠?"

"천비장."

간담의 대답에 보주의 두 눈이 찢어질 듯 부릅떠졌다.

"천비장? 중경의 천비장 말인가요?"

간담은 갑작스런 보주의 과격한 반응에 놀라면서도 고개를 끄덕였다.

"그렇소. 중경의 천비장이오. 신검보와 어떤 원한이라도 있는 거요?"

보주는 간담의 질문에 답할 생각도 하지 않고 넋이 나간 듯 멍하니 있었다. 그러다가 갑자기 발작적으로 웃음을 터뜨렸다.

"호호호! 오호호호홋! 아하하하하하!"

이때껏 침착함을 유지하다가 마치 실성이라도 한 듯 광소를 터뜨려 대는 보주를 보며 나머지 사람들은 당황할 수밖에 없었다.

그러기를 한참, 갑자기 거짓말처럼 웃음을 뚝 그친 보주는 눈에 광망을 담은 채 마주 앉은 세 사람을 노려보았다.

그녀의 입에서 한기 서린 목소리가 흘러나왔다.

"이제 더 이상의 말장난은 그만 하기로 해요. 제 앞의 노사가 누군지 저는 잘 알고 있어요. 이분은 살수 단체 같은 곳에 몸을 담고 계실 분이 아니죠."

간담은 크게 당황했다. 설마 그녀가 자신의 정체를 밝히려고 하는 걸까?

"예전에 혈랑대와의 격전에서 이름을 날렸던 간담 대협 아니신지요? 간 대협께서 왜 살수 단체의 수장 행세를 하며 이런 묘한 행동을 하는 건지 이실직고하시죠. 그렇지 않으면 협조는 물 건너간 걸로 아셔야 할 거예요."

간담은 암중에 안도의 한숨을 내쉬었다. 아직 옛정을 잊지 않은 듯 그녀는 자신의 진짜 정체까지 드러내지는 않았다.

한편, 이비향은 맹정우에게 전음을 날렸다.

"거의 다 들통난 듯한데 솔직히 정체를 밝히고 협조를 구하는 게 좋지 않을까요? 지금 얼굴을 보니까 알겠는데, 저 보주는 예전에 호연랑이라고 명성을 날리던 여협이에요. 무림맹 쪽에도 잠시 몸을 담았었으니까 우리 정체를 드러낸다고 해도 큰 문제는 없을 거예요."

간담의 전음도 날아왔다.

"이제야 생각났네만 저 여인은 예전에 잠시 안면이 있던 호연랑이란 여협인데……."

뒷얘기는 이비향과 대동소이했다. 동행한 둘이 똑같은 얘기를 해대니 맹정우도 정체를 밝히고 협조를 구하는 쪽으로 마음을 굳혔다.

그는 보주에게 말했다.

"좋습니다. 저희의 정체를 어느 정도 짐작하셨는지 모르겠지만, 저희는 무림맹에 소속된 무인들입니다. 살수 단체 행세를 하며 다른 살수 단체, 아까 말한 흑월회를 잡으려는 중입니다. 흑월회에 대한 단서를 잡고자 동분서주하다가 흑월회의 다음 목표가 이곳이란 것을 알게 되어 여기까지 온 것입니다."

"제 짐작대로군요. 간 대협이 무림맹에서 멀리 벗어났으리라고 생각하지는 않았어요."

보주는 역시나 하는 표정으로 고개를 끄덕였다.

"그래서, 무림맹원들께서 저희에게 원하는 바는 뭐죠? 무림 정의를 위해 흑월회 포획에 동참해 달라는 건가요?"

왠지 날이 선 어조였다.

"아까 말씀드렸듯이 언제 흑월회의 공격이 이곳으로 들이닥칠지 모르는 상황입니다. 저희가 직접 겪어본 바로는 흑월회는 강하고 은밀합니다. 그런 자들을 뒤에 둔 상태로 복룡타를 공격하는 것은 매우 위험한 선택이라는 것을 말씀드리고 싶은 겁니다. 물론 적을 잡는 것을 협조해 주시면 더욱 고맙겠지요."

맹정우로서는 모처럼 진정으로 하는 말이었으나 보주는 고개를 저었다.

"그럴 수는 없어요. 우리로서도 지금 복룡타를 쳐야 할 피치 못할 사정이 있습니다."

"그게 뭡니까?"

"복룡타와 호남의 몇몇 흑도방파가 곧 연합을 창설할 거라는 정보를 입수한 상태예요. 최근 호남의 터줏대감인 일월문이 때아닌 마교 잔당 척살에 정신을 팔고 있는 터라 이들의 연합 움직임이 발 빠르게 진행되는 모양이더군요. 자기들 나름대로는 칠패와 어깨를 나란히 할 수 있는 세력을 구축하려는 의도인 듯해요. 내년 초에 발족을 시키기 위해 애를 쓰고 있는데, 그 주축에 복룡타주 곡방기가 있어요. 최근 그자는 연합 성사를 위해 호남을 뻔질나게 드나들고 있는데, 얼마 전 복룡타로 귀환해서 다음달 초까지는 계속 머물 거라더군요. 그자가 타에 머무르고 있는 이번 시기를 결코 놓칠 수 없어요. 다음번에 그자가 외부에 나갔을 때 시기적으로 연합이 창설될 가능성이 높고, 그렇게 되면 그때는 우리 힘으로 복룡타를 어찌할 수 없는 상태가 될 테니까."

맹정우들은 난감한 표정을 지었다. 신검보는 복룡타와의 일전을 방파의 명운을 걸고 단단히 벼르고 있는 모양이었다.

"그렇다면 흑월회의 위험성은 어찌하실 겁니까. 복룡타를 치고 있는 와중에 뒤에서 그들의 칼이 날아온다면……."

맹정우의 지적에 보주는 망설이는 표정이 되었다. 잠시 생각하던 그녀가 다시 말했다.

"이 일은 저 혼자 임의대로 정할 수 있는 문제는 아니군요. 몇 사람을 불러서 의논을 좀 해야겠습니다. 잠시만 기다려 주세요."

말을 마친 후 그녀는 자리를 떴다. 그리고는 반 시진 후에 몇 사람을 대동하고 다시 돌아왔다.

보주는 데려온 사람들을 소개했다. 기골이 장대한 백발노인은 놀랍게도 은퇴한 전임 보주 강남대호 정광이었다. 이번 전투를 위해 은거하던 곳에서 나와 신검보로 잠시 복귀한 상태라고 했다. 같이 온 초로의 노인은 총관인 혼원곤 표명도, 또 한 사람의 장년인은 사 년 전 복룡타와의 전투에서 두 동생을 잃은 보의 향주 마수운이라고 했다.

보주가 데려온 사람들을 소개하니 자연히 맹정우 일행도 정식으로 자신의 소개를 해야 했다.

보의 인원들은 간담이 자신을 소개할 때도 놀라는 기색이었지만 맹정우가 자신의 이름을 밝히자 소스라치게 놀라워했다. 침착함을 유지하던 보주도 눈이 커졌다.

"귀인을 앞에 두고도 몰라 뵈었군요. 진작 일검탈명이라고 소개를 하셨으면 아까의 복잡한 과정은 많이 생략되었을 텐데요."

보주는 데려온 사람들에게 상황을 짤막하게 설명했다.

"총관님의 생각은 아까 오면서 들었고, 방금 도착하신 태상보주님과 마향주의 의견을 듣고 싶어요."

정광은 짧게 대답했다.

"이미 보주에게 모든 공을 넘긴 나일세. 어떤 결정을 내리든 그대로 따를 걸세."

보주는 마수운에게로 시선을 돌렸다.

"마 향주는 어때요."

“저도 보주님 뜻에 따르겠습니다.”

“보의 안위를 위해서 복룡타와의 일전을 포기한다 해도?”

미수운은 얼굴에 한줄기 괴로운 빛을 띠었다. 그러나 곧 비장한 표정으로 또박또박 말했다.

“청산이 있는 한 땔감 걱정은 없는 것입니다. 복수하려는 기개만 꺾이지 않는다면 기회는 언제라도 잡을 수 있을 것입니다. 보주께서 보를 위한 가장 올바른 선택을 하실 거라 믿고, 지금이 아닌 나중에라도 저희 형제들의 피를 되갚아줄 기회를 주실 거라는 것을 믿습니다.”

여보주는 그 말을 듣고 잠시 갈등하는 표정이었다. 그러나 곧 결심한 듯 말했다.

“복룡타와의 일전은 미루지 않겠습니다.”

표명도가 놀라서 입을 벌렸다.

“보주! 그런…….”

보주는 손을 들어 그의 말을 막았다.

“표 총관께서 무엇을 걱정하시는지 잘 압니다. 일검탈명 맹정우 소협 같은 분이 위험한 적이라고 표현할 정도라면 지금 우리를 노리고 있는 흑월회란 곳은 오히려 복룡타보다 훨씬 강한 적일 것입니다. 그런 적을 뒤에 둔 채 복룡타를 공격하는 것은 매우 어리석은 짓이지요. 그러나 그 적의 위험성을 제거해 버리면 모든 문제는 해결됩니다.”

표명도가 다급히 말했다.

“흑월회의 노림에서 어떻게 벗어나겠다는 것입니까?”

“제가 물러나면 모든 것이 해결됩니다.”

“보주! 무슨 말도 안 되는……!”

표명도를 비롯한 신검보인들은 화들짝 놀란 표정이었지만 보주는 침착했다.

"아까 들어오기 전에도 말씀드렸지만 흑월회 같은 위험한 세력을 끌어들인 것은 모두 제 개인의 문제 탓입니다. 저만 물러나면 그자들이 계속 여기를 노릴 이유가 없습니다. 그리하면 신검보는 뒤를 안심하고 복룡타와 일전을 벌일 수 있습니다."

맹정우와 간담은 그제야 확인할 수 있었다. 보주는 역시 천비장과 어떤 식으로든 연결이 되어 있다는 것을.

정확한 내막이야 알 수 없었지만 이 자리에 있는 신검보인들은 다 알고 있는 듯 보였다.

보주가 물러나겠다는 의사를 밝히자 태상보주 정광이 나섰다.

"보주의 개인사에 대해서는 노부가 누구보다도 잘 알고 있지. 그렇기에 더 더욱 사의를 받아들일 수 없네. 지금 물러난다면 아들의 복수는 어떻게 할 것인가. 그것도 포기하려나?"

담담하던 보주의 얼굴에 한줄기 격동의 빛이 스쳐 지나갔다.

"예…… 저 대신 본 보의 무사들이 갚아줄 것으로 믿겠습니다."

"바보 같은 소리!"

정광은 호통을 쳤다.

"자네가 사 년 전 허물어져 가던 본 보에 들어와 낙담하던 모든 사람들을 격려하며 함께 일어서던 그때부터 이미 우리는 한식구였네. 그간 많은 시련과 어려움이 있었지만 자네의 지도력이 있었기에 이 건물, 이 장원, 여기에 모인 이 사람들이 이만큼 버텨올 수 있었던 걸세. 이번 복룡타와의 일전을 함에 있어서, 우리의 힘이 부족한 것을 알면서도 용기를 내어 싸울 준비를 할 수 있었던 것은 모두 자네에 대한 신뢰가 밑바탕에 깔려 있었기 때문이야! 그런데 고작 살수 단체 하나 끌어들였다는 죄책감으로 이 모든 신뢰를 내팽개치고 물러나겠다는 말인가? 그리하면 우리가 아무 걱정 없이 복룡타와 싸울 수 있을 것 같나? 그 강한 적과 싸워 승리할 수 있을 것 같은가?"

보주는 아무 대꾸도 하지 못했다.

표명도와 마수운도 나섰다.

"보주님, 우리는 사 년이란 길지 않은 시간 동안 보를 다시 일으켜 세운 보주님을 믿고 이 일전을 준비했습니다. 보주님이 없다면 싸울 여력도, 용기도 나지 않을 것입니다. 흑월회든 복룡타든 보주님만 계시다면 얼마든지 맞서 싸울 수 있습니다. 물러난다는 말씀만은 거둬주십시오."

"맞습니다. 보주님이 안 계시면 복수의 의미가 없습니다. 차라리 복수하지 않고 보주님을 모시는 것이 백 번 낫습니다."

세 사람의 적극적인 만류에 보주의 얼굴에는 갈등하는 빛이 역력했다. 그러나 그녀는 물러나겠다는 뜻을 좀처럼 굽히지 않았다. 흑월회를 끌어들인 것이 자기 자신이라는 죄책감에서 좀처럼 벗어나기 힘든 듯했다.

그런데 간담이 갑자기 나섰다.

"제삼자가 낄 자리인지는 모르겠으나, 이러면 어떻겠소?"

모인 사람들의 시선이 그에게로 쏠렸다.

"보주께서 흑월회를 이곳으로 끌어들인 데 대한 죄책감에 시달리시는 것 같은데, 그놈들이 신검보로 몰려드는 것은 사실 우리 입장에서 볼 때는 놈들을 잡아 족칠 좋은 기회요. 보주가 물러나 놈들이 청부를 포기하기라도 한다면 우리는 그 좋은 기회를 놓치게 되는 것이지요. 만약 보주께서 우리에게 이곳에서 흑월회를 잡을 기회를 허락하신다면, 전폭적인 지원을 약속하겠소. 지금 산적한 모든 문제를 해결할 수 있을 만한."

그의 애기에 귀를 기울이고 있던 보주의 눈이 빛났다.

"전폭적인 지원이라면 어느 선까지를 말씀하시는 건지요? 복룡타와의 싸움에도 협조하시겠단 말인가요?"

"그렇소. 지금 복룡타에 머무르고 있다는 곡방기가 익월 초에 호남으로 다시 떠난다고 하시지 않았소? 그전에 그와 오독묘 등을 처치할 수 있도록 돕겠소. 지금 상황에서 전면전은 어렵겠지만 수뇌진만 처치하는 선이라면 현재 우리 전력으로 충분히 가능하오. 그사이 신검보와 우리의 남은 전력은 흑월회의 공격에 대비하는 거요."

*　　　*　　　*

"대체 뭘 믿고 그렇게 큰 소릴 치셨습니까?"

"나야 명성이 천하 방방곡곡을 떠들썩하게 울리는 우리 대주님만 믿고 한 애기일세."

간담의 공치사에 맹정우는 코웃음을 쳤다.

"나참, 기가 막혀서……. 그런데 정말 이 인원 가지고 놈들을 처리할 수 있다고 생각하십니까?"

추적대는 지금 복룡타의 근거지로 향하고 있었다.

신검보주는 결국 간담의 제안을 수락했다.

곡방기 등 복룡타의 수뇌진만 처치할 수 있다면 전면전같이 쌍방의 피해가 큰 싸움을 피할 수 있는, 보다 가치있는 승리가 될 수 있다는 간담의 말에 수긍하는 눈치였다.

사실 수뇌진만 처치하자는 제의는 처음 무정혈로 가장했을 때 맹정우가 제안했던 것이지만 그때는 보주가 복수의 명분에 집착하여 그것을 거절했었다.

그러나 보주 직의 진퇴를 놓고 신검보 수뇌진들과 설왕설래하던 중에 그들의 절대적 신뢰를 확인하고 나서는 복수에 대한 집착에서 조금 벗어난 듯, 추적대에 모든 것을 맡기겠다는 입장을 표명했다.

간담은 그런 그녀를 배려하여 그녀와 마수운 등 신검보의 정예 여섯 명을 지금 복룡타로 가고 있는 추적대에 합류시켰다. 곡방기를 직접 처치하는 데 동참하라는 배려까지 해준 것이다.

신검보주는 보를 지키겠다며 처음에는 고사했으나 정광의 설득에 밀려 이쪽에 참여했다.

추적대는 인원을 나누어 역할을 분담한 상태였다.

함토리 등 열네 명은 신검보에 머무르며 흑월회의 공격에 대비하기로 했고, 맹정우, 간담, 단엽과 정태승, 은소예 등 정예 다섯 명이 복룡타 쪽으로 투입되었다.

"더 많아봐야 놈들의 눈에 띄기만 쉬워질 걸세. 이 정도 인원이면 충분해. 곡방기가 명성에 비해 그렇게 대단한 놈도 아니고, 무엇보다 천하를 호령하는 우리 대주님이 일당백의 신위를……."

또다시 튀어나오는 공치사를 맹정우가 끊었다.

"아아, 됐습니다. 노사님들 칭찬은 더 이상 듣고 싶지도 않고요, 그보다 그 여보주의 사연이 궁금하지 않습니까?"

"궁금하기야 하지……."

간담은 말꼬리를 흐렸다. 그의 심경은 지금 복잡했다.

신검보에서 들은 얘기로는 보주 남여린은 자신의 아이의 복수를 위해 곡방기를 죽이려 하는 것이라 했다. 그녀의 아이라면 당연히 비천신검 이도현의 아이이기도 할 것이다. 그들 같은 재남재녀가 어째서 곡방기 같은 허명뿐인 놈에게 아이가 위해당하도록 놔뒀을까.

간담은 그 내막을 알고 싶었다. 그래서 신검보에서 출발한 직후 따로 남여린을 불렀다. 그리고 궁금한 점을 물었으나 그녀는 입을 자물쇠로 채운 듯 그에게는 한마디도 하지 않았다. 아무래도 이도현과 무슨 문제가 있는 듯했다. 간담은 그녀보다는 이도현과 훨씬 가까운 사이였기에 털어놓기 불편한 모양이었다.

간담이 별말이 없자 맹정우가 자신의 추론을 늘어놓았다.

"혹시 천비장과 그녀의 복수가 무슨 관계가 있는 게 아닐까요?"

"응? 그건 무슨 소린가?"

"가령 천비장에 그녀와 무슨 연관이 있는 인물이 있는데, 그 사람은 그 여자가 복수하러 복룡타로 뛰어드는 것을 원치 않는 게 아닌가, 하는 생각이 들어서요."

간담은 이해가 가지 않는다는 얼굴로 말했다.

"원치 않으면 말리면 되지 왜 엉뚱하게 신검보를 친단 말인가."

"말리지 못할 속사정이라도 있나 보죠. 아이가 죽은 것 때문에 사이가 나빠졌다던가, 그래서 천비장의 사람은 그녀의 손발을 묶으려 했을 수도 있죠. 신검보에 심각한 타격을 입히면 그녀 홀로 복룡타로 가지는 못할 테니."

맹정우의 말이 진행됨에 따라 간담의 입은 점점 벌어졌다. 그의 추론이 왠지 현 상황과 아귀가 맞아떨어짐을 느꼈기 때문이다. 그러나 간담은 곧 강하게 고개를 저었다.

"그럴 리 없네! 그는 그런 식의 비열한 짓을 할 사람이 아니야!"

간담의 강한 부정에 맹정우는 놀란 표정을 지었다.

"예? 노사님, 그 사람이 누군지 아시는 겁니까?"

간담은 입을 꾹 다물었다. 그의 심경은 엉킨 실타래처럼 점점 복잡해져만 갔다.

*　　　*　　　*

신검보를 떠난 추적대와 신검보의 일행은 출발한 지 삼 일 만에 복룡타의 근거지가 위치한 연오촌이란 마을에 도착했다.

연오촌은 촌이란 명칭이 붙은 마을치고는 꽤 커서 현이라고 해도 믿을 정도의 규모였다.

객잔도 제법 많이 들어서 있고 오가는 사람도 많았는데, 대부분이 각 성을 왕래하는 상인들이었다. 이곳이 지리적으로 호광, 사천, 귀주의 삼성과 모두 인접해 있었기에 경계를 넘나드는 상인들이 많을 수밖에 없었다.

맹정우 일행도 당연히 상인으로 분장하고 마을로 들어섰다. 워낙 상인이 많이 드나드는 지역이라 지나가는 사람들은 대원들에게 눈길 한 번 제대로 주지 않았다.

일행은 미리 정해놓은 객잔을 찾아 들어갔다. 이곳에서 신검보가 이 마을에 심어놓은 간자를 만난 후 곧바로 활동에 들어갈 작정이었다.

늦은 저녁 간자가 도착했고, 그는 보주에게 현재 복룡타의 동향을 보고했다.

"곡방기는 지금 가택이 아닌 복룡타 본관에 기거하고 있습니다. 집에는 잘 들어가지 않고, 그보다 애첩이 있는 곳에 가끔 들르는 편입니다. 애첩은 지금 그가 차려준 기루를 운영하고 있는데, 보통 그곳에 갈 때는 오독묘 중 한두 명은 꼭 대동합니다."

"그렇다면 그 기루로 갈 때가 가장 좋은 기회겠군요."

"꼭 그렇지만도 않은 것이, 그가 행차할 때 항상 수행하는 졸개들이 스무 명 정도 됩니다. 오독묘 두엇에 호위 무사 스무 명이면 그것만 해도 상당한 전력이니까요."

어려운 싸움이 될 수도 있다는 말이었지만 선택의 여지는 없었다. 일행은 곡방기가 애첩의 기루를 방문할 때를 노려 습격을 감행하기로 결정했다.

제3장

영웅은 위기의 순간 탁월한
지략으로 어려움을 헤쳐 나간다

제3장

영웅은 위기의 순간 탁월한
지략으로 어려움을 헤쳐 나간다

명월루는 오랜만에 분주한 모습이었다. 기루의 주인인 장대고의 기둥서방이자 명월루가 있는 연오촌의 실질적인 주인, 상산와룡 곡방기가 보름 만에 행차한다는 전갈이 왔기 때문이었다.

벌써 일, 이층의 중하류층 손님들은 양해를 구하는 점소이들과 기녀들에게 떠밀려 퇴청한 지 오래였고, 삼층의 손님들 몇몇만 조용히 자리를 지키고 있을 뿐이었다.

일, 이층의 손님들 나간 자리는 점원들이 부산스럽게 돌아다니며 쓸고 닦으며 먼지 한 톨 보이지 않게끔 큰 손님 맞이를 준비하고 있었다.

반면 삼층은 왔다 갔다 하는 사람 없이 비교적 조용했는데, 이곳은 일, 이층에 비해 방도 몇 개 없고 손님도 몇 명 없었다. 그러나 몇 개 없는 방은 몹시 크고 화려했으며 차려져 있는 음식이나 술도 매우 고급스러워 비싼 돈을 처들일 수 있는 재력가들이 드나드는 곳이란 것을 한눈에 알 수 있었다.

삼층 동쪽 전망 좋은 방에 앉아 주거니 받거니 술 대작을 하고 있는 두 청년만 해도, 번듯한 외양에 금의에 옥대, 장식용 보검을 찬 화려한 차림새를 하고 있어 한눈에 고관대작이나 대부호의 자제란 것을 알 수 있었다.

그 둘은 기녀를 옆에 끼지 않고 둘이서만 술을 마시고 있었는데, 매우 특이한 광경이 아닐 수 없었다. 피 끓는 청춘들이 이런 비싼 기루에 들어서서 여자보다 술을 먼저 찾는다는 것은 극히 드문 일이다.

한창 술을 주거니 받거니 하던 중 왼쪽에 앉은 청년이 오른쪽 청년의 눈치를 살피며 말을 걸었다.

"이봐, 슬슬 기녀들을 부를 때가 온 것 같은데?"

오른쪽 청년은 매서운 눈초리로 왼쪽 청년을 노려보았다.

"하여간… 자나깨나 여자 생각뿐이로군. 조금 있다가 음식 들여오면서 같이 들여보내라고 분명히 명을 했는데 그걸 못 기다리고 빨리 여자 부르자고 촐싹대는 거야, 지금?"

왼쪽 청년은 억울하다는 표정을 지으며 항변했다.

"그게 아니고… 아래층 손님들이 갑자기 다 나가 버리는 게 이상하잖아. 점원들이 분주히 계단을 오르내리는 것도 눈에 띄고. 드디어 기다리던 놈이 오는 것 같아서 그걸 물어보려고 그러는 거지."

"그래?"

오른쪽 청년은 잠시 풀린 표정을 지었지만 곧 다시 눈썹을 올려 세웠다.

"그럼 점원을 불러 물어보면 될 것이지 왜 꼭 계집들을 부르자는 건데?"

"이런 제기! 점원을 부르면 자세히 못 물어볼 것 아냐! 그저 '곡방기가 옵니다!' 혹은 '다른 일입니다' 하고 대답하고는 딴 볼일 보러 가겠지. 그러나 기녀들을 부르면 옆에 끼고 천천히 얘기하면서 자연스럽게 '곡방기가 오는 것인데 언제쯤 와서 어느 문으로 들어와 어디를 거쳐 몇 층 어느 방에 들어갈 것이다' 하는 내용을 이끌어낼 수 있단 말이야."

"홍!"

오른쪽 청년은 싸늘하게 코웃음을 치면서도 뭐라고 반박하지 않았다. 그도 듣고 보니 왼쪽 청년 말이 맞다고 생각은 하나 수긍하긴 싫은 모양이었다.

"그럼 기녀 부른다?"

왼편 청년이 슬슬 눈치를 보며 말하자 오른쪽 청년은 퉁명스레 말을 내뱉었다.

"부르거나 말거나!"

그러면서 입속으로 중얼거리는 것이었다.

"하여간 화류계 쪽으로는 연(緣)이 타고난 모양이야. 어떻게 어딜 가서 무슨 일을 하든 화화공자 역할은 빠지지 않고 하는 것인지…… 내가 좀 더 신중히 생각해 봐야지 원……."

혼잣말이었지만 바로 옆에 있는 왼쪽 청년이 못 들을 리 없는 목소리였다.

왼쪽 청년, 맹정우는 속으로 한탄했다.

'그래, 날 신랑감으로 삼는다는 생각은 제발 좀 신중히 고려해 봐라. 그래서 부디 안 되겠다는 쪽으로 결론 좀 내려다오. 벌써부터 저리도 의부증이 심해서야 결혼해서 삼처사첩은 감히 꿈이라도 꾸겠나?

오른편 청년은 다름 아닌 남장한 은소예였다.

둘은 열흘 전부터 화화공자로 분하고는 하루가 멀다 하고 이곳을 들락날락하며 곡방기가 올 날을 기다리고 있는 중이었다.

원수지간이라도 매일 저녁 얼굴 맞대고 술 대작을 하면 정이 들기 마련인데, 하물며 혼인 가능성(?)까지 있는 청춘 남녀가 대작을 한다면 가까워지지 않을 수가 없는 법이다.

이 둘도 열흘 전까지의 서먹한 사이에서 벗어나 꽤 친해진 상태였다.

맹정우가 농을 걸면 은소예가 피식 웃기까지 하는 사이로 발전한 상황이었으나, 화화공자로 분하고 잠복하고 있는 사정상 어쩔 수 없이 맹정우가 기녀를 부르면 그때부터 다시 은소예의 분위기가 싸늘해지는 것이었다.

제아무리 맹정우라지만 술 대작 상대가 냉기를 폴폴 풍기며 마주 앉아 있는데 평소 술버릇을 낼 재간이 없었다.

결국 둘은 이곳 기녀들 사이에서는 '골샌님들'로 소문이 나게 되었다. 맹정우와는 매우 거리가 먼 별명임에 틀림없었으나 옆의 기녀에게 집적댈라 치기만 하면 은소예가 도끼눈을 뜨니 평상시와는 달리 건전한 술 문화를 선도하는 모습을 보일 수밖에 없었다.

어쨌든 간신히 은소예의 동의를 구한 맹정우는 기녀들을 불렀고, 그녀들에게서 얻고자 하는 정보를 빼낼 수 있었다.

예상대로 기녀들은 오늘 곡방기가 이곳을 방문한다고 가르쳐 주었다. 일, 이층의 손님들은 그 때문에 내쫓기는 거라고 했다. 삼층 손님들도 조용히 하지 않으면 복룡타 졸개들이 들어와 행패를 부릴 수 있으니 조심하라는 충고까지 했다.

맹정우는 인상을 찡그렸다.

자신과 은소예는 삼층의 고급 손님방에 있는 반면 단엽과 간담, 남여린 등은 일, 이층의 일반 손님으로 가장하고 있었다. 그런데 돌아가는 상황을 보아하니 그들은 내쫓기는 손님 틈에 끼어 나간 듯했다.

물론 근처를 배회하다 곡방기가 오면 다시 들어올 테지만 이곳에 있는 자신들과 호흡이 잘 맞지 않을 위험성이 커진 것이다. 결코 좋은 상황은 아니었다.

곡방기가 행차한 것은 그로부터도 꽤 시간이 지난 이경 무렵이었다.

복룡타의 행렬은 입구로 들어올 때부터 떠들썩했다. 맹정우가 창밖으로 곁눈질하니 얼추 삼십 명에 가까운 일행이 기루 안으로 들어서고 있었다.

기루 입구로 들어온 자들이 이층에서 삼층을 지나 사층으로 올라갈 무렵, 맹정우는 측간 가는 척하며 복도로 나왔다.

계단을 지나가는 자들이 보였다.

험상궂게 생긴 무복 차림의 떡대들 사이로 매서운 눈매에 긴 수염이 인상적인 중년인이 올라가는 것이 보였다.

그런데 계단을 오르던 중년인이 잠시 시선을 맹정우 쪽으로 향했다. 찰나간 둘의 눈이 마주쳤고, 맹정우는 곧 당황한 표정으로 눈을 돌렸다. 마치 나약한 청년이 무사와 눈을 마주친 후 겁을 내는 것처럼 보이기 위하여.

시선을 돌렸으니 정확히 보지는 못했지만 중년인은 그냥 사층으로 올라가는 듯했다.

슬쩍 다시 곁눈질을 하니 중년인 뒤로 세 명의 비슷한 연배의 사내가 따라가고 있는 것이 보였다. 특이하게도 한 명은 부축을 받으며 올라가고 있었다.

세 명은 옷차림이 무복 차림의 무사들과 차별화되게 고급스러워 한눈에 우두머리급이라는 것을 알 수 있었다.

'째진 눈이 곡방기인가 보군. 뒤의 셋은 복룡타 총단에 남아 있다는 오독묘 세 명인가 본데, 몽땅 몰려온 것 같으니 운이 좋다고 해야 하나 나쁘다고 해야 하나…….'

맹정우는 별다른 행동을 하지 않고 그냥 방으로 돌아왔다.

밖에 나간 동료들이 다시 들어오기 전까지는 무리한 행동을 할 필요가 없는 것이다.

일, 이층의 손님들이 내쫓기는 통에 처음 세운 작전은 다 틀어진 셈이 되었다. 결국 내쫓긴 간담 등이 다시 들어올 때까지 기다리는 수밖에 없었다.

맹정우는 방으로 들어와 은소예의 옆 자리에 앉으면서까지도 뭔가 석연치 않은 느낌을 지울 수 없었다.

'아까 놈의 눈빛…….'

잠시 마주쳤던 곡방기의 눈, 그 눈에서 받은 인상은 분명 비웃음이었다.

왜 곡방기가 자신을 보며 조소의 눈빛을 흘렸을까?

물론 나약한 귀공자가 당황하는 표정을 짓는 모습을 연출했으니 그것을 보고서 비웃었을 거라는 가정이 가장 그럴듯했다.

'과연 그럴까.'

그럴듯한 가정이지만 왠지 곡방기급의 인물이 할 행동으로는 어울리지 않는다. 그를 따르던 졸개 나부랭이가 그랬다면 모를까, 강남오걸로 꼽힌다는 곡방기가 기루에 출입하는 청년 같은 것에게 신경이나 쓸까? 그런 자에게 조소든 뭐든 관심을 나타낼 이유가 있을까?

맹정우는 벌떡 일어섰다.

옆에 있던 은소예가 의아한 표정으로 물었다.

"왜 그래?"

맹정우는 은소예의 팔을 잡아끌었다.

"오늘은 술맛이 안 나는군. 이만 나가지."

"뭐?"

은소예는 당황한 표정을 지었다. 장장 열흘이 넘게 기다린 끝에 노리고 있던 곡방기가 막 들어온 참인데 나가자니, 나간 사람들이 다시 들어와도 모자란 판에.

은소예는 팔을 빼며 말했다.

"한 잔 더 하지? 여기서 손님 만나기로 했잖아?"

"기분이 안 좋다니까. 어서 나가자고."

은소예는 신경질이 나기 시작했다. 맹정우가 다른 동료들 다 나가고 둘만 있는 게 겁이 나서 빼는 것처럼 느껴졌다. 그녀는 인상을 팍 쓰며 소리쳤다.

"글쎄 싫어. 너도 여기 있어!"

고객들이 갑자기 가네 마네 하니 앉아 있던 기녀들까지 나서서 맹정우를 말렸다.

"아이, 공자님, 오늘따라 왜 이러세요. 저희가 뭐 섭섭하게 해드린 것 있나요?"

"그러지 말고 저희랑 조금만 더 놀아요, 네?"

두 기녀는 맹정우의 한 팔씩 잡고 앉으라고 끌어당겼다.

“기분이 안 좋아서 그렇다니까. 너희도 빨리 이 손 놔!”

그러면서 맹정우는 한쪽 팔을 빼려고 살짝 휘둘렀다. 그러자 휘두른 팔을 잡고 있던 기녀가 그의 힘에 떠밀려 ‘어머나!’ 하며 벽으로 내동댕이쳐졌다.

뜻밖의 상황에 당황한 표정을 짓는 맹정우를 향해 다른 기녀가 질책하는 목소리로 외쳤다.

“공자님! 그렇다고 애를 내동댕이치시면 어떡해요!”

맹정우는 당황한 얼굴로 쓰러진 기녀 쪽으로 시선을 돌리며 말했다.

“아니, 난 힘도 주지 않았는데 애가…….”

그 순간 맹정우는 뭔가 날카로운 것이 자신의 등에 박히는 것을 느꼈다. 늘 입고 있는 폭풍번 깃발에 막혀 살을 파고들지는 못했으나 그것은 분명 비수의 감촉이었다.

“이 계집이!”

은소예가 벌떡 일어나며 맹정우의 등을 찌른 기녀에게 덤비려는 찰나, 비수를 든 기녀는 발로 밥상 끝을 차올려 은소예 쪽으로 상을 뒤엎어 버렸다.

그와 동시에 내동댕이쳐졌던 기녀가 물 찬 제비처럼 맹정우에게로 튀어 오르며 품에 빼낸 비수로 맹정우의 심장을 찔러왔다. 또한 은소예를 밥상으로 저지한 뒤의 기녀는 이번에는 등이 아닌 맹정우의 목을 향해 비수를 날렸다.

비수와 비수가 맹정우의 몸에서 마주치는 순간, 맹정우의 몸이 마치 허깨비처럼 측면으로 일 보 이동했고, 그의 앞뒤로 날아오던 비수들은 목표를 상실한 채 허공을 갈랐다.

두 기녀는 허공을 가른 비수를 다시 추스르려 했으나 그녀들의 비수를 잡은 손목은 어느새 다시 다가온 맹정우의 두 손에 이미 맥없이 잡혀 버린 상태였다.

맹정우는 양손에 힘을 가해 비틀어 두 기녀의 손목을 탈골시켜 버렸다.

손목이 탈골된 두 기녀의 비명이 채 가시기도 전에 방의 문짝이 박살이 나며 좀 전에 계단을 올라갔던 어깨들이 튀어 들어왔다.

방으로 진입하는 어깨들의 등 뒤로 한마디 외침이 따라왔다.

"놈은 검수이니 칼을 못 잡게 해라!"

명을 새겨들은 듯 복룡타의 어깨들은 막무가내로 맹정우에게로 달려들었다. 좁은 방 안에서 칼을 뽑아 사용할 틈을 주지 않으려는 의도였다.

그러나 맹정우 입장에서는 오히려 반가운 움직임이었다.

어차피 변변하게 칼 다루는 법도 모르는 데다가 그나마 있는 천신도도 제대로 쓰려면 시간이 걸리는 병기이니 이런 다급한 상황에서는 적이 가까이 다가오면 올수록 좋았다.

적어도 박투술에 있어서는 어느 누구에게도 자신이 있는 그였다.

들이닥친 어깨들은 등치에 어울리지 않게 비수나 작은 유엽도를 꼬나 쥐고 있었다. 나름대로 좁은 공간에서 효율적인 무기로 골라 온 모양이었다.

맹정우는 기다릴 것도 없이 단지보를 사용하여 달려드는 놈들과 거리를 좁혔다.

선제공격을 허용하지 않겠다는 마음과 함께 뒤의 은소예가 검을 빼들 공간을 마련해 주려는 의도였다.

방문까지 부쉈지만 등치들이 여럿 들어올 수 있는 공간은 아니었다.

둘씩 짝지어 몰려들어 오고 있었는데, 단지보가 시전된 맹정우의 몸이 갑자기 공간을 단축하며 눈앞으로 다가들자 선두에서 달려들던 두 명의 어깨는 순간 당황했다. 엉겁결에 들고 있던 비수를 다가오는 맹정우에게 꽂아 넣었지만 둥글게 회전하는 맹정우의 손에 걸려 비수는 날아가 버렸고, 연이어 그의 무릎이 보이지도 않는 속도로 명치에 박히자 둘은 외마디 소리를 지르며 바닥을 뒹구는 수밖에 없었다.

맹정우는 움직임을 멈추지 않고 몸을 띄웠다.

공중에 뜬 그의 양 발이 쾌속하게 교차하며 쓰러진 놈들 바로 뒤에서 달려들던 두 녀석의 턱에 꽂혔고, 재빨리 착지하며 퇴산장을 시전하자 문밖에서 꾸역꾸역 몰려들던 놈들이 장력에 밀려 모두 복도로 튕겨 나가 버렸다.

불과 세 호흡 만에 벌어진 일이었다.

"제법인데!"

은소예가 쓰러진 어깨들을 밟고 맹정우의 옆을 지나 복도로 먼저 나서며 외친 말이었다.

맹정우의 퇴산장으로 인해 확보된 공간에서 그녀의 쾌검이 빛을 발하자, 복도에 버티고 있던 어깨들도 한 놈 한 놈 쓰러지기 시작했다.

맹정우까지 복도로 나와 은소예를 거들자 삼층의 전투는 금세 종료되었다. 복도 외곽에 있던 어깨들은 둘의 무위에 질린 듯 전부 위층으로 도망쳐 버렸다.

"쫓아갈까?"

은소예의 말에 맹정우는 고개를 저었다.

"아래부터 거들어야 할 것 같군. 아무래도 우리 동료들이 진입한 모양이야. 밑에 층에서도 싸우는 소리가 들려."

밑에 층이 정리가 되지 않으면 함부로 위로 올라갔다간 위아래로 포위당할 염려가 있었다. 상황이 이렇게 된 이상 원군을 부르지 못하도록 아래부터 정리한 후 올라가는 것이 타당했다.

계단을 뛰어내려 가면서도 맹정우는 찜찜한 표정을 풀지 못했다.

기녀가 비수를 꼬나 쥐고 덤볐다는 것은 놈들이 자신들의 정체를 눈치챘다는 얘기였다.

암살 작전이니만큼 소수 정예로 구성하여 신중에 신중을 기하며 이곳까지 왔다. 신검보인들도 수뇌진을 빼고는 자신들이 이곳으로 온 것을 알지 못한다. 연오촌에 도착한 이후에도 변장에 신경 쓰며 최대한 조심했기에 적이 눈치챌 가능성은 없다고 믿었다.

그러나 아까 마주쳤던 곡방기의 눈빛, 그때 이미 놈은 자신들의 정체를 짐작하고 있었던 듯했다. 그렇다면 지금 추적대는 함정에 빠진 상태인 것이고, 따라서 일, 이층의 적이든 위에서 기다리고 있는 적이든 결코 만만히 준비를 하고 덤비는 게 아닐 것이다.

'그런데 왜 끝까지 싸우지 않고 위층으로 도망쳤을까.'

맹정우는 좀 전에 놈들이 보인 행태가 이해가 가지 않았다.

둘만 있는 것을 알았다면 수뇌진까지 총동원해서라도 자신들 둘을 먼저 처리하는 게 이치에 맞는 행동 아닌가. 그런데 놈들은 졸개들만 풀어 싸우게 하고 마치 따라오라는 듯 올라가 버렸다.

'그리고 그 외침, '놈은 검수이니 칼을 뽑지 못하게 해라' 이건 설마 내 정체를 알고 있단 얘긴가?

그저 곡방기를 노리는 자들이 기루에 잠복하고 있다는 것 정도만 알아차렸다면 들켰다고 해도 그렇게 심각한 문제는 아니다. 그러나 맹정우 자신의 정체를 알아차린 것이라면 상황은 전혀 달라진다. 더구나 자신이 누구란 것을 알고도 자신있게 덤빈 것이라면…….

"조심해. 아래 있는 놈들은 지금처럼 만만할 것 같지 않은 느낌이 들어."

맹정우는 불길한 예감이 점점 커짐을 느꼈다.

이층 계단으로 내려오니 불이 꺼져 있었다. 싸우는 소리는 일층에서 들리고 있었다.

은소예는 계단을 내려가던 중에 무심코 계단 벽에 걸린 등불을 집었다.

맹정우가 만류하려 손을 내미는 순간, 공기를 가르는 파공성과 함께 뭔가가 날아왔다.

"위험해!"

맹정우는 은소예의 허리를 감싸며 경신술을 시전하여 계단 위로 날아올라 갔다.

콰직!

계단 옆 나무 벽에 박힌 것은 강전이었다. 날아온 속도로 보아 손으로 던졌다기보다는 작은 석궁 같은 것으로 쏜 모양이었다.

맹정우는 답답한 표정으로 어둠에 잠긴 이층을 내려다보았다.

이렇게 되면 이층으로 내려가는 것은 난망했다. 어둠 속에서 보이지 않게 날아오는 엄청난 속도의 강전을 무슨 수로 피해낼 수가 있단 말인가?

계단 앞에서 아래를 계속 주시했지만 이층에 잠복하고 있을 놈들이 올라올 듯한 움직임은 전혀 느껴지지 않았다. 그저 일층에서 병장기가 부딪치고 있는 소리만이 간헐적으로 들려오고 있을 뿐, 어둠 속의 이층은 고요 그 자체였다.

'대체 왜 이런 짓을 하는 거지? 암습을 눈치챘다면 한꺼번에 덤비면 간단히 처치할 수 있지 않나? 놈들이 이러고 있는 이유가 뭘까?'

맹정우는 아까 자신에게 당하여 아직껏 바닥에 쓰러져 신음하고 있는 어깨의 멱살을 잡아 올렸다.

"무슨 수작이냐? 네놈들 두목은 왜 꽁꽁 숨어 나타나질 않는 거지?"

어깨는 아파서 끙끙거리면서도 비아냥거렸다.

"크크크, 네놈들은 완전히 포위된 상태다. 빨리 무릎 꿇고 항복하는 것이 신상에 이로울 게다."

맹정우는 어깨를 집어 던진 후 삼층 창문으로 밖을 힐끔 내다보았다. 그러자 눈을 부릅뜰 수밖에 없는 광경이 드러났다.

기루 주변을 수많은 횃불이 둘러싸고 있었다.

기루는 완전히 포위된 상태였다.

"어떻게 된 거야? 암습이 완전히 들켜 버린 모양이네?"

은소예도 그 광경을 보고 초조한 표정을 감추지 못했다.

"이제야 상황을 알겠군……."

맹정우는 침음성을 흘렸다.

놈들은 자신이 누구인지 명확히 알고 있었다. 그리고 동료들의 위치까지도 완벽하게 파악하고 있었던 모양이다.

일검탈명 맹정우의 위명은 천하에 떨쳐지고 있으니 놈들도 겁이 나서 함부로 덤비기 어려웠을 것이다. 그래서 피해를 최소화하고 자신의 손발을 묶기 위해 동료들과 자신을 분리시킨 것이다.

평상시 곡방기의 행차가 있으면 아마 이곳에서의 놈의 위상으로 보건대 고관대작의 자제든 뭐든 애저녁에 다 쫓아냈을 것이다. 그러나 자신이 삼층에 있는 것을 알았기에, 곡방기의 방문을 빙자하여 일, 이층 손님만 내쫓는다는 핑계를 대고 나머지 동료와 자신을 분리해 놓고, 그사이에 밖의 병력을 진입시켜 다시 들어오려는 동료들에게 공격을 감행했을 것이다.

간담이나 단엽 등의 무위가 강하니 놈들의 공격에 굴하지 않고 기루 안까지 들어온 모양인데, 이층에는 무시무시한 암살 장치를 해놓고 있으니 삼층과 마찬가지로 일층에서도 올라오지 못한 것이 분명했다.

그래서 올라오지는 못한 채로 밖에서 쫓아온 적들과 계속 싸우고 있는 상황으로 보였다.

"어찌 되었든 한시라도 빨리 일층과 합류해야 해!"

이대로 가다가는 일층 사람들은 차륜전에 밀려 결국 쓰러질 것이 자명하다. 그들이 쓰러지면 당연히 그 다음은 맹정우와 은소예 차례가 될 것이다.

결국 동료들이 당하기 전에 이층을 해결하고 합류한 후, 밖으로 나가기보다 차라리 위로 올라가 수뇌진과 맞닥뜨리는 방법을 선택해야 한다. 수뇌진을 쓰러뜨리거나, 하다못해 인질로라도 잡을 수 있다면 빠져나갈 한 수는 분명히 있었다.

"무슨 수로? 한 걸음만 내디디면 강전 꽂이가 돼버릴 텐데?"

은소예도 초조한 듯 발을 동동 굴렀다.

맹정우는 시험 삼아 등불 하나를 들고 계단 앞으로 다가섰다. 그리고는 어둠에 잠겨 있는 계단 밑으로 던졌다.

슈팍! 파파팍!

등불이 떨어지자마자 대여섯 개의 강전이 꽂혀들었고, 불은 바로 꺼져 버렸다.

목숨이 아홉 개쯤 되지 않고서야 도저히 내려갈 수 있는 상황이 아니었다.

'방법을 생각해야 해! 방법을……'

살아야 된다는 일념으로 잔머리를 초인적으로 고속 회전시키던 맹정우는 결국 기상천외한 발상을 하나 떠올렸다.

"이리 들어와!"

맹정우는 은소예에게 손짓하며 갑자기 방으로 들어가 버렸다.

맹정우가 들어간 방은 그와 은소예가 있었던 방이 아닌 비어 있는 방이었다.

은소예는 영문도 모른 채 따라 들어갔다.

삼층은 방이 많은 일, 이층과는 달리 커다란 객실 두 개로 구성되어 있었다. 객실 두 개가 마주 보고 있고, 그 가운데 복도가 벽에 붙은 계단까지 경계선처럼 이어져 있는 형태였다.

은소예가 방에 들어서자 맹정우는 방바닥을 발로 살짝 구르며 말했다.

"강전이 날아왔던 각도로 볼 때 놈들은 이 아래 있을 거야."

맹정우는 천신도를 빼 들더니, 방 한구석으로 가서 바닥에 푹 꽂아 넣었다.

천신도는 예기가 워낙 뛰어나 나무로 된 바닥을 푹 찌르면 손잡이까지 꽂아 넣을 수 있을 정도로 날카로웠으나, 그는 깊게 꽂지 않았다.

바닥을 행여 뚫을세라 두려운 듯 조심스럽게 도신의 사분지 일쯤을 꽂아 넣었다. 그리고는 맞은편 구석을 향해 걸어가며 칼도 같이 쭉 그어가는 것이었다.

신기하게도 나무로 된 바닥을 칼이 자르고 있음에도 아무 소리도 나지 않았다. 그러나 자세히 보면 칼에 은은한 도기가 흐르는 것이, 맹정우가 도기를 끌어올리고 있음을 알 수 있었다.

그가 한구석에서 반대편 구석까지 걸어가자 네모진 방바닥의 한쪽 모서리에 천신도가 남긴 빗금이 길게 그어졌다.

"대체 지금 뭐 하는 거야?"

은소예가 알 수 없다는 듯 고개를 갸웃거렸지만 맹정우는 같은 작업을 또다시 반복했다. 구석까지 간 천신도는 또 한구석을 향해 갔고, 또 한구석, 또 한구석까지 천신도가 남긴 선이 이어지자 직사각형 방바닥에는 천신도가 그린 방과 같은 크기의 네모진 칼자국 선이 드리워졌다.

"저 위에 올라가 있어."

맹정우는 벽에 붙은 창문틀을 가리켰다.

그제야 맹정우가 무슨 짓을 할지 짐작한 은소예는 재빨리 창틀 위로 올라섰다.

맹정우는 한 호흡을 길게 삼킨 후, 몸을 위로 솟구쳐 올렸다.

소리없이 땅을 박찬 그의 몸이 일 장을 떠올라 천장에 닿는 순간, 그의 몸이 반 바퀴 회전하며 마치 땅이 위에 있는 듯한 자세로 천장에 두 발을 붙였다. 천장에 붙은 두 발은 궁보의 자세를 취하고 있었고, 거꾸로 섬과 동시에 그의 양팔에 굽혀졌다 쭉 펴졌다.

그의 양장에서 뿜어낸 퇴산장의 거대한 압력이 방바닥과 충돌했다.

파괴력은 없으나 밀어내는 힘에 있어서는 타의 추종을 불허하는 퇴산장의 힘은 이미 천신도로 인해 반 이상 잘려진 삼층의 목재 바닥을 우지직 소리와 함께 아래층으로 꺼뜨려 버렸다.

꺼진 방바닥은 이층에 대기하고 있던 암습자들의 머리 위로 떨어져 내렸다.

'와악!', '으악!' 하는 비명 소리가 꺼진 바닥 아래에서 새어 올라오는 가운데, 천장에 잠시 붙어 있던 맹정우의 신형이 아래층으로 떨어져 내렸고, 은소예가 그의 뒤를 따르며 삼층 방에 걸려 있던 여섯 개의 등불을 향해 검기를 날렸다.

검기는 정확히 등불을 지탱하고 있던 끈에 맞았고, 끈이 끊어진 여섯 개의 등불들은 떨어져 내리는 그녀와 함께 이층으로 내려앉아 어둠에 잠겨 있던 이층 공간을 훤히 밝혔다.

떨어지는 등불로 인해 시야가 확보되자 이층의 상황이 훤히 드러났다. 숨어 있던 암습자의 대부분은 떨어져 내리는 바닥에 깔려 버린 상태였다.

계단을 향해 쏘기 좋은 위치를 잡느라고 맹정우가 무너뜨린 방 아래의 가장 구석 쪽에 모두 대기하고 있던 이들은 갑자기 머리 위로 무너져 내리는 천장을 도저히 피할 재간이 없었다. 더군다나 맹정우가 있던 방은 이층의 거의 절반 크기였으니 몸을 빼내려야 빼낼 틈이 나질 않았던 것이다.

비교적 앞쪽에 위치했던 운 좋은 두 놈은 간신히 몸을 뺐으나 둘 다 혼이 반쯤 나가 버린 상태였다.

둘은 떨어지는 맹정우를 향해 얼결에 강전을 날렸으나 겨냥도 제대로 되지 않았고 은소예가 떨어뜨린 등불로 인해 시야가 확보된 맹정우가 그걸 못 피할 리도 없었다.

두 놈을 가볍게 제압하자 이층은 손쉽게 정리되었다.

이층까지 제압한 맹정우와 은소예는 재빨리 일층으로 향했다.

일층 상황도 의외로 전개되고 있었다.

일층의 전투는 잠시 멈춘 상황이었다.

일층 내부로 들어왔던 적들은 전부 쓰러진 상황이었고, 추적대원들만이 일층을 점거하고 있었다.

다만 추적대원 중에서 정태승이 안 보였고, 신검보의 무사 한 명이 부상을 입은 듯 쓰러져 있는 상태였다.

적들은 입구 밖에서 모여선 채로 주춤주춤하며 안으로 들어서질 못하고 있었는데, 입구 앞에 간담이 버티고 서 있었기 때문이다. 입구 근방에 시체 십여 구가 나뒹굴고 있는 것으로 보아 그의 검에 모두 당한 모양이었다.

간담은 검을 빼 들고 중단세를 유지하고 있었는데, 적들은 그의 위용에 질린 듯 입구 밖에서도 삼사 장 거리를 둔 채 더 이상 다가오지 못하고 있었다.

맹정우와 은소예가 내려오자 모두 반색을 했다.

"대주님, 무사하셨군요!"

반가이 외치는 단엽은 다쳐서 피를 흘린 듯, 옷이 피 범벅이었고 얼굴은 핼쑥했다. 그는 미수운의 부축을 받고 있었다.

"정태승은?"

"여기까지 오는 도중에 저희와 갈라졌습니다. 아마도……."

단엽은 말끝을 잇지 못했다. 죽임을 당했을 거라 생각하여 애석한 마음에 말꼬리를 흐리고 있었으나 맹정우는 별로 슬프지 않았다. 정태승이 어떻게 되었을지 짐작이 갔기 때문이었다.

'놈이 간자였던 모양이로군!'

적들이 자신의 정체를 알고, 또 다른 일행의 위치까지 정확히 알았다면 그것은 누군가가 적들에게 자신들의 행적을 내내 알렸다는 이야기였다. 아마도 일행 중의 누군가가!

삼층에서 이곳까지 내려올 동안 맹정우는 간자가 과연 누굴까를 고민했다.

확률상으로는 나중에 합류한 추적대보다는 신검보 무사 중에 한 명일 가능성이 높았다. 그러나 맹정우는 지금 자신들과 싸우고 있는 적이 단순히 곡방기의 복룡타뿐이라는 확신이 서지 않았다. 왠지 또 다른 암중 세력이 가세한 것 같은, 장강에서부터 자신들의 행적을 정확히 알고 습격한 적룡왕 패거리와 같은 놈들이 또 있을 듯한 느낌이 계속 들고 있었다. 그렇다면 간자는 단순히 신검보의 배신자가 아닌 추적대의 일원일 가능성도 충분히 있었다.

'놈이 간자였다면 지금이 도망칠 시기이지!'

만약 맹정우가 헤어진 일행과 지금처럼 합류하는 사태가 벌어지면 일행 중에 간자가 있음을 의심할 것이 분명하니 그전에 적절하게 내뺀 것이 틀림없었다.

그러나 그것은 어디까지나 심증이었고 지금은 그걸 따지고 있을 시간이 없었다.

맹정우는 현 상황을 파악하고자 단엽에게 물었다.

"여기 상황은 어땠소?"

"저희는 주루 근처에서 서성이고 있었는데, 놈들이 갑자기 몰려들었습니다. 처음에는 우리끼리도 각각 떨어져 있었기 때문에 악전고투를 했습니다. 그 과정에서 정 대협과 신검보 무사 한 명이 쓰러졌고, 간신히 일층까지 들어왔을 때 간 노사님께서 대단한 무위를 보이셨습니다. 놈들이 이곳으로 쫓아 들어오는 족족 쓰러뜨리셨기 때문에 놈들은 더 이상 들어설 생각을 못하고 있습니다."

"그래요?"

맹정우는 새삼스러운 눈초리로 간담의 뒷모습을 보았다. 처음 봤을

때는 영 아니올시다 싶은 노인네였는데 엄청난 고수라는 함토리 말이
허풍은 아니었나 보다.

"위엣놈들은 어떻게 되었습니까? 혹시 대주께서 몽땅 처리하셨는
지?"

"그럴 리야 있겠소. 놈들은 사, 오층에 있는 모양이오."

"어째서 내려오지 않는 걸까요?"

"글쎄, 우리가 올라오길 기다리고 있는지도 모르지."

질문에 별 생각 없이 내뱉은 대답이었지만 맹정우는 문득 정말 그럴
지도 모른다는 생각이 들었다.

사, 오층도 이층처럼 자신들을 기다리고 있는 함정이 있지 않을까.

밖의 놈들은 간담의 무위로 인해 들어서지 못하고 있는 것처럼 보였
지만, 사실 저 정도 인원이라면 벽을 부수고라도 공격하지 못할 것도
없다. 그런데도 저렇게 변죽만 울리고 있는 것은 강력한 공격 의지는
없는 것이라고 봐도 무방할 것이다.

"그렇다면 내가 올라가기를 기다렸던 건가?"

이층의 상태는 직접 확인했지만 사층이 어떤 상황인지는 알아보지
못했다.

만약 잠깐 덤볐다가 사층으로 우르르 몰려 올라간 어깨들이 따라오
라는 미끼였다면?

맹정우는 고개를 흔들었다. 복잡한 생각을 더 이상 진행할 필요가
없다.

놈들의 의도가 어떤 것이든 간에 지금의 사태를 해결할 방법은 한
가지뿐이었다.

"모두 올라갑시다! 수뇌진이 있는 위층으로 올라가 죽이 되든 밥이

되든 결론을 내립시다!"

남여린이 밖의 적을 가리키며 물었다.

"저놈들이 따라 올라오면요? 그때는 꼼짝없이 포위되는 셈일 텐데. 차라리 어렵더라도 밖으로 치고 나가는 게 낫지 않을까요?"

그녀도 꽤나 침착하려 애쓰는 듯 보였다. 들은 말대로라면 자기 아들의 원수가 위에 있는 것인데도 밖으로 나가자고 하는 것을 보면.

맹정우는 싱긋 웃었다.

"걱정 마십시오, 놈들이 따라오지 못하게 할 방법이 있으니."

맹정우는 우선 부상당한 신검보 무사 세 명과 단엽을 끌고 이층으로 올라갔다.

이층에는 맹정우가 벌여놓은 전투의 흔적이 고스란히 남아 있었다. 맹정우는 먼저 좀 전에 제압했던 두 놈에게로 다가가 근처에 놓여 있던 석궁과 강전을 주웠다.

그것을 무사들에게 넘긴 후 무너져 내린 삼층 바닥의 잔해 쪽으로 다가갔다. 잔해를 들추니 방바닥에 압사당해 버린 놈들의 시체가 보였다.

눈살을 찌푸릴 만한 광경이었으나 맹정우는 개의치 않고 시체 곁에 나뒹굴고 있는 석궁 몇 개와 강전을 더 주워서 단엽 등에게 나누어 주었다.

"우리가 일층을 비우고 위층으로 올라가면 적들이 곧 따라올 겁니다. 네 사람은 부상도 있고 해서 위의 적과 싸우기 조금 벅차니 이곳 이층에 있으면서 적이 오는 것을 막아주시오. 저 계단을 향해 이걸 겨누고 있으시오. 불은 전부 꺼놓고. 놈들이 제아무리 많아도 위층으로 올라오려면 저 좁은 계단으로 올라올 수밖에 없소. 올라오는 족족 몇 놈만 꼬치 신세로 만들어놓으면 그 다음에는 절대 못 올라올 거요."

좀 전에 이층의 적이 쓰던 방법을 그대로 차용한 것이었다. 석궁과 강전은 충분히 쌓여 있었고, 지형까지 이쪽 편이니 능히 소수로 다수를 막을 수 있는 환경이었다.

세 무사는 석궁을 챙겼지만 단엽은 고사했다.

"저… 대주, 저는 지금 한 팔을 다쳐서 석궁을 쏘기가 곤란합니다. 다른 분한테 맡기시는 편이 좋을 듯합니다."

"그래요? 그럼 할 수 없지."

맹정우는 일층에 있는 사람들보고 모두 올라오라고 소리쳤다. 간담을 제외한 모든 사람들이 이층으로 올라왔다.

맹정우는 단엽의 석궁을 마수운에게 맡겼다. 단엽은 검을 잡는 팔은 쓸 수 있다 하여 위로 같이 올라가기로 했다.

맹정우는 다시 간담을 불렀다.

"간 노사, 이층에 적을 방비할 계책을 세웠으니 올라오십쇼!"

그 말을 들은 간담이 이층으로 재빨리 올라왔고, 밖의 적은 간담의 모습이 입구에서 사라졌어도 여전히 겁나는지 쉽사리 안으로 들어오지 못했다.

맹정우는 이층 불을 다 꺼뜨린 후 석궁을 든 네 명을 남긴 채 나머지를 이끌고 위층으로 올라갔다.

삼층을 지나 사층에 이르렀다. 사층에는 어떠한 함정도, 암습자도 없었다. 다만 아까 삼층을 습격했다가 맹정우와 은소예에게 밀려 도망친 졸개 몇 명이 있을 뿐이었다.

이들은 싸울 마음이 없는 듯 무기도 버린 채 맨손이었다.

맹정우들이 올라오자 그들은 덤비지 않고 그저 한목소리로 외쳤다.

"오충으로 올라가시오! 타주께서 기다리고 계시오!"

맹정우는 그중 맨 앞에 서 있는 놈의 멱살을 잡아챈 후 말했다.

"니들 두목은 대체 무슨 꿍꿍이냐?"

졸개는 겁을 먹은 표정이면서도 대꾸는 만만치 않게 했다.

"흐흐, 우리를 쓰러뜨린다고 해도 달라지는 것은 없소. 이거 놓고 위층에나 올라가 보시오."

"희한한 놈들일세."

놈을 집어 던진 후 맹정우는 망설이는 눈으로 오충으로 올라가는 계단을 바라보았다.

아까 기녀들이 말한 바로는 곡방기는 이곳에 올 때면 항상 오충을 썼다고 한다. 그의 전용실이 마련되어 있다고 했는데, 그녀들은 사실 기녀라기보다 암습자였으니 그 정보가 정확한 것인지는 확신할 수 없었으나 어쨌든 오충에서 곡방기가 기다리는 것만은 확실한 사실이었다.

어차피 부딪쳐야 할 상황, 맹정우는 오충으로 올라가는 계단에 발을 디뎠다.

제4장

영웅은 어떠한 상황에서도
냉정한 정신을 잃지 않는다

일행이 오층으로 올라서자, 별천지가 펼쳐져 있었다.

오층은 방이나 복도가 없고 마치 대청처럼 탁 트인 공간이었다.

계단의 맞은편 끝에는 바닥보다 한 칸 높이 올라간 단상이 있고 그 위에는 태사의가 놓여 있었다. 태사의에는 아까 잠시 마주쳤던 곡방기가 앉아 있었는데, 그 옆에는 기루의 주인으로 보이는 중년 미부, 그리고 계단에서 곡방기와 함께 보았던 두 중년 사내가 시립해 있었다.

특이한 것은 태사의의 좌측 대각선 방향에 손님용으로 보이는 의자가 몇 개 놓여 있었는데, 그중 하나에 짙은 흑삼을 입고 있는 장년인 한 사람이 앉아 있었다. 흑삼인은 어깨가 떡 벌어진 건장한 체구였는데, 한눈에도 제대로 단련된 무인이라는 것을 알아볼 수 있었다.

'저놈은 아까 계단에서 보지 못했던 놈인데?'

곡방기 옆의 오독묘로 보이는 두 사내가 부축하던 놈은 분명 아니다. 그자는 저렇게 건장한 체격이 아니었다.

태사의에 앉아 있던 곡방기는 날카로운 눈으로 올라온 자들, 특히 맹정우를 주시하다가 천천히 입을 열었다.

"자네가 근래 소문이 자자한 맹정우인가?"

맹정우는 고개를 끄덕였다.

"그렇소."

"과연 명불허전이로군. 본좌의 의도는 그대와 독대하는 것이었는데, 결국 함정과 매복을 피해서 일행을 거의 다 이끌고 이곳까지 올라왔으니 말일세."

곡방기는 역시 맹정우의 정체를 알고 있었다. 게다가 짐작한 대로 다른 동료들의 위치까지 모두 파악했던 모양이다.

"본좌는 이곳 사천 맨 끝자락에 처박혀 살아온지라 자네 같은 사람들에게 피해를 준 기억이 없네만, 어찌 자네는 본좌를 핍박하는가?"

맹정우는 미간을 살짝 찌푸렸다.

"죄를 지은 놈은 협의지사인 이 몸께서 가만둘 수 없지."

곡방기가 의아한 듯 눈을 약간 크게 떴다.

"죄? 본좌의 죄가 대체 뭔가?"

대답은 단엽이 했다.

"신검보 사람들의 죄없는 피를 이 땅에 적시도록 한 것이 너의 가장 큰 죄다!"

곡방기는 피식거렸다.

"그렇게 따지자면 강호 방파 중에 맹 소협이 처단하지 않을 수 있는 방파가 과연 몇이나 될까? 그대들의 신검보도 엄연히 이익을 위해 돌아가는 단체이고 우리 또한 그러하다. 이익과 이익이 상충될 때 자연히 우리는 우리가 가진 힘을 쓰게 되고, 그것은 그대들도 마찬가지이다. 물론 때로 한 방파가 손을 과용하게 쓸 때도 있겠지. 그러나 칼을 차고 강호에 나선 이상 그런 것은 다 감수해야 할 것들 아닌가? 복수를 하고 싶으면 신검보인들만 와서 덤빌 것이지 맹 소협 같은 청년 영웅을 협의를 미끼로 꼬드기는 것은 비겁하지 않은가.”

그러자 간담이 한마디 했다.

“형편없는 궤변이로군. 강호의 법칙이 뭐든 간에 너는 분명 너보다 힘없는 자들을 핍박하고 죽였다. 협객이라면 능히 그것만으로도 널 처단할 명분이 서는 것이다. 게다가 너야말로 호남의 패자 일월문이 정신없는 틈을 타 뒷구멍으로 방파들을 규합해 뒤통수칠 궁리나 하고 있지 않느냐. 그따위 궤계나 즐겨하는 놈이 감히 누구보고 비겁 운운하는 게냐?”

내내 여유를 잃지 않던 곡방기였지만 간담의 날카로운 언변에 인상을 찡그렸다.

“입이 걸은 영감이로군. 이름이 뭐지?”

“너 따위에게 가르쳐 줄 정도로 이 어르신의 이름이 값싸지는 않다.”

그때 신검보주가 할 말이 더 있는 듯 한 발 앞으로 나섰다. 그녀는 올라와서 곡방기를 본 순간부터 내내 격동하고 있었는데, 간신히 떨리는 몸을 진정시키며 입을 열었다.

“네놈…… 내 남편과 아이를 그렇게 만들어놓고도 그따위 뻔뻔한 망발을 늘어놓는 게냐?”

곡방기는 그녀를 보자 찡그렸던 신색을 활짝 폈다.

“이게 누구신가? 제수씨 아니시오? 오랜만에 뵙겠소이다.”

신검보주는 학질에 걸린 듯 몸을 떨며 외쳤다.

"닥쳐라, 이놈! 내 당장 네 목을 취하리라!"

그녀는 정말 목을 치려는 듯 검을 뽑았다.

곡방기는 짐짓 질린 표정을 지으며 두 손을 내밀었다.

"자자, 진정하시오. 이 몸은 그저 현 제(炫弟)가 다시 건강하게 되기를 바랐기에 그 약을 준 것이오. 그런데 아들에게 그 약을 잘못 써서 그 지경이 되게 만든 것은 내가 아니라 현 제가 아니오? 원망을 하려면 현 제에게 해야지 어찌 죄없는 나에게 와서 이러시오?"

신검보주는 냉정하려 갖은 애를 쓰며 대꾸했다.

"더러운 입을 함부로 놀리지 마라. 그이는 외로운 상황에서 갑자기 다가온 너를 의지하고 믿었지만 나는 그전부터 알고 있었다. 네놈이 젊었을 적 그에게 한 번 패한 뒤로 내내 앙심을 품고 있었다는 것을. 그의 몸이 그 지경이 된 후 네놈은 위로하는 척 수시로 방문하면서 사실 그를 조롱하고 있었던 것이다. 게다가 그와 다시 비무를 하여 명성이 큰 그를 꺾을 욕심까지 품었던 것이고. 그러나 그가 얼마나 다쳤는지 확신할 수가 없었던 너는 극약을 영약으로 둔갑시켜 그에게 전해준 것이다! 그가 그 약을 장복하면서 완벽하게 나약해지기를 기다렸던 것이다! 올 때마다 항상 호의를 베푸는 듯 보였지만 나는 네놈의 눈을 보고 알 수 있었다. 결코 순수하게 그를 도우려는 것이 아니라는 것을!"

곡방기는 기가 막힌 듯 헛웃음을 지었다.

"허허, 용하다는 의원 아무에게나 찾아가 물어보시오. 마릉상산고(魔凌傷散膏)란 약이 어떤 약인지. 백이면 백 흩어진 기혈을 다스리는 최고의 영약이라 평할 거요. 다만 약의 독성이 조금 강한 것이 흠인데, 왜 하필 그런 약을 어린아이에게 써서는… 쯧쯧! 내 분명 현 제 혼자서 복용하라 했건만…….”

그는 혀를 차며 말을 덧붙였다.

“내 한마디만 더 하리다. 어린아이의 손에는 칼이 닿지 못하도록 하는 것이 부모의 소임이오. 나는 그저 잘 드는 칼을 유용하게 쓰라고 그대들에게 선물한 것뿐이외다. 그런데 당신들이 그 칼을 아이의 손에 쥐어준 것이오. 그리고 아이가 다쳤다고 나에게 책임을 묻는 것인가?”

“닥쳐라, 이놈! 네놈이 더러운 궤변을 늘어놓지 못하도록 혀부터 잘라주겠다!”

남여린은 결국 분을 참지 못하고 곡방기에게로 달려들었다. 맹정우가 아차 싶어 그녀를 잡으려 했지만 간발의 차이로 놓치고 말았다.

남여린은 곡방기를 향해 죽일 듯이 달려갔다. 그러나 곡방기가 한 손을 쳐든 순간, 그녀의 발걸음은 거짓말처럼 멈춰졌다.

곡방기가 손을 들자 중년 미부가 태사의 우측에 쳐져 있던 휘장을 걷어냈는데, 휘장 뒤에서 초라한 몰골의 한 사내가 모습을 드러냈던 것이다.

그는 아까 계단에서 부축받으며 올라가던 바로 그 사내였다.

사내는 제법 번듯한 외양을 지니고 있었는데, 이목구비가 수려했다. 그러나 눈빛이 희미하고 피부는 까칠한 것이 온몸에 기가 다 빠져나간 듯한 인상이었다. 듬성듬성 난 수염과 축 쳐진 어깨는 가뜩이나 허무해 보이는 사내의 인상을 더욱 흐릿하게 만들고 있었다.

남여린은 사내를 보자마자 마치 얼어붙은 듯 제자리에 멈춰 서고 말았다.

멍하니 초점이 없던 사내의 눈은 남여린을 보자 한 가닥 생기가 돌았다. 그러나 그것은 활력있는 생기가 아닌 분노로 촉발된 기운이었다.

맹정우는 바로 옆에서 간담이 신음하듯 흘리는 작은 소리를 들을 수 있었다.

"현 제…… 이럴 수가……!"

'간 노사가 아는 사람인가?'

맹정우의 궁금증이 커지는 찰나, 얼어붙었던 남여린의 입에서 가느다랗게 떨리는 음성이 새어 나왔다.

"다, 당신이 왜…… 여기 있는 거죠?"

대답은 곡방기가 대신했다.

"내가 초청했소. 아니, 현 제가 먼저 공문을 띄웠지. 제수씨가 올지 모르니 환영해 달라고. 그래서 아예 내가 같이 환영하자고 불렀소이다."

사내는 복잡한 눈빛으로 남여린을 응시했다. 그러다가 입을 열었다. 입에서 나온 목소리는 맥이 빠진, 거기에 짜증이 섞인 목소리였다.

"왜 여기 있냐고? 네 바보 같은 짓을 말리기 위해 이렇게 온 것이다. 대체 나를 얼마나 더 추하게 만들 작정이냐?"

그 말을 듣고 잠시 멍한 표정을 짓던 남여린은 발작적으로 외쳤다.

"당신은 이미 충분히 추해져 있어! 우리 아이가 죽었어! 우리 아이가! 아이를 죽인 놈은 바로 당신 옆에 있어! 그런데 당신은 원수 갚을 생각을 하긴커녕 저놈을 감싸기 급급해하고 있어! 그런데 더 이상 뭐가 더 추해질 수 있다는 거야!"

사내는 지친 표정으로 고개를 절레절레 저었다.

"대관절 얼마나 말해야 망상에서 빠져나오겠느냐. 곡 형님은 그저 나를 도우려 했을 뿐이다. 혈랑대주에게 다친 상처가 도져 무공을 거의 상실한 나를 위해 마릉상산고를 구해오신 죄밖에 없어. 병아가 그렇게 된 것은 내 탓이다. 약의 성질도 제대로 모른 채 무심코 병아에게 그걸 먹인 내 탓이란 말이다. 우리 아이가 반신불수가 된 것은 그저 이 못난 아비의 멍청함 때문이란 말이다! 아이가 결국 죽어버린 것은 아이를 제대로 돌보지 않은 너! 바로 너 때문이고!"

남여린은 다리에 힘이 풀린 듯 제자리에 털썩 주저앉았다. 그녀는 더 이상 남편이 무슨 소릴 하는지 알아들을 수도, 생각할 수도 없었다.

그때 간담이 한 발짝 앞으로 나섰다.

"현 제, 나를 알아보겠는가?"

사내는 흐릿한 눈으로 간담을 쳐다보았다. 낯이 익은데 생각이 안 나는 듯 미간을 찡그리더니 곧 입이 딱 벌어졌다.

"혀, 형님?"

간담은 고개를 끄덕였다.

"그래, 못난 우형일세. 참으로 오랜만이로구먼. 하필 이런 자리에서 만나게 되다니 정말 유감이네만, 내 한 가지만 묻세. 자네가 바로 천비장주인가?"

사내는 간담을 알아본 후 눈에 띄게 격동하는 모습이었다. 죽은 자신의 아이를 말할 때도 비치지 않던 감정을 드러내고 있었다.

잠시 어찌할 바를 모르던 사내는 곧 자조 섞인 웃음을 풀풀 날리며 입을 열었다.

"후후후… 그렇습니다, 형님. 중경의 악덕 고리대금업자 목완이 바로 석년 천하를 호령하던 비천신검 이도현이올시다. 우리들이 한데 뭉쳐 강호를 질타할 때가 엊그제 같은데 이런 꼴을 보여 드리니 참으로 부끄러워 죽고 싶을 따름이군요."

'형님? 나이 차가 꽤 나 보이는데?'

맹정우는 사내의 말에 의아한 생각이 들었다. 간담은 잘 봐줘야 육십대 이전으로는 보이지 않고 사내는 아직 사십이 채 안 되어 보이는데 형님이라니.

간담의 말이 이어졌다.

"직업에는 귀천이 없는 법이니 고리대금을 하든 뭘 하든 부끄러워할 것은 없네. 그러나저러나 자네 몸이 성치 않아 보이는군. 아까 듣기로는 혈랑대주에게 당한 상처가 뒤늦게 도졌다고 하던데, 지금은 어떤가?"

사내, 이도현은 처연한 표정으로 말했다.

"지금이요? 이 꼬락서니를 보면 아실 것 아닙니까? 물려받은 재산을 가지고 돈놀이까지 하면서 갖은 애를 써서 몸을 낫게 하려고 발버둥 쳤습니다. 온갖 영약이란 영약은 다 써보고 용하다는 의원을 수없이 불러보았지만 소용이 없었지요. 그 과정에서 애까지 병신 만들어 죽게 했습니다. 지금은 그저 죽지 못해 살고 있을 뿐이지요."

간담은 안타까운 표정을 감추지 못했다.

이도현이 부상을 치료하러 은거한 것까지는 알고 있었다. 그의 가문이 만석꾼 집안이었던 것을 알았기에 큰 걱정은 하지 않았었는데, 성치 않은 몸을 빨리 회복시키려고 무리한 짓을 많이 한 모양이었다.

마릉상산고라면 그도 들어본 적이 있었다. 이백 년 전의 광신의(狂神醫)란 유명한 의원이 제조법을 만든 약인데, 온갖 내상에 탁월한 효능이 있고 특히 무림인의 공력 증진에 경이적인 효력을 발휘한다고 하여 강호인이라면 누구나 얻고 싶어하는 영약이었다.

그러나 현재 제조법이 유실된 상태여서 만들 수 있는 사람이 거의 없고, 그나마 소문에 의하면 재료로 들어가는 약재부터 구하기가 희귀한 것들이라 방법을 알아도 제조가 어려운 영약으로 알려져 있었다.

지금까지 밝혀진 상황을 정리해 보면 그 귀한 마릉상산고를 곡방기가 목완으로 신분을 숨기고 있는 이도현에게 찾아와 선물로 건넨 모양이었다. 그런데 이도현은 그것을 복용했으나 큰 차도가 없었고, 그것을 아들에게 먹였다. 그런데 약의 부작용으로 아들이 반신불수가 되었다는 얘기 같았다.

"한 가지만 더 묻고 싶군. 아이에게 그 약을 왜 먹인 겐가?"

영약이란 것은 제대로 복용하면 큰 효능을 얻을 수 있지만 잘못 복용하면 외려 독이 될 수도 있다. 효능이 큰 만큼 부작용도 큰 양날의 검과 같은 것이어서, 특히 어린아이에게 복용을 시킬 때는 각별한 주의가 따르기 마련이다.

이도현은 자조 섞인 웃음을 다시 흘렸다.

"크크크…… 이 못난 놈의 욕심 때문이지요. 곡 형님에게 그 약을 받아 들고는 뛸 듯이 기뻤습니다. 이미 백약이 무효가 된 상황에서 한 가닥 희망을 기대해 볼 만한 영약이었으니까요. 그러나 그 귀한 약을 다섯 개나 복용했는데도 잠시 기력이 솟구치다가 곧 가라앉기만을 반복할 뿐이었습니다. 결국 실의에 빠져 술을 처먹던 터에 시비가 오더니 애가 아프다는 말을 하더군요. 밤중에 애는 아픈데 지어미는 돈 벌겠다고 나돌아다니느라 그때까지 집에 들어오지도 않은 상태어서 나한테 보고를 한 것이지요. 우리 병아는 날 때부터 허약 체질이었는데, 몇 년간 내 몸을 살피느라 애를 돌보지 못한 죄책감이 순간적으로 들더군요. 그래서 마지막 남은 마릉상산고 하나를 들고 아이 방으로 갔지요. 제게는 듣지 않는 약이었지만 다른 사람이 복용하면 몸도 건강해질뿐

더러 공력도 얻을 수 있는 영약이니 제 못다 한 천하제일의 꿈을 이어줄 우리 아이에게나 주자 싶었던 거지요. 그런데 결국 그놈이 약 기운을 견디지 못하여……."

자포자기한 듯 말을 하던 그였으나 아이가 약을 먹고 난 다음의 대목은 더 이상 말을 잇지 못했다.

간담은 침통한 표정으로 눈을 지그시 감았다. 술기운에 아이에게 무모한 짓을 했다는 말인데, 마릉상산고 정도의 약이라면 효능이 강한 만큼 그 부작용도 엄청난 법이다. 반신불수가 된 것이 결국 그 이유 때문인 듯했다.

곡방기가 더 이상 듣고 있기가 지루하다는 듯 끼어들었다.

"자자, 이제 그만 하면 다들 되었지 않소? 상황이 이렇게 된 것은 본좌도 심히 유감스럽게 생각하나 이것은 여러 사람의 착오가 겹친 결과요. 본좌만을 탓할 일도 아니고 이렇게 칼 들고 와서 설칠 일은 더욱더 아니지. 더 이상 피를 보지 말고 이만 물러들 나시기를 바라오."

그 말이 끝나기가 무섭게 멍하니 바닥에 주저앉아 있던 남어린이 벌떡 일어섰다.

"닥쳐라, 이놈! 나는 확신한다! 이 모든 것이 네놈의 얄팍한 수작이란 것을! 네가 내 남편을 해코지하기 위해 마릉상산고라고 하면서 만성독약을 갖고 왔던 거야! 남편이 완전히 망가지는 꼴을 확실히 확인한 후 옛 원한을 갚으려고!"

곡방기는 말도 되지 않는다는 듯 어깨를 으쓱했고, 정작 그녀의 말을 받아친 것은 그녀의 남편이었다.

이도현은 시뻘게진 얼굴로 자리에서 벌떡 일어섰다.

"입 닥쳐라, 계집! 병아가 죽은 것은 그 누구 탓도 아닌 바로 네 탓이

다! 네년이 고리대금을 한답시고 밖으로 나다니지만 않았어도 내가 그
날 아픈 아이 방에 술 취한 채로 가는 일은 없었을 것이다! 게다가 애
가 다친 것을 엉뚱하게 곡 형님 탓으로 돌려 원한을 갚는답시고 설쳐
대지만 않았어도, 삼 년 전부터 무릉 구석에 처박혀 딴 짓만 하지 않았
어도 애가 그렇게 빨리 죽지는 않았을 것이다! 네년이 쓸데없는 착각
에 빠져 엉뚱한 곳에 화풀이하는 동안 애는 돌볼 어미가 없어 점점 몸
이 약해졌고, 결국 죽어버렸다! 모든 것이 다 애가 죽어갈 동안 미친
짓만 하고 돌아다닌 네년 탓이야!"

남여린은 기가 막힌 표정으로 눈물을 줄줄 흘렸다.

그녀는 쥐어짜는 듯한 목소리로 간신히 입을 열었다.

"어, 어떻게 그런 말을 아무렇지도 않게 할 수 있죠? 내가 고리대금
을 한 게 다 누구 때문인데? 당신 병을 낫게 하기 위해 돈을 벌러 다닌
것을… 어떻게 그리 말할 수가 있죠?"

"누가 남편, 아이 팽개치고 그렇게까지 하라 했느냐?"

남여린은 그제야 깨달았다는 듯한 표정으로 외쳤다.

"그래서… 그래서 그렇게 사천 방방곡곡에 소문을 낸 건가요? 아이
죽인 자를 잡아오면 전 재산의 반을 주겠다고? 아이를 죽인 자가 곡방
기가 아니라 바로 나란 얘기였나요? 내가 그 소문을 듣고 가슴 아파하
라고?"

이도현은 코웃음을 치며 대답했다.

"이제야 알아차린 것 같으니 다행이구나. 엉뚱한 사람 더 이상 괴롭
히지 말고 다 집어치워라. 아이를 죽인 것은 바로 나와 너다. 그건 누
구에게 화풀이할 일도, 뒤집어씌울 일도 아니다. 제발 내 마지막 남은
한 가닥 체면만은 살려다오!"

간담과 맹정우 등, 사건의 내막을 이제야 알아차린 사람들은 그저 입만 벌리고 있을 뿐이었다.

결국 그들의 아이는 누가 살해한 것이 아니고, 약의 부작용으로 시름시름 앓다가 죽어버린 모양이었다.

그걸 남편은 자신들의 탓으로 돌리고 있고 아내는 다른 범인이 있다고 믿고 있었다. 부부의 생각의 차이는 끔찍한 비극을 연출하고 있었다.

맹정우는 고개를 절레절레 저었다. 간담은 이들 부부와 익히 알고 있는 사이였는지 어찌할 바를 모르고 있었지만 제삼자인 그가 보기에 상황은 명확했다.

곡방기가 준 게 독약인지 아닌지는 판단할 길은 없었지만, 이 사건에서 전적으로 삐뚤어진 쪽은 남편이다. 자조 섞인 표현을 남발하며 아이는 자신과 아내가 죽였다고 말하고 있었지만 실제 속으로는 전적으로 아내 탓이라고 생각하는 것이 틀림없었다.

들자 하니 예전에 꽤 명성을 날렸던 인물인가 본데, 모든 것을 체념한 듯 말은 하고 있었으나 맹정우가 보기에 저 이도현이란 자는 아직도 옛 영화를 잊지 못하고 있었다. 체면 운운하는 것만 봐도 알 수 있었는데, 잃어버린 명예에 대한 집착과 아들을 잃은 슬픔 등이 겹쳐 제정신이 아닌 것 같았다.

대화로 상황을 유추해 보자면 저 신검보주는 다친 남편을 돌보기 위해 돈을 벌러 밖으로 돌아다닌 모양이었다. 그러는 동안 집 안에 틀어박혀 있던 남편은 소외감을 느꼈을 거고, 게다가 아들이 자기 잘못으로 반신불수가 되어버리니 그 원망을 고스란히 평소 섭섭하게 느낀 부인에게 돌린 것일 게다.

그리고 곡방기에 대한 서로의 견해 차로 인해 사이는 더욱 벌어졌을 것이고, 부인이 신검보에 들어와 곡방기를 죽이려 하는 동안 아들이 죽어버리는 사태가 닥치자 상황은 극단으로 치달았을 것이다.

부인은 곡방기를 죽이기 위해 더욱 신검보의 사업에 매진한 것이고, 남편은 극에 달한 부인에 대한 분노로 인해 아들을 죽인 자를 찾는다는 소문을 자신의 재산까지 걸며 온 세상에 퍼뜨려 부인을 괴롭힌 것이다. 심지어 부인이 몸담고 있는 신검보에 큰 타격을 입히라는 청부까지 걸었다. 그도 모자라 이곳까지 행차하여 곡방기를 변호하고 있었다.

맹정우는 짜증이 났다. 저 멍청한 사내에게 해줄 말이 있었다.

그는 한 발 앞으로 나서서 이도현에게 외쳤다.

"어이, 당신! 행여 저 곡방기란 자가 부인 말처럼 독약을 먹였으리라고는 전혀 생각지 않나?"

이도현은 맹정우를 노려보았다.

"나도 네놈같이 천둥벌거숭이처럼 설치던 시절이 있었지. 말을 함부로 하지 마라, 애송이. 이 비천신검이 제아무리 바닥으로 추락했다 해도 설마 극약과 영약도 구별 못하리라 생각하느냐?"

맹정우가 뭐라 대꾸하기도 전에 간담이 그의 팔을 잡았다.

"맹 소협, 저 친구는 나와 예전에 절친한 사이였네. 나한테 맡기게."

"잠깐만요. 한마디만 더 하구요."

맹정우는 잡힌 팔을 뿌리치며 목소리를 높였다.

"극약과 영약을 구분하는 눈은 있을지 몰라도, 당신을 진정으로 염려하는 사람과 비웃는 사람을 구분하는 눈은 없나 보군. 당신은 저 곡방기의 행태가 눈에 보이지 않는 거야, 아니면 못 본 척하는 거야? 저

자는 아까 우리를 조롱하기 위해 당신을 휘장 안에 가렸다가 보여주었
다. 마치 신기한 동물을 내보이듯이. 휘장 안에 가려 있었어도 아까 저
자가 하는 말은 똑똑히 들었겠지. 자신은 잘못이 없는데 당신이 멍청
하여 당신의 아들을 그리 만들었다고 말했다. 그런 조롱을 바로 옆에
서 듣고도 분하지도 않나? 당신이 오로지 부인에게밖에 분노할 힘이
남아 있질 않은 건가, 아니면 부인을 향한 비뚤어진 증오심에 휩싸여
다른 모든 것을 외면하는 것인가?”

“말은 똑바로 하지. 난 현 제가 멍청하다고 한 적 없는데.”

곡방기의 말에 맹정우는 코웃음을 쳤다.

“지금 나랑 말장난하자는 거냐? 네놈은 마치 모든 오해를 풀기 위해
저 남자를 초빙한 것 같은 태도를 내내 취하고 있었다. 그러나 네놈이
우리 모두를 여기에서 죽이려는 수작이 아니고서야 이 방 주위를 둘러
싼 수많은 살기는 대체 뭐냐? 저 남자는 순전히 우리의 주위를 분산시
키기 위해 데려온 꼭두각시가 아닌가?”

맹정우의 말을 듣는 곡방기의 눈에서 광망이 비쳤다.

“설마… 그걸 눈치챈 건가.”

옆에서 이도현이 말했다.

“낌새를 알아차렸다니 과연 능력이 놀랍다만, 잘못 짚었다. 숨어 있
는 자들은 내가 청부하여 데려온 흑월회 살수들이다.”

그가 손가락을 튕기자 밋밋하던 양쪽 측벽이 조금씩 굴곡이 생기더
니 사람 형상을 갖추기 시작했다. 특급 살수들이 쓴다는 은신술인 모
양이었다.

잠시 후 완전히 모습을 드러낸 자들은 흑색 경장에 복면을 하고 있
었다. 일전에 맹정우와 간담이 분묘 부근에서 맞닥뜨린 놈들과 같은

복장이었다.

이도현은 메마른 목소리로 맹정우 일행을 향해 말했다.

"생각 같아서는 아내고 뭐고 다 죽여 버리고 싶었지만 오늘 오랫동안 못 뵈었던 형님까지 뵈었으니 모두 풀어주겠다. 다들 내려가라."

이도현은 고개를 돌려 곡방기에게 말했다.

"곡 형님, 이자들은 그냥 보내줍시다. 제 마누라는 제가 알아서 처리하겠습니다. 신검보에서도 다시 이쪽에 행패를 부리지 못하게 하지요."

간담이 나서서 이도현에게 외쳤다.

"현 제! 저간의 사정을 명확히 알 수 없으나 저 곡가는 네가 가까이 할 만한 위인이 아니다! 가려면 같이 가자!"

이도현은 고개를 저었다.

"형님이야말로 제 아내의 그릇된 말에 설복당하신 모양이로군요. 나중에 중경으로 놀러 오십시오. 그때 다시 만나 얘기하죠."

간담이 뭐라고 대답하기도 전에 갑자기 곡방기가 끼어들었다.

"굳이 그럴 필요 없을 듯하군. 오늘 이 자리가 아니면 다시 회포를 풀기 힘들 텐데."

"그게 무슨……."

이도현의 말이 채 끝나기도 전에 그의 바로 뒤에 서 있던 오독묘 한 명이 손을 뻗쳐 그의 목덜미를 낚아챘다.

"현 제!"

간담의 외침이 대청을 쩌렁쩌렁 울렸다. 이도현을 낚아챈 오독묘의 오른손에는 어느새 시퍼렇게 날이 선 비수가 들려 있었고, 그 비수는 이도현의 목에 대어져 있었다.

추적대와 신검보 무사들은 당황하여 일제히 칼을 뽑았다.

그 순간 곡방기가 짝! 하고 두 손을 맞부딪쳤다.

"자, 자, 그쯤들 하시지. 그 이상 움직이면 이 친구의 목숨이 어찌 될 거라는 것은 잘 알겠지?"

"이 가증스러운……."

간담은 말을 채 잇지 못했다.

오독묘에게 잡힌 이도현은 이 상황을 도저히 이해할 수 없는 듯 눈을 깜박이고 있을 뿐이었다.

"고… 곡 형님, 이게 무슨 짓이오?"

곡방기는 여유로운 미소를 띤 채 이도현에게 말했다.

"이거 미안하이. 사실 나도 이러고 싶진 않네만 힘이 없는 게 죄지 뭔가. 이 몸도 지시를 받고 하는 일이란 것만 알아두게."

그때 이때껏 가만히 자리를 지키고 있던 흑삼장년인이 한마디를 던졌다.

"쓸데없는 소리는 길게 하지 마시오!"

곡방기는 찔끔한 표정으로 말했다.

"아이쿠, 입이 주책이로군. 너무 뭐라 하진 마시오."

"이… 이이……."

얼굴 근육에 푸들푸들 경련을 일으키던 이도현이 발작적으로 외쳤다.

"나는 상관 말고 이놈들을 다 죽여라!"

데려온 흑월회 살수들에게 외치는 말이었다.

그러나 흑월회의 살수들은 마치 일제히 귀머거리라도 된 듯 제자리에서 한 발짝도 움직이지 않았다.

"뭣들 하고 있느냐! 청부자의 말이 들리지 않나! 이놈들을 죽이란 말이다!"

그가 아무리 부르짖어도 살수들은 조각상이라도 된 양 미동도 하지 않았다.

"크흐하하하하!"

곡방기는 이도현의 발악이 재미있는 듯 웃음을 참지 못했다.

"현 제, 진정하게. 그렇게 소리치다 성치 않은 몸에 쓰러지기라도 하면 어쩌려고 그러나? 저 친구들은 지금 자네 말이 아닌 내 말을 듣게 되어 있다네. 그러니 헛심 쓰지 말게나."

"뭐, 뭐라고?"

이도현은 상황을 도저히 이해할 수 없는 듯 멍청해지고 말았다.

"내 자세히 설명해 주고 싶네만 말을 많이 하면 언짢아하시는 손님이 한 분 계셔서 말이지. 혹시 이따가 상황 종료될 때까지 자네가 살아 있어준다면 내 충분히 설명해 줌세."

이도현을 달래는 시늉을 하던 곡방기는 맹정우 일행에게로 고개를 돌렸다.

"자, 이 친구가 그때까지 살아 있으려면 여러분의 협조가 필요한데…… 우선 들고 있는 병장기가 눈에 걸리는군. 그 자리에 내려놓는 게 어떨까?"

곡방기는 이도현의 목숨을 담보로 맹정우 일행에게 항복할 것을 요구하고 있었다.

이 자리에 있는 추적대원들은 명문정파에서 어렸을 적부터 명분 교육을 잘 받고 자란 사람들인지라 이러한 협박에 주춤할 수밖에 없었다. 딱 한 사람만을 제외하고는.

그 한 사람, 맹정우는 코웃음을 쳤다.

"그렇게 못하겠다면? 나랑 저 사람이랑 무슨 사이라고 내가 그 말을 들어야 하지?"

그도 이도현이 죽기를 바라지는 않았으나 지금 병기를 버리면 모두 다 죽을 것은 불문가지였다. 맹정우는 괜한 협객 흉내를 내기보다는 한 사람이라도 더 사는 쪽의 실리를 택했다.

곡방기는 인상을 찌푸렸다.

"소문과는 다른 행동을 하는군. 일검탈명이 맞긴 한가? 좋아, 자네는 그렇다 치고, 그래도 여기 오신 분들 가운데 이 친구의 목숨이 아쉬운 분이 최소한 몇 분은 계실 듯한데?"

주저앉아 있던 남여린이 천천히 일어서더니 한 발짝 앞으로 나서서 들고 있던 검을 던졌다. 그리고는 이도현을 올려다보며 말했다.

"이제 알겠나요? 저자가 어떤 종자인지?"

이도현은 아무 말이 없었다. 그저 남여린이 떨어뜨린 검을 보고 있을 뿐이었다.

남여린은 눈물 가득한 눈으로 그를 보며 말했다.

"차라리 여기서 같이 죽어요. 그래서 병아가 있는 세상으로 함께 가도록 해요. 저 세상에 가면 당신 몸도 멀쩡해지겠지요."

남여린은 맹정우들에게로 고개를 돌렸다.

"저와 제 남편은 여기서 죽겠습니다. 여러분께서 저자를 처치해 주시면 정말 좋겠지만, 위험하다고 생각되시면 속히 탈출해 주세요. 정말, 정말 죄송합니다. 여러분께도 죄송하고, 이 자리에는 한 사람도 없지만 우리 신검보 형제들에게 가장 미안하군요. 비록 제 개인의 원한과 신검보의 원한이 부합되었다고는 하지만, 이 복수전을 준비하면서도 늘 그들을 이용하는 것 같아 죄책감에 시달렸습니다……"

"그러실 것 없습니다!"

외친 것은 막 계단으로 올라온 마수운이었다. 이층을 지키던 그는 상황이 어떻게 진전되었는지를 보러 올라왔다가 이 광경을 보고는 외친 것이다.

마수운은 큰 소리로 외쳤다.

"보주의 목적이 어찌 되었든 간에 보주께서는 패배감에 젖어 있던 우리 보에 다시 한 번 일어나 싸워보자는 희망을 불어넣어 주셨고, 또 그것이 가능하도록 만들어주셨습니다! 그것 하나만으로도 우리 신검보 무사 전부는 보주와 함께 죽을 각오가 되어 있습니다. 보주, 진정 우리에게 미안하다면 다시 검을 드십시오. 여기까지 와서 남편 때문에 생을 포기하신다면 그게 바로 저희를 기만하는 행위입니다! 저희 신검보 모든 형제를 위해서라도 다시 검을 드십시오!"

남여린은 잠시 망설였다. 그러나 곧 슬픈 표정으로 고개를 저었다.

"미안해요, 마 향주. 이년은 참으로 몹쓸 년인지라, 설사 보의 모든 형제를 배신하는 한이 있더라도 저 불쌍한 이를 외면할 수가 없군요. 저는 신경 쓰지 말고 이분들과 같이 달아나세요. 제가 없더라도 힘을 키우는 것을 게을리 하지 않으면 반드시 다시 기회가 올 거예요."

"보주!"

마수운의 목소리가 쩌렁쩌렁 대청을 울렸지만 남여린은 그를 외면했다. 그리고 몸을 돌려 곡방기에게로 걸어가며 말했다.

"자, 어서 나와 저이를 죽여라. 우린 이대로 죽는다만 귀신이 되어서라도 네놈의 최후를 지켜보고 가리라."

간담이 다급히 나서서 그녀의 팔을 잡았다.

"호연랑! 그래서는 안 돼!"

남여린은 물끄러미 간담을 응시했다. 간담은 모든 것을 체념한 그녀의 눈과 마주하자 결국 팔을 놓을 수밖에 없었다.

남여린은 다시 곡방기 쪽으로 몸을 돌려 발걸음을 떼었다. 그런데 그 순간, 넋 나간 듯이 서 있던 이도현의 입에서 한마디가 새어 나왔다.

"……그 자리에 멈춰."

남여린의 의아한 얼굴로 남편이 무슨 말을 하는지를 바라보았다.

"칼을 주워."

"뭐라고요?"

"칼을 주워. 그리고 싸워. 그리고 살아."

"왜요? 왜 그래야 하죠? 병아도 죽었고 당신도 죽을 텐데 나 혼자 살아서 뭐 하라고?"

"…아이를 돌볼 사람이 한 사람은 있어야지."

'아이' 란 말이 나오자 남여린의 얼굴빛이 급격히 변했다.

"무, 무슨 소리예요?"

"우리 아이…… 병아는 죽지 않았어. 물놀이 갔다가 하마터면 죽을 뻔했지. 한 달간 숨만 쉬다가 다시 살아났어. 난 애가 그 지경이 되었는데도 찾아오지 않는 당신이 미워서 병아가 죽었다고 소문을 낸 것뿐이야."

남여린은 숨이 넘어갈 듯한 얼굴이 되었다.

"어, 어떻게 그런 짓을……."

이도현은 자신이 생각해도 어이가 없는 듯 피식거렸다.

"내가 왜 그랬는지 나도 도통 모르겠어. 무공을 상실한 뒤로 제정신인 날이 없었던 것 같아. 이제 생각해 보니 진짜 죽어도 싼 짓만 하고 살았군."

그는 곡방기에게로 시선을 돌렸다.

"곡가야, 이제 시원하냐? 젊었을 때 비무에 패한 원한이 이제 싹 잊혀지느냐?"

곡방기는 이도현을 노려보았다.

"그깟 승패에 지금껏 연연한 것은 아니다. 그저 이기고서 당연하다는 듯 건방을 떨며 손을 내밀던 네놈의 작태가 못 견디게 보기 싫었을 뿐. 네놈이 크게 다쳐 중경에 은둔하고 있다는 소식을 우연히 들었을 때, 네놈에게도 내가 맛보았던 좌절을 맛보게 하고 싶었다. 한데 네놈을 찾아가 보니 벌써 처절하게 좌절하고 있더군. 그래서 조롱 삼아 너를 격려하는 척했더니 아주 반색을 하더구나. 천하없는 영웅으로 떠받들여지다가 몸이 만신창이가 되어버리니 갑자기 객은 발길이 뚝 끊어지고, 마누라는 밖에서 돈 벌겠다고 동분서주하고 있고, 그래서 홀로 술이나 먹으며 궁상떨고 있을 때 모처럼 찾아온 내가 반갑기도 했겠지. 어쨌든 네 덕택에 그간 즐거웠다. 약에 장난을 친 것은 그저 좀 더 비참한 꼴을 보고 싶었던 것뿐인데, 아이가 죽은 것은 솔직히 미안하게 생각했다. 어쨌거나 이제 지난 몇 년간 네놈을 보며 누려왔던 즐거움도 끝이라니 참 섭섭하기 그지없구나."

이도현은 잘 알겠다는 듯 고개를 끄덕였다. 증오심이고 뭐고 다 사라진 듯 그의 얼굴에는 허탈함만이 가득했다. 그는 다시 남여린에게 말했다.

"복수해 달라는 말도 하지 않겠어. 그저 병아를 잘 돌보며 오래오래 살아줘. 이 못난 남편에 대한 기억이 다 사라질 때까지 오래 살라구. 그리고… 어서 칼을 잡고 도망쳐라."

그 말이 끝남과 동시에 그는 두 손을 올려 목에 대어진 비수를 자신이 직접 잡더니 자신의 목에 그대로 찔러 버렸다.

"여보!"

"현 제!"

남여린의 비명과 간담의 고함성이 함께 울려 퍼졌다.

간담은 외침과 동시에 발을 굴러 이도현과 곡방기가 있는 쪽으로 쏘아져 나갔다.

그가 움직이자마자 기다렸다는 듯 양쪽 벽에 붙어 있던 흑월회의 살수들이 동시에 덤벼들었다. 무려 스무 명 남짓의 흑의살수가 공중에 뜬 간담을 향해 칼을 쭉 뻗으며 쏘아져 들어갔다.

간담은 차고 있던 검을 뽑아 횡으로 그으며 공중에서 몸을 한 바퀴 돌렸다. 회전하는 검에서는 선명한 빛줄기가 쭉 뻗어 나왔고, 간담의 몸이 회전함에 따라 반경 일 장의 원형 빛무리가 공중에서 그려졌다.

간담을 향해 몸을 날리던 살수들은 갑자기 닥쳐오는 빛줄기를 향해 검을 뻗었지만 빛줄기에 닿은 검은 종잇장처럼 잘려 나갔고, 검을 꿰뚫은 빛줄기는 그들의 허리까지 끊어버렸다.

"흐으윽!"

채 다 내뱉지도 못한 비명성이 무너져 내리는 살수들의 입에서 새어 나왔다.

간담에게 덤벼든 스무 명 남짓의 살수 대부분이 그의 단 일 검에 당해 버린 것이다.

"검강?"

자리에 앉아 있던 흑삼인이 벌떡 일어서며 외쳤다.

개세적인 신위를 선보인 간담은 몸을 회전함으로 인해 날아가던 탄력을 잇지 못하고 바닥에 착지했다.

그사이 곡방기는 흑삼인 쪽으로 몸을 날렸고, 다시 간담이 이도현을 향해 뛰어들자 오독묘 두 명이 병기를 뽑아 들고 그에게 맞섰다. 그러나 간담의 검이 섬광을 다시 내뿜자 둘은 손 한 번 못 써보고 피를 뿜으며 쓰러져 버렸다.

간담은 착지한 후 재빨리 쓰러져 있는 이도현에게로 다가갔다.

비수에 찔린 그의 목에서는 피가 샘물처럼 솟아 나오고 있었다. 간담은 얼른 목의 혈도를 봉했다.

그러는 사이 남여린과 맹정우 등 나머지 일행이 달려왔다.

"어, 어떤가요?"

남여린의 질문은 당연히 이도현의 생사에 관한 것이었다.

"아직 숨은 붙어 있소. 그러나 당장 의원에게 데려가지 않으면……."

말하는 간담의 표정은 어두웠다.

상황은 좋지 않았다. 일행은 지금 곡방기와 이도현이 있던 태사의 쪽에 몰려 있었고, 곡방기와 흑삼인, 그리고 아직 남아 있는 열 명 남짓한 흑월회의 살수들은 일행이 있던 계단 쪽으로 이동하여 진로를 막아서고 있었다. 문제는 계단 쪽에서 적의 원군이 올라오고 있다는 것이었다. 아무래도 이층의 신검보 무사들이 당한 모양이었다.

흑삼인이 갑자기 한 발 앞으로 나섰다.

"당금 강호에 검강을 시전할 수 있는 사람은 내가 알고 있기로는 단 두 명뿐이오. 존성대명을 알려주시겠소?"

"맙소사, 역시 검강이었군!"

"설마 했는데, 노사님이 검강을……."

맹정우 뒤에 있던 단엽과 은소예가 믿기지 않는다는 듯 중얼거렸다.

둘 다 일정 수준 이상 올라선 검수였기 때문에 검강이 어떤 것인지, 또 어느 수준에 올라야 비로소 발휘할 수 있는 것인지 너무도 잘 알고 있었다.

검기상인(劍氣傷人)의 경지를 넘어서서 검기를 구체화시킬 수 있는 경지, 그것은 검을 잡는 사람들에게는 신의 영역에 속하는 것이었다.

검의 조예가 강호에서 다섯 손가락 안에 꼽힌다는 은소예의 부친도 이제 검기상인의 경지에 갓 들어서 있었고 검강은 꿈도 못 꿀 수준이다.

은소예가 알고 있기로는 당금 강호에서 검강을 시전할 수 있는 인물은 천하제일검으로 꼽히는 무림맹주 청천 진인뿐이었다. 철혈도제 위지관천이 도강을 뿜어내는 것을 봤다는 소문이 돌기도 하지만, 그것은 아직 확인되지 않은 풍문이었다.

간담은 흑삼인의 질문에 대답했다.

"상대의 이름을 묻기 전에 자기소개를 하는 게 법도가 아닌가?"

흑삼인은 입꼬리를 말아 올리며 포권을 취했다.

"이거 실수했구려. 이 몸은 흑월회주올시다. 이름은 박담이라 하오."

맹정우 일행은 모두 놀라고 말았다. 그토록 잡기 위해 쫓아다녔던 흑월회주가 버젓이 눈앞에 있었다니!

간담은 미심쩍은 눈으로 흑월회주를 바라보았다. 정황상 흑월회주란 말은 맞는 것 같지만 박담이란 이름은 가명일 게 틀림없었다.

그는 대답을 기다리는 흑월회주에게 말했다.

"노부는 간담일세. 소속은 없고 신검보 일을 돕고 있지."

"간담이라…… 들어본 적이 없는 이름이군. 어쨌든 대단한 무위시오."

"고맙네. 실력을 알았으면 이만 길을 비켜주는 게 어떻겠나? 그러는 것이 피차 피를 덜 흘릴 듯한데."

흑월회주는 다시 한쪽 입꼬리를 말아 올렸다.

"본 회주라 해도 사실 검강을 쓰는 초고수를 막아낼 자신은 없소. 거기다가 강호를 진동시키는 일검탈명까지 있으니 우리 수가 아무리 많아도 길을 내주고 싶은 심정이오. 그러나 지금 곱게 보내 드리면 나중에 더욱 골치 아플 듯하니, 이렇게 막다른 구석에 몰아놓은 호기를 놓칠 수는 없지 않겠소?"

그는 긴말을 하지 않고 차고 있던 검을 뽑아 들었다. 그가 자세를 취함에 따라 그의 뒤에 있던 흑월회 살수들과 복룡타 무사들도 일제히 병기를 뽑아 전투 태세를 갖추었다.

긴말할 것 없이 제대로 한판 붙어보자는 자세였다.

간담과 맹정우 일행도 칼을 뽑아 들었다.

두 무리 사이의 빈 공간은 팽팽한 살기로 가득 찼다.

맹정우 일행이 한 발을 내딛자 흑월회도 한 발을 내디뎠다. 일행이 다시 한 발, 흑월회가 다시 한 발, 두 무리 사이의 공간은 점점 좁혀졌고, 줄어드는 공간에 가득 채운 살기의 밀도는 더욱더 팽팽해졌다.

두 무리의 사이가 불과 삼 장 거리로 다가선 일촉즉발의 순간, 흑월회주가 한마디를 덧붙였다.

"검강이란 것은 검을 쓰는 자가 낼 수 있는 가장 강력한 무기이지. 당금 강호에 검강에 맞서 이겨낼 이 그 누가 있겠는가? 그러나 때로는 더 무서운 무기도 있는 법."

뚱딴지 같은 소리를 내뱉은 그는 세웠던 칼을 가볍게 아래로 휘둘렀다. 그 순간, 간담과 맹정우의 바로 뒤에 있던 단엽이 기척도 없이 손을 뻗쳐 둘의 등을 향해 쌍장을 내질렀다.

슈광!

“욱!”

“아악!”

간담이 짧은 신음을 토하며 무릎을 꿇었고, 맹정우는 누군가가 자신의 등을 덮치며 넘어지는 것을 느꼈다.

“공격!”

흑월회주의 외침과 함께 적들이 달려들었다.

뒤를 돌아본 찰나의 순간, 맹정우는 모든 사태를 파악했다.

흑월회주가 말한 검강을 능가할 수 있는 무기, 그것은 바로 배신자의 공격이었다. 제아무리 천하제일고수라 해도 동료라 믿고 있던 자가 등 뒤에서 하는 공격을 어떻게 막아낼 수 있단 말인가?

배신자는 지금 칼을 뽑아 자신에게 달려들고 있는 단엽이었다. 놈은 자신과 간담을 노리고 쌍장을 내질렀는데, 간담에게 향한 장력은 그의 등에 고스란히 적중했고, 자신에게 날린 장력은 지금 자신에게 기댄 채 피를 토하고 있는 은소예가 몸을 날려 대신 막아낸 모양이었다.

간담 역시 한쪽 무릎을 꿇은 채 피를 토하고 있었다.

‘놈이 바로 간자였구나!’

맹정우는 아차 싶었다.

복룡타에서 자신의 정체를 알아본 순간부터 이곳에 온 일행 중에 놈들의 간자가 있음을 맹정우는 확신했었다. 일행 중에 간자가 끼어 있지 않고서야 자신들의 행적을 그렇게 완벽하게 파악하고 일검탈명의 존재까지 알아차릴 수는 없을 테니까.

하여 아까 일층에서 헤어졌던 일행과 마주쳤을 때 간자가 누군지 확인하려 했다. 그러나 단엽에게 정태승이 실종되었다는 얘기를 듣고 당연히 간자는 그일 거라고 생각했던 것이다.

설마 간자가 끝까지 남아 함께 있을 줄은 상상도 하지 못했다. 그것도 무림맹 비영각의 일원이고 구대문파의 명문제자인 단엽일 거라고는!

"이놈!"

맹정우는 눈이 뒤집혔다. 자신에게 기대고 있는 은소예는 일견하기에도 상세가 심상치 않았다. 주저앉았던 간담은 어느새 일어서서 다가오는 흑월회주에 맞서가고 있었지만 그녀는 눈을 꼭 감은 채 입에서 피를 줄줄 흘리고 있을 뿐이었다.

맹정우는 근처에 있던 신검보주에게 안고 있던 은소예를 던져 주었다. 그리고는 자신의 심장을 향해 찔러 들어오는 단엽의 검에 맞섰다. 과연 관일검이라는 별호가 헛되지 않은 듯, 단엽의 검은 무시무시한 속도로 품 안으로 파고들고 있었다.

맹정우는 파고드는 검을 신경 쓰지 않고 손을 뻗어 허리의 천신도를 잡아 뽑았다.

그러는 사이 단엽의 검은 그의 심장에 박혀들었다. 그러나 그의 몸을 감싸고 있는 폭풍번이 검의 진격을 저지했고, 그 순간 모습을 드러낸 천신도는 뜻밖의 상황에 놀라 주춤하고 있는 단엽의 목을 향해 기쾌한 속도로 날아갔다.

쨍!

단엽은 간신히 검을 들어 맹정우의 일격을 막았지만 그의 검은 천신도의 강력한 힘에 수수깡처럼 부러져 나갔다. 도저히 당할 수가 없음을 직감한 단엽은 재빨리 몸을 던졌고, 맹정우가 뒤를 쫓았으나 곧 덤벼드는 흑월회 살수들에 막혀 버렸다.

"비켜!"

맹정우는 포효하며 칼을 휘둘렀다.

그는 지금 강호에 출도한 이후 가장 분노하고 있었다.

예전에 많은 여자를 울렸던 그이지만 자기 말고 다른 자가 울리는 꼴을 본 기억은 없었다. 특히 폭력을 써서 울리는 자를 가만 놔둔 적이 없었다. 그런데 지금 은소예가 심하게 다쳤다. 그것도 그를 구하기 위해 몸을 던져 그렇게 된 것이기에 더욱 화가 났다.

배신한 단엽을 반드시 죽여 버리겠다는 살의가 충만했고, 그 살의는 고스란히 휘두르는 칼에 실려 적을 베어갔다.

공력을 주입하고 한참을 있어야 간신히 생성할 수 있었던 은빛의 도기는 칼을 잡자마자 맹정우의 살기에 자극받은 듯 힘차게 뿜어져 나왔다.

그에게 덤벼드는 흑월회 살수들은 만만치 않은 무위를 갖추고 있었지만 폭주하는 천신도를 제대로 받아내는 자가 없었다.

살기를 담뿍 품은 천신도는 덤비는 적을 짚단처럼 베어 넘겼고, 쓰러지는 적의 피를 뒤집어쓰며 맹정우의 살기는 더욱 짙어졌다. 천신도에서 쏟아져 나오는 사념은 머리 속에서 살기와 만나 맹정우의 감정을 요동치게 만들었고, 사념과 만난 살기는 더욱 증폭되어 그의 이성을 완전히 지배하기 시작했다.

맹정우는 이성이 마비된 채 미친 듯이 칼을 휘둘렀고, 그와 마주하는 자는 실력 이전에 살기에 눌려 그의 공세를 막아내지 못했다.

한편 간담은 흑월회주에게 일방적으로 밀리고 있었다. 흑월회주는 작심한 듯 부상을 입은 그에게 달려들었는데, 대단히 무거운 장도를 휘두르며 힘으로 압박해 들어왔다.

간담은 간신히 몸을 추스른 채 그의 공격을 몇 합 받아냈지만 곧 뒷걸음질치기 시작했다.

단엽의 암경에 내상을 입은 데다가 흑월회주의 공력이 여간 강한 것이 아니었기 때문이다.

'이자는 강하다! 적어도 강북칠웅, 강남오걸 등보다도 확실히 한 수 위야! 대체 이런 고수가 어디서 튀어나온 거지?'

간담을 밀어붙이던 흑월회주는 간담이 주춤하는 사이 주변 상황을 슬쩍 곁눈질했다. 그러다가 맹정우가 흑월회 살수들을 도륙하는 것을 보고는 눈살을 찌푸렸다.

'부하들이 다 죽겠군. 부상당한 이 노인네보다는 저놈의 기를 먼저 꺾어야겠어.'

마음을 정한 그는 근처에 있는 곡방기를 호출했다.

"곡방기! 이쪽을 맡으시오!"

곡방기는 자신의 수하들을 이끌고 구석에 몰린 채 이도현과 은소예를 보호하고 있는 남여린과 마수운을 핍박하고 있었는데, 흑월회주가 부르자 그들을 부하들에게 넘기고 달려왔다.

흑월회주는 곡방기와 흑월회 살수 세 명에게 간담을 맡기고 중앙에서 정신없이 부하들을 베어 넘기고 있는 맹정우에게로 달려갔다.

막 복룡타 무사들 두 명의 목을 날려 버린 맹정우의 칼이 다가오는 그를 향해 쏜살같이 날아들었다. 흑월회주는 팔십 근이 넘는 자신의 장도로 그에 맞섰다.

깡!

굉음과 함께 그의 장도의 이가 빠져나갔다.

흑월회주는 깜짝 놀랐다. 백련정강에 현철을 섞어 만든 그의 칼이 이가 빠진 것에 놀란 것이 아니라, 충돌 직후 순식간에 다시 날아오는 맹정우의 칼을 보고 놀란 것이다.

검강을 쓰는 간담이 멀쩡한 상황이라도 자신의 칼과 부딪친 후 저렇게 빠른 연격을 펼칠 수는 없을 것이다. 자신의 장도를 이용한 공격은 부딪치는 상대의 팔 근육이 단숨에 파열될 수 있을 정도의 강한 충격을 준다.

제아무리 고수라 해도 자신의 공격을 받는다면 충격을 해소하는 시간적 간격을 두고서야 다음 동작을 취할 수 있을 것인데, 공격을 받자마자 다시 반격해 들어오는 저 맹정우란 놈의 움직임은 그의 상식을 벗어나고 있었다.

창! 차창! 차차창!

흑월회주는 장도를 앞으로 내밀고 팔목으로 살짝살짝 움직여 빠르게 날아오는 천신도의 공격을 모두 봉쇄했다.

'빠르고 강하다! 그러나 아직 한계를 벗어나지는 못했어.'

병장기가 부딪치며 느껴지는 내공을 감안해 볼 때 상당한 수준이긴 했으나 아직 자신에게는 못 미친다. 그러나 문제는 공격의 속도가 워낙 빨라 장도를 이용한 힘의 공격을 주로 하는 그가 도무지 반격을 펼칠 틈이 없었다.

방어는 작은 움직임만으로 가능하지만 공격을 하려면 맹정우와 걸맞는 속도를 내야 하는데, 지금 가지고 있는 중병으로는 그게 조금 어려웠다.

'이놈과 단둘이 싸우는 거라면 시간이 아무리 오래 걸려도 상관은 없다. 결국 승리는 내가 챙길 테니. 하지만……'

흑월회주는 곡방기와 간담이 싸우고 있는 뒤쪽이 신경 쓰였다.

'문제는 저 검강을 쓰는 노인네다. 단엽의 흑염장이 얼마만큼 피해를 끼쳤는지 가늠할 수가 없어. 저 노인네가 본신 능력의 칠 할만 회복해도 내가 상대하기 벅차다. 회복하기 전에 빨리 이놈을 해치워야 하

는데… 정말 거치적거리는군.'

아니나 다를까, 뒤에서 수하의 비명이 들려왔다. 분명 곡방기가 있는 쪽이다. 간담이 드디어 반격을 시작하는 모양이었다.

흑월회주는 초조해지기 시작했다. 어떻게든 이놈을 빨리 처치하고 간담에게로 가고 싶었으나 맹정우의 공세는 멈출 생각을 하지 않고 있었다.

그의 공격은 점점 빨라져서 흑월회주도 팔목만 쓰는 자세에서 벗어나 두 손으로 장도를 잡고 방어해야 했다. 그러는 가운데 흑월회주는 적의 초식이 왠지 낯이 익다는 느낌이 들기 시작했다.

'설마…… 진살마혈도(進殺魔血刀)?'

진살마혈도법은 그가 너무도 잘 알고 있는 무공이었다. 지금 맹정우가 펼치고 있는 수법은 진살마혈도법의 혈음지의(血音之意)란 초식과 너무도 흡사했다.

그는 시험 삼아 장도를 비스듬히 내려 맹정우의 왼 어깨 쪽으로 내뻗었다. 그러자 맹정우는 우측으로 몸을 반 바퀴 회전시키며 칼을 휘둘러 그의 오른 무릎을 노렸다.

'검할전륜(劍割轉輪)!'

검할전륜은 진살마혈도가 아닌 자전검법(自轉劍法)에 속한 수법이었다. 자전검법도 역시 그가 잘 알고 있는 무공이었다.

'왜 이놈이 마교의 절기를 쓰는 거지?'

흑월회주는 순간적으로 이 상황을 이해할 수가 없었다. 정파의 유일한 희망으로까지 꼽힌다는 청년 영웅이라는 놈이 펼치는 기술마다 마교의 수법을 쓰고 있다면 누가 그 말을 믿겠는가?

흑월회주는 잠시 방어에 주력하며 맹정우를 관찰했다.

가만히 보니 펼치는 공격마다 마교의 온갖 무공이 뒤섞여 있는 듯했다. 게다가 그의 눈을 보고 있자니 점점 더 이상한 느낌이 들었다.

지금 맞서고 있는 상대를 반드시 죽여 버리겠다는 살기가 충만해 있었는데, 저런 눈을 하고서 이런 고명한 절기들을 완벽히 펼친다는 게 이해가 가지 않았다.

흑월회주는 저런 눈을 가진 상대와 많이 싸워보았고, 또 자신도 저런 눈을 하고 다른 자를 해치워 본 적도 많았다.

저렇게 살의에 충만해 있을 때는 결코 다양한 무공을 펼쳐 낼 수 없다. 오직 가장 몸에 익숙한 절기, 자신이 가장 완벽하게 펼칠 수 있는 절기를 무의식적으로 펼치게 되고, 또 그게 살의와 뒤섞여 가장 강력한 공격을 만들어내는 것이다.

그런데 저 맹정우란 놈이 펼치는 공격을 보고 있자면 너무도 복잡다단했다. 마교의 온갖 무공이 다 끄집어져 나오고 있었고, 게다가 놀라운 것은 나오는 무공마다 상황에 매우 적절하게 쓰여지고 있다는 것이다.

놈이 마교 교주의 아들 정도 되지 않고서야, 그래서 기어다닐 때부터 마교 무공을 익혀오지 않았고서야 살의가 충만한 상태에서 저렇게 다채로운 마교 무공을 펼칠 수는 없는 것이었다.

'그렇다면 혹시?'

흑월회주는 가진 것 이상의 능력을 발휘하는 인간들을 종종 봐왔다. 그들이 어떤 상태에 있을 때 그런 초능력을 발휘하는지도, 그는 알고 있었다.

맹정우의 눈은 점점 광기를 띄어가고 있었고, 내지르는 천신도의 속도와 위력은 더욱 강해지고 있었다. 흑월회주는 자신의 직감이 맞다고 확신했다.

'마교의 절기를 쓰고 있으니 마교의 수법으로 상대해 주지!'

생각을 굳힌 흑월회주의 입이 살짝 열리더니, 뜻 모를 낱말들이 흘러나오기 시작했다.

"라흐베디나야 가흐즈레 무하라마시이 바하난데……."

주문, 혹은 진언 같은 말들의 나열이 지속되자 정신없이 칼을 휘두르는 데 열중하던 맹정우의 얼굴이 조금씩 일그러지기 시작했다.

"룽그리바오 베르즈니 치우멘투르……."

"우… 우우욱!"

소리가 이어짐에 따라 맹정우의 입에서 신음성이 토해져 나왔다.

지금 맹정우는 살기를 지나치게 일으켜 천신도의 사념에 정신이 얽혀 판단력이 지극히 흐려진 상태였다. 사념과 얽혀 더욱 증폭된 살기가 그의 정신을 지배하고 있었는데, 갑자기 귀로 들어온 진언은 사념과 그의 정신을 억지로 분리시키려 하며 엄청난 두통을 유발시켰다.

흑월회주가 맹정우에게 읊고 있는 주문은 마교에서 유래한 인언료심법(因言撩心法)이란 주술이었다. 인간의 심령을 제압하는 술법 중에 하나였는데 귀신이 들리거나 최면 상태의 인간에게 큰 효과를 일으키는 수법이었다.

흑월회주는 맹정우의 움직임이 마치 강신(降神)된 사람처럼 느껴졌기에 이 술법을 시도해 본 것인데, 확실히 효과가 있었다. 맹정우는 갑자기 술에 취한 듯 비틀거리기 시작했다.

흑월회주는 더욱더 은밀한 목소리로 맹정우의 귀에 소리를 불어넣었다.

"르쿠슈리 느네훔 카르즈네……."

이제 맹정우의 움직임은 눈에 띄게 둔해져 있었다. 한 손으로 머리 칼을 움켜쥔 채 신음을 흘리고 있었는데, 휘두르는 칼은 전혀 위력이 보이지 않았다.

'이제 죽여주마!'

흑월회주는 비치적거리며 날아오는 천신도를 향해 장도를 힘차게 날렸다.

깡!

맹정우는 더 이상 천신도를 잡고 있을 힘도 없었다. 장도의 강력한 공격과 맞닥뜨린 천신도는 그의 손에서 벗어나 멀리멀리 날아가 버렸다.

그런데 천신도가 손에서 막 떠나는 순간, 갑자기 그를 지배하고 있던 살기가 마치 씻은 듯이 사라져 버렸다. 여전히 머리가 깨질 듯 아프긴 했지만 적어도 제정신은 차릴 수가 있었다.

살기가 천신도로 인해 증폭된 것이었기에 천신도가 몸과 분리되자 사념이 사라지며 살기도 사라져 버려 정신을 차릴 수가 있었던 것이다.

'이게 어떻게 된 거지?'

정신이 든 맹정우가 주변 상황을 인지하려는 순간, 정면에서 뭔가가 그의 머리 위로 파고드는 것이 보였다.

"이제 죽어라!"

일격에 천신도를 날려 버렸던 흑월회주의 장도가 그를 절반으로 갈라 버리겠다는 듯 머리 위에서 수직으로 내리찍어 오고 있었다.

'어이쿠, 이런!'

맹정우는 죽음이 코앞에 닥쳤다는 것을 직감했다. 대체 왜 이런 상황이 벌어진 것인지는 두통 때문에 그런 것인지 도통 기억을 할 수가 없었지만 어쨌든 살고 봐야 했다.

그는 본능적으로 구명절초인 단지보를 시전했다.

쉐엑!

바람을 가르며 다가온 장도가 어깨를 스치고 지나가는 것이 느껴졌다. 맹정우는 간발의 차이로 흑월회주의 공격을 피해냈다.

"이놈이?"

맹정우가 갑자기 날랜 움직임으로 자신의 공격을 피해 버리자 흑월회주는 눈에 이채를 띄었다. 방금 전까지만 해도 주문에 취해 비치적거리던 놈이 생각 외의 몸놀림을 보이며 도망을 치니 그로서도 놀랄 수밖에 없었다.

흑월회주는 땅을 박차며 다시 맹정우에게로 달려들었다.

맹정우는 여전히 머리가 깨질 듯 아팠지만 조금씩 이전 상황에 대한 기억이 돌아오고 있었다. 모두 죽여 버리겠다는 일념으로 정신없이 칼을 휘두르다가 지금 달려드는 놈한테 걸린 후 고생했다는 기억까지 머리 속에 떠올랐다.

'그렇다면 피하는 게 능사지!'

맹정우는 날아오는 흑월회주의 칼을 피해 다시 단지보를 시전했다.

가까워졌던 그와 흑월회주 사이의 공간이 다시 크게 벌어졌고, 그는 그 찰나간의 틈을 타 주변 상황을 훑어보았다.

맹정우의 동료들은 태사의가 있는 방향의 한쪽 구석에 대부분 몰려 있었다. 남여린과 마수운이 쓰러져 있는 은소예와 이도현을 막아선 채 방어에 주력하고 있었는데, 왠지 위태위태한 것이 둘 다 곧 쓰러질 듯 보였다.

중앙에서는 간담 홀로 고군분투하고 있었다. 그는 남아 있는 흑월회 살수 다섯 명과 곡방기, 그리고 나중에 올라온 것으로 보이는 오독묘 등 일곱 명을 홀로 상대하고 있었는데, 협소한 공간임에도 빠른 신법을 시전, 전후좌우로 움직이며 일곱 명을 잘 요리하고 있었다.

입가에 아직 핏기가 가시지 않은 것으로 보아 상세가 썩 좋아 보이지 않음에도 불구하고 민활한 몸놀림을 보이고 있어서 전혀 다친 것 같지 않았다.

한편 맹정우의 바로 뒤, 계단 주변에는 복룡타 무사들이 우글거렸다. 그들은 그저 맹정우 일행이 밑으로 내려가지 못하게 하려는 것만이 목적인 듯 겹겹이 늘어서서 인의 장막을 치고 있었고, 싸움에는 끼어들지 않고 있었다.

아까 삼층에서 싸웠던 졸개들의 수준으로 보건대 그들이 끼어들면 곡방기나 흑월회 고수들에게 방해나 되면 됐지 도움이 되지는 않을 것이기에 복룡타 지도부에서 그런 명령을 내린 듯했다.

'가만, 근데 단엽은?'

가장 죽이고 싶은 놈이 안 보인다는 생각이 드는 찰나, 뒤에서 다가오는 예리한 기운이 느껴졌다.

'아차!'

맹정우는 재빨리 몸을 뒤틀었다. 단엽의 검이 그의 목을 향해 날아오고 있었다.

단엽은 아까 맹정우의 심장을 찔렀다 실패한 것을 거울 삼아 눈에 훤히 드러나는 목을 노리고 찔러 들어오고 있었다.

맹정우는 얼결에 몸을 눕혔다. 강호의 무사들이 흔히 사용하는 철판교(鐵板橋)의 동작을 시전한 것인데, 의도하지 않고 무의식적으로 펼친 동작인지라 검을 피하는 것은 성공했지만 다시 중심을 잡기가 어려워서 맹정우는 털썩 엉덩방아를 찧고 말았다. 넘어진 그의 머리 위에 단엽과 흑월회주의 칼이 동시에 날아왔다.

맹정우는 다급한 김에 몸을 대굴대굴 굴렀다. 단엽의 검은 다시금 피했지만 흑월회주의 칼은 피할 수가 없었다.

픽!

"캑!"

다행히 내리찍는 칼을 옆구리로 받아 폭풍번이 칼날은 막아주었다. 하나 아무리 폭풍번이 기진이기라 해도 칼에 실린 내력까지 막아줄 수는 없었다.

충격을 받은 맹정우는 내장이 다 뒤집히는 듯한 고통을 느끼며 다시 대굴대굴 굴렀다.

벽 근처까지 굴러간 맹정우는 찢어지는 듯한 옆구리의 통증을 감내하며 몸을 일으켰지만 지긋지긋한 흑월회주는 끝까지 따라오며 칼을 휘둘렀다.

두통과 옆구리의 통증으로 기진맥진한 맹정우는 단지보를 시전할 기력도 없었다. 이번에 날아오고 있는 칼은 몸으로 막든 목으로 막든 맞고 살아날 수 있을 것 같지가 않았다.

넋 놓고 날아오는 칼을 바라보고만 있을 때, 그가 서 있는 벽 바로 옆에 달린 창문이 부서지면서 청색 그림자가 번쩍였다.

맹정우의 앞을 막아선 청영(靑影)은 날아오는 흑월회주의 칼을 막아섰다.

창! 차창! 창!

청영은 조금씩 밀리는 듯하면서도 흑월회주의 강맹한 공세를 몇 합 버텨냈다. 그러는 사이 부서진 창문으로 한 명이 더 뛰어들어 와 흑월회주를 공격했다.

이번에 들어온 자 역시 뒷모습밖에 보이지 않았지만 맹정우는 그가 누군지 알 수 있었다. 일단 승복 차림인데다가 대머리가 불빛에 번쩍이는 것을 보니 대번에 혜공임을 알아볼 수 있었다.

곧이어 함토리까지 뛰어들어 와 흑월회주를 압박했고, 창문 밖에서도 와와 하는 함성과 함께 병장기가 부딪치는 소리가 들려왔다. 주루 건물 밑에서 전투가 벌어진 모양이었다.

계단 앞에 있던 복룡타 무사들이 웅성이며 일부가 내려가는 것이 보였고, 곧 피를 흘리며 다시 튀어 올라오는 모습이 보였다. 계단 쪽에서도 전투가 벌어졌고, 청의를 입은 무사들이 다수 올라오며 복룡타 무사들을 쓰러뜨리는 것이 보였다.

그때서야 맹정우는 그 청의가 예전에 최운이 입고 있던 무림맹 청룡당의 복장이라는 것을 알아볼 수 있었다. 함토리와 혜공, 청의무사에게 몰리던 흑월회주가 반대편 창문으로 튀어나가는 것까지 눈으로 확인한 맹정우는 잠시 잊고 있었던 옆구리의 통증을 다시 실감하며 정신을 놓아버렸다.

제5장

과거에 집착하여 현실을
외면하는 자는 영웅이 될 수 없다

"대주님, 대주님, 정신 차리세요!"

귓가에 메아리치는 아련한 목소리, 고운 여인의 음성이었다.

"으음…… 소예?"

은소예는 그에게 한 번도 존댓말을 한 적이 없는데 어째서 그녀라고
생각한 것일까.

맹정우가 눈을 떠보니 샐쭉해진 한영영의 얼굴이 보였다.

"어… 한 소저?"

한영영은 홍홍거리며 말했다.

"은 소저가 아니라 죄송하군요. 이제 좀 정신이 드세요?"

맹정우는 멋쩍은 얼굴로 몸을 일으켰다.

그가 있는 장소는 여전히 명월루 오층이었다.

전투는 종료되어 있었다.

청룡당 무사들이 돌아다니는 것이 보였고, 형산에서 보았던 일월문의 복색을 한 무사들도 다수 보였다.

"어떻게 된 겁니까, 상황이?"

한영영은 샐쭉한 표정을 풀지 않았지만 묻는 말에 대답은 해주었다.

"신검보에 대기하고 있을 때 중경의 일곱 방파에서 급전이 날아왔어요. 천비장주가 갑자기 호광 접경 지역으로 떠났다는 소식이었어요. 그가 떠난 방향이 복룡타가 있는 연오촌으로 가는 길이라는 걸 알고는 흑월회와 복룡타가 합류하는 것임을 추리할 수 있었지요. 그래서 신검보와 추적대가 전부 연오촌으로 출동했고, 제가 전서구로 본 문에도 도움을 요청했지요. 다수의 전력이 귀령곡을 찾으러 나가 있긴 해도 지리적으로 일월문과 가까운 이곳으로 투입할 전력 정도는 남아 있었으니까요. 때마침 무림맹에서 추적대에 보낸 지원군도 합류해서 같이 오게 되었고, 조금 늦긴 했지만 여기까지 와서 대주님과 대원들을 구한 거랍니다."

맹정우는 그제야 알겠다는 듯 고개를 끄덕였다.

그는 주변을 두리번거렸다.

반가운 최운의 얼굴이 보였다. 아까 전에 자신의 앞을 막아선 청영이 바로 그였던 모양이다.

두리번거려도 그가 찾는 사람이 보이지 않자 맹정우는 한영영에게 다시 물었다.

"은 소저는 어디 있습니까?"

그는 무엇보다도 은소예의 안위가 궁금했다. 이러니저러니 해도 그의 목숨을 구하고 크게 다쳤으니 걱정이 아니 될 수가 없었다.

한영영의 표정이 조금 더 샐쭉해졌다.

그녀는 손가락으로 태사의가 있는 쪽을 가리키며 다소 냉랭해진 목소리로 말했다.

"저쪽에서 치료 중이에요."

맹정우는 벌떡 일어났다. 몸을 일으키니 다시 옆구리의 통증이 몰려왔지만 기절한 중에 치료를 받은 듯 아까처럼 심하지는 않았다.

맹정우는 은소예가 있는 쪽으로 발걸음을 떼었다. 그때 한영영이 그를 다시 불렀다.

"이거 가져가세요."

그녀가 내민 것은 바로 천신도였다.

맹정우는 그녀가 내민 천신도를 바로 받아 들지 않고 침중한 눈초리로 바라보았다.

최근 천신도에서 사념을 불러일으키는 시간이 점점 짧아진다 싶었는데, 오늘 드디어 잡자마자 사념을 불러낼 수 있었다. 그러나 그것은 그 자신이 지독한 살기를 피워 올렸기 때문인데, 그 덕분인지는 몰라도 싸우는 중에 거의 의식을 잃었다. 하마터면 적에게 죽임을 당할 뻔하기도 했다.

'마냥 좋은 칼은 아니야.'

서투른 그의 실력을 완벽히 보조해 주는 능력이 있기에 그간 너무도 아껴왔지만 지금에 이르러 생각해 보면 왠지 수상한 구석이 많은 칼이었다.

사념을 불러일으키는 시간이 짧으면 짧아질수록, 머리의 두통도 보다 더 심해지고 적을 죽이고 싶다는 생각도 더욱 강하게 들었다. 오늘처럼 이성을 잃을 정도가 된다면 나중에 피아를 구분하지 못하고 사고를 치지 않을 거라고 어떻게 장담할 수 있겠는가.

“칼 안 받으실 거예요?”

한영영의 말에 맹정우는 상념에서 깨어났다.

맹정우는 조심스레 칼을 받아 들고 몸을 돌려 은소예가 있는 곳으로 걸어갔다.

한영영은 그 뒷모습을 미묘한 눈빛으로 바라보고 있었다.

맹정우는 단상 한구석에 사람들이 몰려 있는 곳으로 갔다. 간담과 함토리의 모습이 보였고, 그가 다가가니 함토리가 반색을 했다.

“우리 대주님, 살아나셨구먼!”

맹정우는 억지로 웃어 보이고는 그의 뒤에 누워 있는 은소예를 보았다.

은소예는 파리한 얼굴로 눈을 꼭 감은 채 누워 있었는데, 의원인 듯 보이는 자가 치료를 하고 있었다. 복색을 보아하니 청룡당에 소속된 의원 같았다.

은소예의 바로 옆에는 이도현이 누워 있었고, 그 옆에 남여린이 그의 손을 꼭 잡고 있는 것이 보였다.

이도현은 목에 친친 붕대를 감고 있는 것이 치료를 이미 끝낸 듯했다.

맹정우는 허리를 굽혀 의원에게 물었다.

“상태가 좀 어떻습니까?”

대답은 의원이 아닌 간담이 했다.

“좋지 않네. 암경이 내장 깊이 침투한 상태야. 나와 같은 공격에 당했지만 상세가 훨씬 심하네. 당장 치료를 하지 않으면 생명이 위험할 수도 있는데…….”

간담은 안타까운 얼굴로 말꼬리를 흐렸다.

"지금 치료 중인 것 아닙니까?"

간담은 고개를 저었다.

"그저 기혈을 안정시키고 독이 퍼져 나가지 못하게 조치하고 있을 뿐일세. 지금 내상도 내상이지만 내장에 침투한 독이 가장 큰 문제야. 한시라도 빨리 해독을 하지 않으면 정말 위험할 수도 있어."

"독이요? 그 단엽이란 놈이…… 아차, 놈은 잡았습니까?"

맹정우는 그제야 그 괘씸한 놈이 잡혔는지 궁금해 주변을 돌아보았다. 곡방기가 수하들과 함께 포박되어 있는 광경이 눈에 띄었지만 흑월회주와 단엽의 모습은 어디에도 보이지 않았다.

함토리가 대답했다.

"놈은 달아났네. 복룡타 놈들만 전부 잡았을 뿐, 정작 중요한 흑월회와 관련된 놈들은 하나도 잡질 못했어. 실수 몇 놈을 잡았지만 곧바로 입에 숨겨둔 독단을 깨물고 자결하더군."

"제기…… 딴 놈은 다 놓쳐도 그놈은 잡아야 하는데……."

맹정우는 이를 갈았다. 은소예를 저렇게 만든 놈을 놓치다니.

"근데 독이라구요? 놈이 장력으로 공격한 게 아닙니까?"

"그 장력에 독이 깃들어 있었네. 흑염장(黑染掌)이라고 아주 악독한 수법이지."

맹정우는 간담에게 물었다.

"그런데 노사님도 같이 맞으셨잖습니까. 노사님은 멀쩡해 뵈는데……."

"노부는 의식을 잃지 않았기에 나중에 내공으로 독을 몰아낼 수 있었네. 그러나 은 소저는 공격당한 후 바로 의식을 잃었기 때문에 독이 온몸으로 퍼진 거지."

내상을 입고 곧바로 전투를 하는 와중에 몸속에 침투한 독을 한곳에 모아놨다가 나중에 밖으로 빼냈다는 말인데, 웬만한 고수는 흉내조차 내지 못할 고명한 수법이었다. 그러나 맹정우는 그게 대단한 것인지 알지도 못했고, 감탄할 여력도 없었다.

"그럼 독을 빨리 해독하는 게 급선무겠군요."

"그래, 그래야 하는데…… 그게 쉽지가 않아."

대화하는 사이 의원이 치료를 끝낸 듯 일어섰다.

"어떻게 되었소?"

함토리의 물음에 의원은 고개를 저었다.

"일단 독이 퍼지지 않도록 응급조치는 취했습니다. 그러나 한시라도 빨리 독의 전문가에게 치료를 받아야 합니다. 적어도 이십 일 내에 조치가 취해지지 않으면 정상인으로 회복되기 어렵고, 한 달이 넘어가면 생명을 장담할 수 없습니다."

맹정우는 의원의 멱살을 잡았다.

"독의 전문가라면 누구를 얘기하는 거냐? 어디 있는 놈이지?"

함토리가 그를 떼어 말리며 말했다.

"자자, 진정하게. 이 사천에는 천하제일의 독 전문가 집단이 있네. 그들에게 가면 될 걸세."

"그게 누굽니까?"

"설마 사천당문인지 몰라서 묻는 것은 아닐 테지?"

그때 남여린의 부르짖음이 들렸다.

"여보! 정신이 드나요?"

다들 돌아보니 은소에 옆에 누워 있던 이도현이 콜록거리며 눈을 뜨고 있었다.

맹정우가 놀란 얼굴로 함토리에게 물었다.

"저 작자 안 죽었습니까?"

함토리는 맹정우의 말투가 맘에 안 드는 듯 눈을 흘기며 말했다.

"간담이 재빨리 지혈한 것이 다행히 목숨을 건지게 했네. 장 의원이 뒤이어 신속하게 손을 써서 어느 정도 고비를 넘긴 모양이야."

이도현은 잿빛이 되어버린 눈으로 남여린을 올려다보았다.

"저승은 아닌 모양이군. 대체 왜 이리 명줄이 긴 것인지……."

남여린은 그의 손을 꽉 잡으며 말했다.

"당신, 똑바로 말해요. 병아가 안 죽은 게 사실인가요?"

이도현은 메마른 웃음을 흘리며 미약하게 고개를 끄덕였다.

"그래, 멀쩡하진 않지만 아직 살아 있어. 최근에는 조금 몸이 좋아졌지. 가끔 엄마를 찾더군."

남여린은 아무 말도 못하고 눈물을 줄줄 흘렸다. 그러나 그녀의 얼굴은 좀 전에 비해 눈에 띄게 환해져 있었다.

이도현은 힘겹게 고개를 돌려 간담을 보았다. 그는 간담 옆에 있는 함토리를 보더니 눈이 커졌다.

"두 분 다 오셨구려! 소제의 못난 꼴을 보러 오셨소?"

간담과 함토리는 당황한 기색으로 재빨리 그에게 다가갔다. 그들은 몸을 구부려 작은 소리로 이도현과 몇 마디를 주고받았다.

맹정우가 무슨 소리를 하나 궁금하여 다가갈 무렵, 이도현이 천천히 손을 들어 곡방기를 가리키는 것이 보였다.

"저… 놈을 내 앞으로 좀 데려다 주시오."

간담이 일어서서 손짓하자 청룡당 무인들이 곡방기를 끌고 왔다.

곡방기는 새파랗게 질린 얼굴을 한 채 이도현과 남여린 앞에 무릎 꿇려졌다.

"혀, 현 제! 아니, 이 대협! 나, 날 죽일 셈인가?"

이도현이 뭐라 말하기도 전에 남여린이 검을 뽑아 그의 목에 대며 외쳤다.

"그럼 살기를 바라느냐? 네놈이 우리에게 행한 만행을 생각하면 지금 당장 오체분시해도 시원치 않을 것이다!"

곡방기는 다급히 주변을 둘러보았다. 마치 도움을 줄 사람을 찾는 듯했다.

그는 맹정우와 간담 등을 보며 외쳤다.

"나, 나를 죽이면 흑월회가 어떤 놈들인지 알 수 없을 텐데? 무림맹에서 여기까지 온 것이 놈들을 잡기 위해서 아닌가? 날 살려다오! 목숨만 보장해 준다면 아는 것은 모두 털어놓겠다!"

함토리가 탄식하며 말했다.

"한심한 놈, 강남오걸이란 직함이 아깝구나. 네놈은 무인의 기개조차 내버렸느냐?"

"애초에 그런 것이 없었던 놈이오. 무위가 아닌 인맥으로 강남오걸 자리에까지 오른 유일한 놈이지."

이도현은 어처구니없다는 듯 실소했다.

"크크크, 그래서 그간 나와 죽이 잘 맞은 모양이야. 유유상종이라고 할까?"

간담이 자학하는 그를 나무랐다.

"현 제, 적당히 하게!"

이도현은 간담에게로 고개를 돌렸다.

“무림맹에서 이놈한테 뭐 얻을 게 있소?”

간담은 난감한 표정으로 고개를 끄덕였다.

“음… 흑월회에 대해 좀 더 정보를 얻으려면…….”

“그렇다면 입만 남아 있으면 되는 것 아니오?”

“그거야 그렇지.”

이도현은 다시 고개를 돌려 옆에 붙어 있는 남여린에게 말했다.

“내가 시키는 대로 딱 세 번만 칼질을 해줘.”

남여린은 무슨 말인지 알아듣겠다는 듯 고개를 끄덕였다.

“먼저 놈의 팔.”

남여린은 자리에서 벌떡 일어서더니 칼을 들고 곡방기에게로 다가 갔다.

“무, 무슨 짓을 하려고……!”

곡방기가 공포에 전 목소리로 외치는 찰나, 남여린의 검이 그의 오른쪽 어깨에 꽂혔다.

“크윽!”

피분수가 솟구치며 그의 오른팔이 바닥으로 떨어졌다.

“우리 아들이 반신을 못 쓰니 네놈도 한쪽 팔다리 정도는 못 써야 공평하겠지.”

이도현은 다음 지령을 말했다.

“다음은 다리.”

남여린은 고통으로 인해 쓰러져 뒹굴고 있는 곡방기를 걷어차 바로 뉘었다.

다시 그녀의 검이 곡방기의 하체로 휘둘러졌고, 그의 오른 다리가 몸통에서 떨어져 나갔다.

곡방기의 자지러지는 비명이 만월루 오층을 뒤흔들었다.

끔찍한 광경이었기에 눈을 돌리는 사람이 많았지만 곡방기에게 동료들을 잃었던 신검보인들은 핏발이 선 눈을 크게 뜬 채 그 광경을 주시했다.

"여보, 다음을 말해요. 눈이나 귀를 잘라 버릴까요?"

남여린의 재촉에 이도현은 잠시 말이 없었다. 그러다가 손짓하여 그녀를 불렀다.

의아해하며 남여린이 다가가자 이도현은 천천히 입을 열었다.

"다음은 내 목이야."

남여린은 눈을 크게 치떴다.

"무, 무슨 소리예요?"

이도현은 그녀의 눈을 똑바로 쳐다보며 말했다.

"이 못난 남편의 마지막 부탁이야. 제발 지금 죽여줘. 당신에 대한 집착 때문에 많은 사람들을 다치게 할 뻔했어. 한때나마 협객을 꿈꾸었던 자로서 부끄러워 감히 하늘을 볼 수가 없어. 나는 어차피 저놈이 먹인 만성독약 때문에 점점 몸이 망가지고 있는 판이야. 조만간 나도 병아 꼴이 될 거라고. 이제 더 이상 추한 모습 남에게 보여주고 싶지 않아. 이왕 죽을 거, 당신 손에서 죽고 싶어."

남여린은 기가 막힌 듯 두 손으로 입을 막았다.

울음 섞인 목소리가 입을 막은 손밖으로 새어 나왔다.

"어떻게 그런 말을…… 당신 정말 내가 그럴 수 있다고 생각해요?"

이도현은 지친 기색으로 대꾸했다.

"당신도 이제 내가 싫증나지 않아? 당신 아들이 죽었다고 헛소문을 퍼뜨리고 당신 동료를 다 죽여 버리라고 청부까지 한 놈이라고. 이런 놈, 더 이상 볼 것 없이……."

"놈! 닥쳐라!"

두 부부의 대화를 멀거니 지켜보고 있던 맹정우는 바로 옆에서 터진 호통에 깜짝 놀랐다.

호통은 함토리의 목소리였다.

"네놈을 물경 팔 년 만에 보는데도 불구하고 여전히 철이 없구나! 그게 지금 대체 누굴 배려해서 하는 말이더냐!"

"형님, 저는……."

이도현은 함토리를 향해 뭐라 말하려 했으나 함토리의 호통이 그의 말을 끊었다.

"그딴 식으로 살려거든 날 형님이라고 부르지도 말거라! 협객을 꿈꾸던 자로서 하늘을 볼 수가 없다고? 그래서 죽음을 택하겠다고? 그게 네 협의더냐!"

"그럼 형님은 제가 살 자격이 있는 놈이라고 생각하시오?"

"네가 살 자격이 있는지 없는지는 모르겠으나 적어도 살아야 할 의무는 있다. 네게는 돌봐야 할 아내와 병든 자식이 있기 때문이다! 인간이 살아야 할 이유로 그 외에 더 무엇이 필요할까?"

"나 없으면 오히려 집사람이 자식 돌보기 편안할 거요."

이도현의 항변이었지만 함토리는 고개를 저었다.

"그게 바로 네놈이 아직 철이 덜 들었다고 내가 말하는 이유다. 협객이란 무엇이고 영웅이란 게 무엇이냐? 무엇보다도 자신보다 타인을 먼저 생각하는 사람이 아닌가? 너는 모든 것을 체념한 듯 말하면서도 아직까지 네 체면 하나는 꼭 붙들고 있다. 예전에 온 강호의 기대를 받았던 청년 영웅이라는 체면! 대협 소리를 들었던 체면! 천하의 비천신검이라는 체면! 네가 가장 두려워하는 것은 지금까지 벌어진 일련의 사건들에서 보인 너의 추한 행적으로 인해 네 과거의 영화가 무너질까 하는 것이다. 그런데 지금 사건이 마무리되면서 은둔했던 이후의 네 행적이, 너의 부끄러운 지금의 모습이 백일하에 드러나는 것이 너는 견딜 수 없는 것이다. 그래서 그저 죽고 싶다고 하는 것이 아니냐?"

이도현은 벌게진 얼굴로 외쳤다.

"그런 것이 아니오!"

"아니긴 뭐가 아니냐! 네가 진정 네 말대로 협객을 꿈꾸었던 자라면 네 체면보다 다른 사람을 먼저 생각하라. 멀리 갈 것도 없이 네 아내와 아들을 생각해라. 과연 네가 죽는 것이 그들에게 도움이 될까? 그들에게 필요한 것이 죽은 영웅이라고 생각하느냐, 아니면 비겁하고 정신 나갔다는 소릴 들을지언정 살아 있는 남편, 아비라고 생각하느냐?"

"죽은 영웅이 훨씬 나을 거요!"

"그건 네 생각이다. 네 아내한테 물어보면 무슨 답이 나오리라는 것은 너도 잘 알고 있지 않느냐?"

이도현은 말문이 막힌 듯 아무 말도 하지 못했다. 남여린이 무슨 대답을 할지 그도 당연히 알고 있었기에.

"자신보다 자기 아내와 아들을 먼저 생각하는 것은 협객, 영웅 이전에 인간으로서, 한 사나이로서 기본적으로 지켜야 할 덕목이다. 그것부터 지키고 나서 그 다음을 생각해도 늦지 않다, 도현!"

이도현은 함토리의 말에 더 이상 대꾸하지 않았다.

그도 알고 있었다, 어떤 선택이 올바른 것인가를.

다만 견딜 수가 없었던 것이다. 옛날 화려했던 시절에 친했던 사람들 앞에서 보인 지금의 추태를.

공허한 눈으로 허공을 바라보던 그는 아무 말 없이 눈을 감아버렸다.

머리 속은 하얘져 있었고, 앞으로 어떻게 해야 할지 갈피를 잡을 수가 없었다.

그런 그의 손을 누군가가 꼭 잡았다.

이도현은 그가 누군지 단박에 알 수 있었다.

맞잡은 손에서 느껴지는 따뜻한 온기, 그 온기만으로도 손을 잡은 사람의 마음을 느낄 수 있었다.

감긴 그의 두 눈에서 한줄기 눈물이 흘러내렸다. 그것은 회한의 눈물이자, 한 가정이 다시 화합할 수 있는 가능성이었다.

제6장

영웅에게는 그에 어울리는

좋은 동료가 속속 등장한다

영웅에게는 그에 어울리는

좋은 동료가 속속 등장한다

한 팔과 한 다리가 잘린 곡방기는 의원에게 임시로 간단한 조치를 받은 후 쉬지도 못하고 심문에 시달려야 했다. 그는 모든 것을 자포자기한 듯 묻는 말에 술술 자백했다.

흑월회에 대해서는 중요한 실마리를 얻을 수 있었다. 곡방기도 정확히 알지는 못했으나 그들의 배후에 대단히 큰 세력이 도사리고 있다는 것은 확실해 보였다. 호남 지역의 흑도방파들을 규합하려는 그의 움직임은 사실 그가 주도한 것이 아니라 흑월회주의 사주를 받은 것이라고 했다.

그는 얼마 전까지 자신이 정확히 누구의 지시를 받고 있는지도 몰랐다고 했다. 작년 이맘때쯤 다수의 흑영들이 야음을 틈타 복룡타를 급습, 너무도 간단히 타를 제압하고 그를 굴복시켰다고 했다. 그 이후 그들의 지시를 열심히 받들고 있었는데, 이번에 이도현과 함께 온 흑월회주가 그 흑영들이 자신에게 지시를 내릴 때 쓰던 표식을 보여줌으로써 비로소 복룡타를 제압한 자들이 흑월회와 관련이 있다는 것을 알았다는 것이다.

"결국 흑월회와 암중 세력이 관련이 있다는 것 말고는 아는 게 없다는 얘기로군요."

최운이 난감한 표정으로 말했다.

"그렇지. 게다가 그 암중 세력이 귀령곡과 관련이 있는지도 확신할 수가 없고."

함토리가 덧붙이는 말이었다.

함토리는 곡방기에게서 얻은 흑월회주가 주었다는 증표를 들고 있었다.

동그란 동패에 횃불 같은 형상이 그려져 있었다.

"예전의 마교 표식하고 조금 비슷하군. 물론 이것만 보고 마교 잔당과 연결시키기에는 무리가 있고……."

함토리는 모인 사람들에게 말했다.

"어쨌든 유일한 소득은 호남을 전복시킬 흉계를 꾸미고 있는 암중 세력이 있고, 그놈들은 흑월회같이 강력하고 신비한 단체를 아우를 정도로 힘이 강하다는 것을 알게 된 거로군."

"놈이 쓴 독이 무엇인지 알게 된 것도 소득이지."

간담이 덧붙이는 말이었다.

곡방기는 마룡상산고라고 속여 이도현과 그의 아들에게 먹인 독의 성분에 대해서도 실토했다. 그는 광물독의 한 종류인 진형열독(眞熒熱毒)이란 독을 썼는데, 이 독을 몇 가지 약재랑 결합하여 농도는 옅게 하여 먹어도 금방 표시가 안 나게 하되 인간의 몸에 축적이 잘되도록 수작을 부려놓은 것이다.

"그런데 의원께서는 해독할 방도를 혹시 알고 있소?"

간담이 걱정스런 얼굴로 묻자 의원은 고개를 저었다.

"광물독 종류는 동물성이나 식물성 독에 비해 해독약이 나온 것이 별로 없습니다. 광산 같은 데서 사고를 당하면 해독제를 조제하기보다는 그저 몸을 쉬게 하며 기력을 돋워 스스로 독을 이겨내게 하는 처방을 하고 있는 형편이지요. 진형열독만 해도 최근 오십 년 내에 발견된 독인지라 치료법을 아는 자가 중원에 거의 없을 것입니다. 이것 역시 서쪽으로 가서 문의하시는 것이 좋겠습니다."

서쪽이라 함은 중경에서 서쪽 성도 방향으로 가는 길목에 위치한 곳, 사천당문이 위치한 당가타를 가리키는 것이었다.

"어차피 은 소저 때문에 한시라도 빨리 가야 할 참이니 가는 길에 도현과 식솔들까지 데려가는 수밖에 없겠군."

최운이 걱정스레 말했다.

"제가 들은 바로는 근래 당가가 매우 폐쇄적인 행태를 보인다고 하던데요. 과연 우리 행사에 쉽게 협조를 해줄는지 걱정이군요."

원체 폐쇄적인 가풍으로 유명한 당가였지만 최근에는 그 정도가 심했다.

칠 년 전 가주였던 당제인이 불패도(不敗刀) 초연흠에게 죽임을 당한 후로 가세가 급격히 기울기 시작한 당가는 지리적으로도 사천제일패인 철혈방과 가까이 위치한지라 그 세가 극도로 위축이 되었다. 근래는 외부와의 교류가 거의 없다시피 했는데, 객이 찾아가도 문전박대한다는 소문이 나돌고 있었다.

"그 문제는 해결해 줄 분이 따로 계신데……."

함토리는 말꼬리를 흐리며 맹정우를 보았다.

그는 맹정우가 사천 삼대난제 중에 당문과 연관된 문제를 풀겠다며 구병이를 호광성 북부로 급파한 사실을 알고 있었다. 그러나 별 기대는 안 하고 있던 터라 맹정우에게 묻기가 조심스러웠다.

그러나 시선을 받은 문제를 풀어줄 대상, 맹정우는 자신만만한 표정으로 외쳤다.

"걱정들 붙들어매시고 당장 당가타로 출발할 준비나 하십쇼!"

그는 자신있었다. 당문에서 그토록 왕수를 갈구한다 했으니 구병이가 잘 갖고 오기만 하면 얼마든지 협조를 끌어낼 수 있을 것이다.

모처럼 자신만만한 맹정우의 호령을 들으며 추적대는 성도로 출발할 채비를 시작했다.

추적대는 새로이 최운과 청룡당 정에 스무 명이 합류하여 사십 명으로 인원이 증가했다.

이 인원과 함께 부상자인 이도현과 은소예를 안전하게 데려갈 수 있는 마차를 신검보에서 지원했다.

명월루 앞에는 신검보인들이 끌고 온 마차들이 도열하고 있었는데, 엄밀히 말하자면 신검보가 차지한 복룡타에서 빼내온 마차들이 대부분이었다.

추적대가 밤을 새우며 출발 채비를 갖추고 있는 사이, 맹정우와 최운은 잠시 짬을 내 오랜만에 만난 친구끼리 회포를 풀었다.

"너 아니었으면 까딱 죽을 뻔했구나."

맹정우가 고맙다고 하자 최운은 고개를 저었다.

"예전에 네가 좌 호법님과 우리를 구해주고 경호해 준 것에 비하면

조족지혈인데 뭘 그러냐."

최운은 갑자기 자세를 갖추고 정중하게 포권을 취했다.

"그건 그렇고, 앞으로 추적대 말단 최운을 잘 부탁드립니다, 대주님."

"오냐, 우리 추적대에선 대주의 지시에 척척 못 따르면 바로 마보 열두 시진이니 각오하도록."

최운의 농담에 맹정우가 받아치는 사이, 한영영과 이비향, 현진, 현선 등 추적대의 여성 대원들이 접근했다. 보아하니 이비향이 모두 끌고 오는 듯했다.

"어머머, 대주님! 이 잘생긴 미남이 바로 옥면신룡이라는 무림맹의 최운 향주님인가요?"

이비향은 데려온 대원들에게 최운을 소개시켜 달라고 호들갑을 떨었다.

맹정우는 쓴웃음을 지으며 말했다.

"어허, 이 소저! 추적대의 절세미남인 이 대주 하나만으로 성이 안 찬단 말이오?"

그 말에 한영영 등은 까르르 웃음을 터뜨렸고, 이비향은 코딱지가 튀어나올 정도로 콧방귀를 세게 뀌었다.

"대주님이 절세미남이면 이쪽 최 향주님은 신의 영역쯤 되겠는걸요?"

맹정우는 정말로 기가 막혀 입을 딱 벌렸다.

"허! 이거 입은 삐뚤어졌어도 말은 바로 하랬는데, 생긴 게 삐뚤삐뚤해서 그런지 안목도 삐뚤어진 모양이군."

조그맣게 혼잣말을 한 것이지만 유독 귀가 밝은 이비향이 이 말을 놓칠 리가 없었다.

"지금 뭐라고 했죠?"

약간 사시인 그녀의 두 눈에 불똥이 튀자 그녀에게 호되게 당한 적이 있는 맹정우는 깨갱하며 꼬리를 내렸다.

"아, 아니, 난 아무 말도……."

"방금 생긴 게 어쩌고 안목이 저쩌고 했잖아요!"

대답이 궁한 맹정우가 도망갈 채비를 하는 찰나, 이때껏 이비향을 뚫어지게 바라보고 있던 최운이 갑자기 입을 열었다.

"여기서 뭐 하는 겁니까?"

그의 말에 나머지 다섯 사람은 어리둥절해했다.

이비향이 눈을 동그랗게 뜨며 말했다.

"저, 저보고 하시는 말인가요?"

"소저 말고 내가 이렇게 물어볼 사람이 어디 있겠소? 정우야, 이 여자도 추적대니?"

맹정우는 고개를 끄덕였다.

"으응, 그래. 근데 이 소저를 알고 있나?"

"이 소저? 연 소저가 아니고?"

최운의 말에 이비향과 현선, 현진의 얼굴이 흠칫 굳어졌다.

맹정우는 의아한 얼굴로 되물었다.

"무슨 소리야, 연 소저는 또 누군데?"

이비향이 갑자기 호들갑스럽게 웃으며 말했다.

"어머, 저 닮은 미인을 알고 계시나 봐요? 역시 미남은 미녀를 알아본다니까?"

맹정우는 그 과대망상적 발언에 혀를 내둘렀고, 최운은 계속 고개를 갸웃거렸다.

"이상하군. 내가 잘못 봤나? 거의 똑같은 얼굴인데?"

그 말에 이비향의 얼굴이 다시 딱딱해졌다. 그런데 이번에는 좀 전보다 왠지 더 화가 난 것처럼 보였다.

그때 마차 준비가 다 되었으니 여자 대원들에게 먼저 타라며 부르는 소리가 들려왔다. 네 여자는 처음 몰려왔을 때처럼 우르르 몰려가 버렸다.

여자들이 마차들이 늘어서 있는 사이로 사라진 후 맹정우는 최운에게 물었다.

"정말 아는 여자야?"

최운은 난감한 듯 미간을 긁적였다.

"글쎄, 정체를 숨기는 건지 아니면 내가 잘못 본 건지……."

"정체를 숨겨? 그럼 적의 간자인가?"

"아니, 그건 아닐 거야. 내가 아는 여인은 명문정파인 보타암 출신이니까."

"그러니까 그게 대체 누군데?"

"너도 아마 이름을 들어보았을 거야, 천향선자 연설연이라고."

맹정우는 놀라 외쳤다.

"뭣? 그럼 강호사미 중에 하나라는 천향선자?"

"응."

"푸하하하하!"

맹정우는 박장대소할 수밖에 없었다.

"어이, 최 향주. 아무리 여자한테 숙맥이라지만 해도 너무한 거 아냐? 이 소저 같은 박색이 강호사미 중의 하나라면 내가 이 고생하면서 강호를 주유할 이유 자체가 없어지는 거라고. 알겠어? 부탁이니 여자 보는 안목 좀 높이라고.”

최운은 머리를 긁적이며 말했다.

“이상하다? 예전에 본 얼굴이랑 별 차이를 못 느꼈는데?”

‘뭐? 별 차이가 없어? 저걸 그냥!’

한편, 맹정우와 최운이 대화를 나누고 있는 근처의 마차 뒤에서 주먹을 꼭 쥐고 부르르 떠는 여인이 한 명 있었으니……

바로 마차들의 대열 사이로 사라졌던 이비향이었다. 세 명을 먼저 보내고 잽싸게 다시 돌아와 둘의 대화에 귀를 기울이고 있던 차에 최운의 말을 듣고 분통을 터뜨리고 있었다.

맹정우와 최운이 대화를 끝내고 다른 곳으로 가자 그녀는 재빨리 명월루로 다시 들어갔다.

명월루는 격전으로 인해 거의 폐허가 된 상태였지만 일층의 기녀들이 기거하던 여러 개의 방 중에는 멀쩡한 곳이 있었다.

이비향은 그중의 한 곳으로 들어섰다.

기녀들이 있던 곳인지라 당연히 화장대와 동경이 갖추어져 있었다.

이비향은 등잔의 불을 당기고 동경 앞에 섰다.

그리고는 동경에 비친 자신의 모습을 유심히 살펴보았다.

도드라지게 튀어나온 광대뼈, 짝눈, 살짝 삐뚤어진 입술.

고래로 미인의 평가 기준은 시대 상황에 따라 다양하게 변화되었지만 항시 일관적인 기준도 존재한다.

그것은 바로 균형미인데, 얼굴 중앙에 세로로 선을 그어 절반으로 나눈 다음 양쪽을 비교해 보면 누구나 정확히 일치하지 않는다. 약간이라도 두 눈의 크기가 다르고, 턱 선이나 입 모양도 정확히 대칭이 되지 않는다.

이러한 비대칭적인 면이 적으면 적을수록, 그러니까 양쪽 면이 균형 있게 일치할수록 미남 미녀인 것이다. 그 반면 비대칭적인 면이 클수록, 짝눈이나 짝코, 짝귀일수록 인상은 좋지 않게 된다.

이러한 관점에서 보자면 이비향의 얼굴은 문제가 많았다. 확실한 짝눈에다가 입도 조금 비뚤어져 있었고, 양쪽 광대뼈도 일반적인 모양이 아니어서 기묘한 비대칭을 이루고 있었다.

그런데 갑자기 그녀의 얼굴에 변화가 생기기 시작했다.

짝짝이였던 두 눈이 균형있게 맞추어졌고, 삐뚤어져 있던 입도 제자리를 찾았다. 손으로 광대뼈 부분을 만지작거리자 뭔가 살 거죽 같은 게 몇 점 떨어져 나왔다. 얼굴을 가렸던 손이 지나간 자리에 다시 드러난 얼굴은 절세미인의 그것이었다.

"이상하네. 분장이 약했던 것도 아니고 이렇게 차이가 나는데… 그 재수없는 자식이 대체 어떻게 알았지?"

자신의 분장술을 믿고 예전에 한 번 보았던 최운 앞에 가서 얼쩡거렸던 그녀였으나 최운의 정확한 지적에 당황할 수밖에 없었다. 그래서 분장에 문제가 있나 하고 확인하러 들어온 것이었다.

그녀는 분함이 가시지 않는 얼굴로 중얼거렸다.

"그리고 뭐가 어째? 예전이나 지금이나 미모가 차이나지 않는다고? 지금의 박색 분장하고 내 본모습을 구분을 못하시겠다? 하이구, 그런 썩은 동태눈깔을 가진 게 옥면신룡이랍시고 껄떡대고 있으니 무림맹도 조만간 망조가 들겠구나! 오냐, 이 자식! 저번 천신도 일도 있고 요번까지 나를 방해한다면 기필코 가만두지 않겠어!"

분장을 들킨 것보다 예전 모습과 지금의 못난 모습을 구분하지 못하는 최운이 더 더욱 얄미운 연설연이었다.

명월루에서 나온 연설연은 아미의 두 제자와 부상당한 은소예가 타고 있는 마차에 올랐다. 셋은 당가타에 도착할 때까지 은소예를 간호하는 것을 자원한 상태였다.

은소예는 여전히 잠들어 있었고, 마차 안에 있던 현진, 현선이 그녀를 맞았다.

둘은 심각한 표정으로 말문을 열었다.

"언니, 아무래도 정체를 들킨 것 같은데요."

"차라리 솔직히 말하는 게 어떨까요? 본 파와 보타암은 밀접한 관계라서 추적대에 참여한 거라고 하면 대주님이 뭐라 하실 것 같지 않은데……."

이치에 맞는 제안이었지만 연설연은 왠지 최운에게 지고 들어가는 것 같아 욱하는 마음이 들었다.

"아니, 괜찮아. 놈이 멍청해서 확신을 못하는 것 같아. 아까도 그저 넘겨짚어 본 걸 거야. 내가 처신만 잘하면 절대 눈치 못 챌걸?"

두 여제자는 갑자기 고집을 부리는 연설연을 의아한 눈으로 바라보았다. 평상시 자신들 앞에서 본모습을 보일 때에는 항상 침착하고 냉정한 그녀였는데 지금은 어쩐지 억지를 부리는 듯 보였기 때문이다.

＊　　　＊　　　＊

함학은 자신이 가진 모든 절기 중 가장 위력적이라고 자부해 왔던 유성검법(流星劍法)의 마지막 초식 유성도천(流星渡天)을 극성으로 끌어올린 내력을 담아 시전했다.

슈슈슈슉!

그의 칼은 하늘을 가로질러 가는 수십 개의 유성으로 화하여 전면을 향해 폭사되어 갔다.

쿠쿠쿠쿵!

그가 날린 수십 개의 유성은 하나도 남김없이 상대의 신체 곳곳에 꽂혀들었고, 폭죽이 터지는 듯한 음향과 먼지가 발생하며 상대의 형체를 가렸다.

상식적으로 판단할 때 그의 유성도천을 온몸에 허용하고도 살아남을 수 있는 자는 강호에 존재하지 않았다. 그러나 먼지 사이로 뚫고 나온 상대의 손은 그러한 상식을 너무도 가볍게 깨뜨리고 있었다.

푹!

"크윽!"

함학은 가슴에 불이 붙는 듯한 통증을 느끼며 주저앉았다. 상대의 손에서 뻗어 나온 한줄기 붉은 빛! 그것이 그의 가슴 정중앙을 관통한 상태였다.

'너무도…… 강하구나…….'

그를 꿰뚫은 붉은 빛은 상대의 피였다. 손가락에서 피를 뿜어내어 화살처럼 날리는 상대! 그러나 뿜어져 나온 피는 그가 본 어떤 화살보다도 빨랐고 위력적이었다. 십여 가닥의 피화살을 피해낸 그였지만 유성도천까지 시도한 상태에서 날아오는 마지막 피화살은 도저히 피할 수가 없었다.

'이제 끝인가…….'

함학은 한스러웠다. 그가 이끌고 있던 청룡당과 주작당, 화산파 연합이 몰살될 지경에 이른 것도 그렇지만, 이 가공할 적에 대한 소식을 강호에 알리지 못하고 죽어가는 것 같아 더욱 한스러웠다.

그를 쓰러뜨린 적이 드디어 먼지 사이로 모습을 드러냈다.

이곳 섬서성 남부의 진령산맥에 들어선 연합군은 물경 사백여 명, 사백여 정예 무사가 고작 열 놈 남짓한 괴물한테 전멸을 당하게 된 것이다.

바로 그 괴물, 강시가 코앞으로 육박한 순간, 함학은 언제 다쳤냐는 듯 벌떡 일어나 몸을 솟구쳤다. 마지막 몸에 남은 한 톨의 진원진기까지 모두 모은 그의 일격이 강시의 목에 작렬했다.

콰직!

그의 검은 그의 마지막 집념을 읽은 듯, 이제껏 수십 명의 검격을 받고도 생채기 하나 없던 강시의 목에 반쯤 파고들었다. 그러나 그것으로 끝이었다. 안타깝게도 그의 검은 상대의 목을 완전히 끊어내지 못했고, 여전히 팔팔 움직이는 강시의 손은 그의 목으로 다가오고 있었다.

'최 향주, 뒤를…… 부탁하이.'

목이 꺾여져 나감을 느끼며, 함학은 최운에게 공을 넘겼다. 아직 무림맹 청룡당의 혼을 이끌 후배들이 남아 있기에 그는 웃으면서 죽을 수 있었다.

목뼈가 꺾인 함학을 움켜쥔 강시는 그의 시체를 버리지 않았다. 오히려 고개를 뻗어 꺾여진 함학의 목을 콱 물었다.

"쯧… 쯧… 쯧쯧……."

강시는 함학의 목을 문 채 열심히 피를 빨아댔다. 일 다경쯤 지나자 함학의 시체는 목내이처럼 바싹 말라 버렸고, 그제야 강시는 그를 바닥에 던져 버렸다.

그때 멀리서 아련하게 방울 소리가 울려왔다. 함학을 집어 던진 강시는 방울 소리가 들리는 쪽으로 뛰기 시작했다.

쿵! 쿵! 쿵!

매우 기이하게 뛰어가는 강시의 옆에 한 강시가 더 나타났고, 뒤이어 또 다른 강시, 또 다른 강시가 계속 나타났다. 마침내 열 구의 강시가 함께 뛸 즈음 방울 소리가 멈추고, 방울을 조종하던 자들이 나타났다.

복면을 쓴 자들은 하나같이 만족스러운 눈빛이었다.

"혈강시의 완성형은 정말 대단하군! 강철 같은 피부에 막아낼 자가 없는 광혈시(光血矢)까지 갖추었으니. 불과 열 구로 무림맹과 화산의 정예 사백 명이 몰살되었어!"

한 사람이 감탄한 듯 읊조리자 또 한 명이 괴소를 흘리며 말했다.

"후후, 이제 시작일 뿐. 본 교의 대업은 지금부터일세. 이 혈강시가 강호를 쑥대밭으로 만드는 날, 그때 비로소 본 교의 위엄이 진정한 빛을 발하게 될 것이야!"

제7장

영웅은 치욕을 잊지 않고,
소인배는 체면을 잊지 않는다

반대편 팔의 옷소매 속으로 사라졌던 두 손은 섬전 같은 속도로 다시 튀어나왔다. 들어갈 때는 빈손이었으나 나올 때는 무수한 빛무리를 한가득 움켜쥐고 있었고, 양손을 가득히 채우던 빛무리는 활짝 펴진 두 손에서 벗어나 온 천지를 뒤덮었다.

만천화우(滿天花雨)!

서산에 뉘엿뉘엿 지는 해에서 쏘아진 붉은 광선이 천지를 뒤덮은 암기들에 반사되어 형형색색의 빛으로 재생산되었다.

공간을 뒤덮은 채 중구난방(衆口難防)으로 퍼져 나가는 듯 보이던 암기들은 어느 한순간, 급격히 방향을 틀며 전면의 한 점을 향하여 쏘아져 들어갔다.

형형색색의 빛이 모여지는 그곳, 그곳에 우뚝 서 있는 한 사나이!

모여지던 빛무리는 마침내 그를 뒤덮었다. 수백, 수천의 맹독을 품은 암기가 그의 신체 모든 부위에 적중했다.

당제인은 침중한 눈빛으로 그 광경을 바라보았다. 그 무수한 암기들이 사나이를, 아니, 사나이가 남긴 잔영을 허무하게 꿰뚫고 지나가는 것을.

이제 할 수 있는 모든 것을 다 하고 난 그는 만족한 표정을 지었다. 어쨌거나 최선을 다한 것이다.

당가 최후의 초식을 시전하느라 몸에 한 점도 공력이 남아 있지 않았기에, 어느새 다가온 사내의 일검이 자신의 심장을 꿰뚫는 것을 바라만 보고 있었으나, 이미 예정된 패배였기에 안타깝지는 않았다.

"이해를 할 수가 없군. 완성되지 않은 만천화우를 굳이 무리하게 시전하여 빈틈을 보일 필요가 있었나?"

여전히 심장에 검을 꽂은 채 뇌까리는 사내의 음성. 검을 빼지 않는 것은 자신의 궁금증에 대한 답을 듣고 싶기 때문이리라.

당제인은 입을 열었다. 당당히 대답하고 싶었지만 애석하게도 가슴에 검이 꽂힌 채 제대로 말할 수 있는 자는 없었다. 어쩔 수 없이 말 중간중간에 바람 새는 소리가 들어갔다.

"어차피… 크큭… 실력의 차는 명백… 했던 것! 크크큭! 적어도… 두려움을 느끼게 해주고 싶었다! 큭! 당가의 무공이 뒤져서 패배하는 것이 아니란 것을… 크큭! 오직 내 실력이 부족했기 때문인 것을……! 알겠나, 알겠나, 초연흠?"

사내, 초연흠은 싸늘한 눈초리로 대꾸했다.

"알고 있다, 당가의 무공이 뛰어난 것을. 명가의 무공이라면 다 마찬

가지지. 무공 자체의 고하보다는 시전자 본인의 성취도가 승패를 좌우하는 것, 굳이 그걸 내게 가르쳐 줄 필요는 없었다고 보지만, 어쨌거나 멋진 초식이었다, 당제인.”

말이 끝남과 동시에 그는 상대의 가슴에 박힌 검을 빼냈다.

“우욱!”

어쩔 수 없이 신음 소리를 냈으나 당제인은 웃고 있었다. 몰락해 가고 있는 세가의 마지막 자존심은 지킨 것이다. 천하오성 중 한 사람에게의 패배는 그리 부끄러운 것이 아니다. 이제 그의 패배가 자극이 되어 자식놈들이 절치부심하기만을 바랄 뿐.

“할아버지!”

귓가에 메아리치는 손녀의 울음 섞인 비명성, 눈물 범벅한 당지연의 얼굴이, 그리고 그 뒤에 비통한 얼굴로 시립해 있는 아들들의 모습이 눈에 들어왔다. 그러더니 서산에 걸려 있던 해가 다 진 듯, 곧바로 캄캄해졌다.

“할아버지!”

당지연은 소리를 지르며 잠에서 깨어났다.

잠시 천장을 바라보며 멍하니 있던 그녀는 눈가에 고인 눈물을 닦아내었다. 오랜만에 꾸는 꿈, 그러나 꿀 때마다 고통스럽기는 세월이 지나도 마찬가지인 꿈이었다.

‘벌써 칠 년이 지났구나.’

짧지 않은 시간이었으나 그녀는 아직 그 기억에서 자유롭지 못했다.

새외에서 적수가 없다고 알려지던 불패도 초연흠! 그가 칠 년 전 중원무림의 수준을 알고 싶다며 단신으로 중원에 들어와 비무행을 시작할 때만 해도 중원무림이 그를 바라보는 시선에는 조소(嘲笑)가 섞여 있었다.

그러나 당시의 공동파 장문인 광성자가 단 삼 초 만에 그의 칼에 유명을 달리하자 조소가 거두어졌고, 강북칠웅 중의 일인으로 꼽히던 마검객(魔劍客) 연소(燕燒)의 목을 일 초 반 식 만에 따버리자 그를 향하는 시선은 경악으로 바뀌었다.

여덟 차례의 비무를 전부 십 초 이내에 끝내고 아홉 번째에 천하오성 중 일인인 무적철권(無敵鐵拳) 임천도(任千道)와 장장 사흘간 혈투를 벌인 끝에 그의 패배까지 받아내자 대력신도 탁비의 사망으로 공석이던 오성의 한자리가 그에게로 가지 않을 수 없었다.

임천도와의 결전은 엄밀히 말하면 무승부였으나 도객인 그가 맨주먹으로 맞상대를 한 것에 자존심이 상한 임천도가 스스로 패배를 자인했던 것이었다.

비록 승리를 했으나 그 역시 결과가 마음에 안 들었는지 초연흠은 나중에 다시 오겠다는 말을 남기고 새외로 귀환하기 시작했다.

한데 귀환 도중 그의 앞을 가로막은 것이 바로 당가의 가주 당제인이었다. 본래 초연흠이 돌렸던 비무첩의 순서가 임천도가 열 번째, 당제인이 아홉 번째였는데 초연흠이 당가를 방문했을 때 당제인이 때마침 출타 중이었기에 임천도와 먼저 싸웠던 것.

그가 자신과 싸워보지도 않고 비무행을 끝냈다는 소식을 들은 자존심 강한 당제인은 이 상황을 용납할 수 없었다. 초연흠을 피하기 위해 출타했을 거라는 주변의 시선이 잘못되었다는 것을 증명하기 위해서라도 그는 직접 도전하기로 결심했다.

주변에서는 당랑거철(螳螂拒轍)이라며 그를 만류했으나 그럴수록 당제인의 의지는 높아질 뿐이었다. 가뜩이나 철혈방에 밀려 세가 꺾여가던 당가였지만 세가의 자존심마저 팽개친 채 목숨을 부지하기는 싫었다.

결국 비무가 행해졌고, 당제인은 최선을 다했으나 어쩔 수 없는 실력 차이로 인해 죽임을 당했다.

당시 불과 십칠 세였던 당지연은 그녀를 가장 아끼던 할아버지의 죽음을 눈앞에서 목도하고 울부짖었다. 물론 조부의 죽음도 슬펐으나 그보다 그녀를 더욱 미치게 만들었던 것은 부친을 비롯한 이대(二代)들의 반응이었다. 슬퍼하면서도 마치 그럴 줄 알았다는 듯한 체념한 표정들, 복수는 꿈도 꾸지 않는 표정들이었다. 조부가 죽음을 당하면서까지 되살리려던 당가의 의기는 이미 그들에게서는 자취를 감춘 지 오래였다. 그날 이후로 당지연의 얼굴에는 표정이 사라져 버렸다.

당지연은 추억에 젖어 있다가 길게 한숨을 내쉬었다.

'세월이 약이라더니……'

모든 것에 무심하던 그녀였는데, 어느새 표정이 많이 돌아온 것 같다. 올해는 몇 번 웃기도 했다. 특히 요즘 떠들썩한 일검탈명 맹정우와 섬서성 영웅대회에서 처음 만났을 때, 그리고 그 뒤로 그의 소식을 들을 때마다 자주 웃었다. 처음 보았을 때 영락없는 촌닭이 옷만 번지르르하게 입고 안 어울리는 자리에 온 것처럼 보였는데, 점점 욱일승천하는 그의 기세가 이상하게도 그녀의 마음을 흐뭇하게 만들고 있었다.

당지연은 창을 활짝 열고 맑은 하늘을 올려다보았다.

'한 번쯤 다시 보면 재미있을 텐데……'

그때, 그녀의 시비가 방문을 두드렸다.

“무슨 일이냐?”

“손님이 오셨다고 나와 보시랍니다.”

당지연은 의아한 표정을 지었다. 어쩌다 한 번씩 찾아오는 아버지나 삼촌들의 친구라면 자신을 부를 이유가 없었고, 그녀까지 나가서 맞이해야 할 중요한 손님이 찾아온 것이라면 지극히 이례적인 일이었다. 요 근래 가세가 형편없이 기울면서 외부 손님이 당가를 찾아온 적이 없었다.

그녀는 나가볼까 생각했지만 곧 귀찮아졌다. 이례적인 일이긴 해도 격식을 갖춰 맞이해야 할 손님이라면 그 과정이 따분할 것이 뻔했다. 차라리 누가 비무라도 하러 왔다면 구경하러 가보겠지만 따분하고 지루한 일이라면 딱 질색이다.

“난 안 간다고 해라.”

시비는 울상이 되었다.

“이 대야(二大爺)께서 꼭 모셔오라 하셨는데요?”

“누구? 당후 숙부가?”

당지연은 다시 눈을 크게 떴다. 아버지도 아니고 당후가 불렀다면 정말 기이한 일이었다. 가문의 유일한 무공광인 그가 이런 집안 대소사에 참견하고 지시를 한다는 것 자체가 매우 드문 일이다.

“온 손님이 대체 누구기에?”

“그 뭐라더라…… 요즘 유명한 일검…….”

“일검탈명?”

당지연은 시비의 말이 채 끝나기도 전에 후닥닥 복도로 뛰어나갔다.

그녀는 당가타의 본관 건물로 한달음에 뛰어갔다.

접객실의 문을 여니 그 안에는 벌써 사람들이 잔뜩 있었다. 그중에 그녀가 찾던 얼굴, 맹정우가 보였다.

"어머, 맹 공자!"

심각하게 말을 주고받던 사람들은 그녀의 큰 목소리와 곧이어 이어진 커다란 웃음에 깜짝 놀랐다.

"푸하하하! 정말 오랜만이네요."

그녀는 성큼성큼 놀라고 있는 맹정우에게로 걸어가 그의 손을 덥석 잡았다.

"아…… 저도 반갑습니다, 당 소저."

맹정우는 손을 잡힌 채로 반쯤 일어서서 얼떨떨하게 대꾸했다. 바로 옆 자리에 앉아 있던 한영영이 샐쭉해진 눈으로 그를 쳐다보고 있었고, 나머지 사람들도 어안이 벙벙한 표정이었다.

"지연아! 대체 무슨 짓이냐! 행실이 점잖치 못하구나!"

상석에 앉아 있던 그녀의 아버지인 당가 가주 당우가 호통을 쳤다.

아버지의 호통을 들었음에도 당지연은 눈썹 하나 까딱하지 않았다. 그녀는 접객실 뒤쪽에 널려 있는 빈 의자를 가져오더니 맹정우 옆에 놓고 걸터앉았다.

"여긴 어쩐 일이세요? 언제까지 있다 가실 건가요?"

맹정우 옆에 있다가 당지연이 갑자기 끼어드는 바람에 한 칸 옆으로 밀려난 한영영이 기가 막혀 하는 것을 보며 맹정우는 식은땀을 흘렸다.

당지연 같은 미인이 아는 체해주는 거야 고마운 일이지만 예전에 한 번 잠깐 본 사이일 뿐인데 환대가 너무 지나쳤다. 그것도 이 많은 사람들이 다 쳐다보는 가운데서.

'이거 요즘 한 소저한테 찍히는 일이 너무 많은걸.'

한영영의 흥흥거리는 태도가 걱정되기도 하고, 주변 사람들의 시선이 부담스럽기도 한 맹정우는 당지연에게 작은 소리로 말했다.

"자세한 얘기는 이 자리가 끝나면 해드리지요. 지금 중요한 안건을 얘기하는 중인지라……."

당지연은 그의 작은 목소리에 아랑곳하지 않고 큰 소리로 물었다.

"무슨 안건인데 그래요?"

대답은 맹정우 대신 상석의 당우가 자포자기한 얼굴로 해주었다.

"독에 정통한 네가 귀담아들어야 할 얘기다. 진형열독에 중독된 환자를 치료해 달라고 하는구나."

그 말을 들은 당지연은 인상을 썼다.

"진형열독? 그건 좀 골치 아픈데……."

그때 함토리가 당우에게 덧붙이듯 말했다.

"진형열독 말고도 흑염장독을 해독해야 합니다."

"흑염장이라…… 그것은 시전자가 어떤 독을 몸 안에 용해시켜 놓고 있었느냐가 문제인데요."

당우의 말을 듣던 간담이 작은 자개병을 품속에서 꺼내 그에게 넘겼다.

"바로 이 독입니다."

자개병 안에 담긴 독은 흑염장에 맞은 그가 나중에 내공으로 자신의 몸 안에서 빼낸 독기였다.

당우는 당평에게 자개병을 건넸고, 당평은 자개병을 열고 병 뚜껑 위에서 손을 흔들어 신중하게 냄새를 맡았다.

"냄새로 확언할 수는 없지만 학정홍(鶴頂紅)과 비슷한 종류로 보이는군요."

"치료가 가능하겠습니까?"

“그것은 진료를 해봐야 알 수 있겠지요. 그런데…….”

말꼬리를 흐리던 당우는 당지연의 거듭되는 질문에 땀을 흘리며 대답 중인 맹정우를 바라보았다.

“맹 소협께서 왕수를 가져다 주신다는 것이 정녕 믿을 수 있는 얘기인가가 문제인지라…….”

그 말에 반응한 것은 맹정우가 아닌 당지연이었다. 그녀는 눈을 크게 뜨고 맹정우에게 물었다.

“맹 공자! 왕수를 가져왔나요?”

맹정우는 뒷머리를 긁으며 대답했다.

“지금 가져온 것은 아니고, 제 졸개에게 이쪽으로 오라고 연락을 했으니 한 달 안에는 도착할 것입니다.”

그 말에 당지연의 얼굴에는 화색이 돌았고, 당우와 당평 등 당문의 주요 인사들은 곤혹스러운 표정을 지었다.

당평이 다시 입을 열었다.

“그런데 그 왕수란 게 우리가 찾는 왕수와 같다고 확신할 수 있는 거요?”

“예, 아마 그럴 것입니다.”

“아마라구요?”

맹정우는 어째 당가의 인물들이 말꼬리를 잡는 것 같다는 느낌을 받으며 답했다.

“제가 소문에 듣기로는, 철은 물론 은과 금 같은 귀금속까지 완전히 녹여 버리는 강력한 독성의 액체, 그것을 찾고 계시는 것 아니었습니까?”

“그렇소.”

"그렇다면 맞을 겁니다. 제가 졸개한테 찾아오라고 한 게 바로 그와 같은 액체이니까요."

"그럼 왕수와 비슷한 효능이 있는 것이지, 왕수인지 확신할 수는 없다는 얘기겠구려."

이상하게 부정적으로 받아들이는 당평의 대꾸에 맹정우는 미간을 찡그렸다.

"그럴 수도 있겠지요."

맹정우와 당평의 얘기를 듣고 있던 함토리가 답답한 듯 끼어들었다.

"당 가주, 당가에서 원하는 게 은과 같은 물질까지 용해시키는 용액이라면 맹 소협의 얘기에 기대를 걸어볼 만하지 않소? 그리고 맹 소협이 분명 섬서 영웅대회에서 많은 군웅들의 목숨을 구하면서 당가 식구들의 목숨까지도 구한 것으로 알고 있소. 예로부터 당가는 강호에서 가장 은원을 확실히 하는 가문으로 유명하지 않았소? 맹 소협이 당가에 한 협행을 기억한다면 꼭 왕수 문제에 집착하지 않아도 얼마든지 저희 부탁을 들어주실 수 있을 듯한데?"

당우는 땀을 흘리기 시작했다. 그는 약간 더듬거리기까지 하며 대답했다.

"물론 그렇지요. 맹 소협께서 우리 당가 식구들에게 베푼 은혜는 잊지 않고 있습니다. 왕수와는 별개로 맹 소협의 요청을 들어드리는 것은 당연한 일이지요. 저희는 다만 왕수를 얻는 일이 워낙 가문의 사활이 걸린 일인지라 좀 더 그에 관한 정보를 얻고 싶었던 것뿐입니다. 어쨌든 알겠습니다. 왕수 얘기는 나중으로 미루고 환자부터 보도록 하지요."

간신히 당우의 허락이 떨어지자 추적대원들은 안도의 한숨을 내쉬었다.

가슴을 쓸어내리던 맹정우는 문득 바로 옆에서 계속 부산스럽던 당지연의 느낌이 갑자기 사라진 것을 느꼈다.

옆으로 고개를 돌리니 당지연은 지금껏 본 적이 없는 표정을 하고 있었다. 갑자기 들어와 그를 보고 반색하던 표정은 온데간데없이 사라진 채 냉랭하고 무표정한 얼굴을 하고 있었다. 다만 눈에서는 분노의 기운 같은 것이 남실거리고 있었는데, 그녀의 시선은 당우와 당평이 있는 쪽으로 꽂혀 있었다.

'왜 저런 표정을 짓고 있는 거지?'

맹정우는 옆에 앉은 아름다운, 그러나 매우 특이한 성정의 여인에게 호기심이 일기 시작했다.

＊　　　　＊　　　　＊

막 부상자 셋의 진료를 마친 당가의 수뇌진은 진료소 건물 지하의 은밀한 공간에서 따로 모였다.

"환자 세 명 다 썩 좋은 상태가 아닙니다."

"진형열독에 중독된 부자(父子) 중에 아버지는 독을 많이 복용했음에도 불구하고 생각보다 상태가 괜찮습니다. 본가에서 새로 개발한 중화제를 꾸준히 복용하면 시간이 좀 오래 걸리긴 해도 거의 완치가 될 것입니다."

"역시 문제는 아들이겠군."

당우의 말에 부자를 진료한 당평이 고개를 끄덕였다. 지금 당문에는 이도현과 함께 그의 아들인 이진병도 후송된 상태였다. 이진병은 워낙

어린 나이에 독에 노출된지라 완치를 시키기 지극히 어려운 상황이었
다.

"여인은 어떤가?"

"가장 좋지 않습니다. 본 가에 있는 치료 수단으로 해결하기가 어렵
습니다. 흑염장력에 맞고 기절해 있는 사이 독이 골수까지 스며든 상
태입니다. 일단 침술로 더 이상의 진행은 막아놓은 상태이지만, 해독
을 위해서는 최소한 현심단(玄沈丹) 정도가 있어야 합니다."

"현심단이라…… 그걸 당장 제조할 방법이 있나. 여인은 거의 어렵
다고 봐야겠군."

당우가 쓴 입맛을 다셨다. 그때 진료자들의 얘기를 묵묵히 듣고만
있던 당후가 한마디를 던졌다.

"지금 그자들을 치료하는 게 문제가 아니지 않소, 형님. 왕수가 가장
큰 문제지."

당후의 말에 모두의 표정이 어두워졌다.

"그래, 그게 가장 큰 문제구나……."

그때 갑자기 문을 열고 들어온 누군가가 앙칼지게 외쳤다.

"대체 뭐가 문제란 거죠? 가장 기뻐해야 할 일 아닌가요?"

목소리는 당지연의 것이었다. 그녀의 눈은 아까 맹정우가 봤을 때부
터 지금까지 활활 타오르고 있었다.

"드디어 왕수가 오면 아버지와 삼촌들이 그토록 만들겠다고 호언장
담을 하던 비환환(秘幻環)을 만들 수 있게 될 것 아니에요! 그걸로 초연
흠에게 복수를 해야 하는 거 아닌가요?"

당지연의 목소리는 계속 높아졌지만 아무도 그녀의 말에 대꾸하지
않았다.

당지연은 분을 참지 못하는 듯 발을 쾅 하고 굴렀다.

"왜 다들 아무 말을 못하는 거죠? 할아버지가 돌아가신 후 지난 칠 년간 아버지와 삼촌들은 앵무새처럼 외쳤어요! 누가 제발 왕수를 구해 와라! 그럼 천하제일의 암기를 만들어 초연흠에게 복수하겠다! 우리는 무공이 달려서 복수할 엄두를 못 내지만 비환환만 만들면 초연흠이고 뭐고 단숨에 없앨 수 있다! 그랬잖아요! 그래 놓고서 이제 왕수를 갖다 주겠다는 사람이 나타났는데 왜 표정들이 그렇게 어두운 거죠? 기뻐서 펄쩍펄쩍 뛰어도 시원찮을 판에!"

그녀의 호통을 듣다 못한 당후가 외쳤다.

"닥치거라, 이년! 비환환이 왕수 하나로 뚝딱 생겨날 물건이었으면 벌써 예전에 만들어냈을 거다!"

당지연은 호통에 기가 죽기는커녕 더욱 목소리를 높였다.

"그럼 이제부터 만들면 될 것 아녜요! 왜요, 막상 만들면 초연흠과 싸워야 하니 도저히 겁이 나서 그럴 수가 없나요?"

"이년이!"

분을 참지 못한 당후가 당지연에게 달려들어 따귀를 올려붙였다.

당지연은 볼을 감싸고 주저앉았고, 당후는 다시 손을 쳐들었으나 더 때리지는 않았다.

들었던 손을 내린 당후는 씨근덕거리며 몸을 돌렸다.

당평이 당지연에게 다가와 달래듯 말했다.

"본 가가 그에게 복수하려면 좀 더 세력을 키운 후여야 한다. 지금 의 사정은 너도 잘 알지 않느냐. 철혈방에 치여 가세가 심하게 기운 상 태이다. 이런 상황에서 새외의 최강자라는 그와 어찌 싸울 수 있겠느 냐."

당지연은 얼굴을 감싼 채 아무 말도 하지 않았다.

무거운 침묵이 한참 이어진 후 당지연은 다시 고개를 들었다.

그녀는 증오와 원망이 가득 담긴 눈으로 모인 자들을 응시했다.

"애초에 이럴 거였으면 왜 동네방네 왕수만 가져다 주면 복수하겠다고 소문을 퍼뜨린 건가요? 그저 면피용이었군요. 다른 사람들이 가주의 복수도 할 용기도 없는 겁쟁이들이라고 손가락질하는 게 무서워서 외친 허언이었을 뿐이에요."

그녀의 눈에서는 하염없이 눈물이 흘러내렸다.

모여 있던 당가의 인물들은 말없이 그녀를 외면할 뿐이었다.

제8장

영웅은 동료를 위하여 어떤 희생도 감수한다

진료를 마친 당우와 당평이 초조하게 결과를 기다리고 있는 맹정우
들이 있는 방으로 들어섰다.

"어떻습니까? 환자들은 고칠 수 있겠나요?"

당우가 대답했다.

"진료를 해본 결과 완치가 가능한 환자도 있고, 상당히 어려운 고비
를 넘겨야 하는 환자도 있습니다."

"누가 가능하고 누가 어렵습니까?"

"이도현 대협은 시일이 좀 걸리겠지만 본 가의 치료 수단으로 거의
완치가 가능할 것입니다. 그러나 그 자제 분은 완치까지 고비가 많을
듯합니다."

남여린이 벌떡 일어섰다.

"그, 그럼 병아가 죽을 수도 있다는 얘긴가요?"

당우는 희미하게 웃으며 고개를 저었다.

"저희가 말하는 완치란 것은 독으로 인해 못 쓰게 되었던 반신이 모두 회복되는 것을 뜻합니다. 그 곡방기란 놈이 다행히도 독을 멍청하게 쓰는 바람에 두 사람 다 생명에 위협을 느낄 정도는 아닙니다. 다만 자제 분 같은 경우는 완치가 되지 않으면 그 후유증이 심각할 것입니다."

남여린은 가슴을 쓸어 내렸다.

그녀의 얼굴에는 걱정보다 희망이 차 올랐다. 아들이 죽지 않는다는 말을 들었고, 또 정상적으로 완치가 가능하다고 하니 그보다 기쁜 소식이 있을 수 없었다.

맹정우는 은소예가 궁금했다.

"은 소저의 상세는 어떻습니까?"

당우의 얼굴이 어두워졌다.

"은 소저는 조금 어렵소. 독이 골수까지 침투한 상황이라 획기적인 치료 방법을 쓰지 않으면 치유가 거의 불가능하오."

"획기적인 치료법이라니, 그게 어떤 것입니까?"

"현심단! 당가비전의 제약법으로 만들 수 있는 최고의 단약으로, 효능이 소림의 대환단을 훨씬 웃돈다고 본 가에서는 자평하고 있소. 그 약을 써서 골수의 독을 전혀 다른 성분으로 탈바꿈시키지 않는 한 살릴 길이 없다고 봐야 하오."

맹정우는 속이 탔다. 어째 당우가 말하는 어조가 그 약이 지금 없다는 투였기 때문이다.

은소예와는 툭탁거리기도 했지만 늘 미안한 감정이 앞서는 그였다. 처음 만났을 때 사고 친 것은 본의가 아니었지만 지금 생각해 보면 처녀에게는 씻지 못할 상처였을 것이다. 여자를 강제로 취한 적이 없던 그이기에 사건의 전말을 안 이후로는 그녀에게 말은 안 했지만 큰 죄책감을 갖고 있었다.

게다가 무슨 의도로 그랬는지는 몰라도 자신을 대신해서 그 극악한 장력을 맞았으니 그로서는 어울리지 않는 막중한 책임감까지 느끼고 있었다. 반드시 그녀를 살리겠다는!

"현심단을 지금 만들어놓으신 게 있습니까? 있으시다면……."

당우는 고개를 저었다.

"애석하게도 본 가에서 그 약을 마지막으로 만든 것이 이백 년 전이오. 매우 귀한 재료들을 이용해서 제조해야 하는 약이기에 제조법을 알아도 재료를 구하기 힘들어 만들 수가 없는 약이외다."

"그럼 지금 그 약을 만들 재료가 없다는 것입니까?"

"그렇소. 물론 본 가에 많은 약재가 있고 또 웬만한 재료는 본 가가 거래하는 경로로 금방 들어올 수 있소. 다만 현심단에 쓰일 가장 핵심적인 재료 한 가지가 정말 구하기 어렵소."

"그게 뭡니까?"

"영물의 내단이오."

"영물의 내단?"

"그렇소. 최소 삼백 년 이상 생명을 이어온 영물의 내단이 필요하오. 그것도 아무 영물이나 되는 것이 아니고, 오행 중에 화(火)의 성질이 강하고 음지에서 서식하는 영물이어야 하오."

함토리가 인상을 찡그리며 물었다.

"그렇다면 그 영물을 잡아야 한단 말이오?"

"하하! 그럴 수 있다면야 더할 나위가 없겠지요. 그러나 영물이란 것을 보려면 하늘이 점지해 줘야 한다는 말이 있지 않습니까? 평생 그

걸 구하러 다니는 사람도 마주치기가 어렵다는 것이 영물이니, 한시라
도 빨리 환자를 치료해야 하는 지금 상황에서 그걸 발견하고 또 내단
을 구하기란 거의 불가능하다고 봐야겠지요.”

“그럼 수가 없다는 말씀입니까?”

맹정우가 다급하게 묻는 말에 당우는 어깨를 으쓱였다.

“전혀 수가 없는 것은 아니외다. 사실은 현심단 재료의 조건에 정확
히 부합하는 내단을 가진 사람을 알고 있지요. 다만…….”

“다만 뭡니까?”

당우가 말꼬리를 흐리자 맹정우가 답답한 듯 채근했다.

“가지고 있는 자가 아주 괴짜라서, 저희가 지난 오 년간 팔라고 팔라
고 채근해도 꿈쩍을 하지 않고 있소.”

함토리가 궁금한 표정으로 물었다.

“그게 누구요?”

“아마 함 노사께서도 들어보셨을 거요, 배금의(拜金醫) 전주(錢主)라
고.”

그 말을 들은 함토리는 이맛살을 찌푸렸다.

배금의 전주라면 그도 잘 알고 있었다. 의술 실력은 뛰어나지만 돈
을 밝히는 것으로 유명한 의원이었다. 일전의 마릉상산고를 창안한 광
신의의 먼 후대 제자인데, 자상 등을 치료하는 수법이 워낙 뛰어나 강
호에서 큰 각광을 받고 있는 의원이었다. 그러나 배금의란 별호처럼
치료비가 지나치게 비싸서 한편으로는 지탄을 받고 있기도 했다.

“그래도 다른 자가 아닌 배금의라면 팔지 않는 이유는 뻔하지 않소?
설마 그자가 그 약을 환자에게 쓰기 위해 안 팔겠다는 것은 아닐 거고,
그저 비싸게 팔아먹으려고 그러는 것 아니겠소?”

함토리의 말에 당우도 고개를 끄덕였다.

"정확히 보셨습니다."

"그렇다면 돈을 많이 주면 당장 그 내단을 살 수도 있다는 얘기일 텐데?"

당우는 난감한 표정을 지었다.

"사실대로 말씀드리자면, 저희가 처음에 그자를 찾아갔을 때 아주 잘못 얘기를 꺼냈습니다. 그 내단을 한시라도 빨리 사고 싶은 마음에 그걸로 현심단을 만들겠다는 말을 하고 만 것이 화근이었지요. 눈치가 빠른 그자는 현심단이 엄청난 영약이라는 것을 눈치채고, 저희가 받아들일 수 없는 조건을 제시한 것이었습니다. 내단으로 현심단을 만들면 그 제조한 총량의 절반을 자신에게 넘기라는 말이었지요. 본 가의 비전 영약을 외부로 유출한다는 것은 말도 안 되는 것이기에 일언지하에 거절했더니, 그자는 화를 내며 저희를 내쫓았습니다."

"그 뒤로 다시 구입하려는 시도를 했소이까?"

"물론입니다. 그자가 가지고 있는 내단은 옥목환섬(玉目煥蟾)이라는 사백 년 된 두꺼비의 그것이었는데, 저희 현심단의 재료로 더할 나위 없는 것이었기에 계속 구입하려고 그자에게 찾아갔지요. 그러나 그자는 갈 때마다 내단의 값으로 도저히 저희가 살 수 없을 정도의 비싼 값을 부르며 그 정도의 돈이 아니면 절대 팔지 않겠다는 것이었습니다. 지난 오 년간 지속적으로 협상을 해서 조금씩 깎기는 했으나 여전히 저희 가문의 재정으로는 꿈도 못 꿀 값을 요구하고 있는 상황입니다."

듣고 있던 맹정우가 정말 궁금한 듯 물었다.

"대체 얼마를 달라 하기에 그러시는 지요?"

그는 은소예에게 막중한 책임감을 느끼고 있었다. 그답지 않게 돈이 얼마가 들더라도 반드시 살리고 싶었다.

'하다못해 일만 냥을 내라고 해도…… 왕추봉한테 받은 돈이 일단 있으니까…….'

맹정우가 속으로 재빨리 셈을 하는 사이, 드디어 당우의 입에서 액수가 흘러나왔다.

그 액수는 맹정우의 두 눈을 튀어나오게 할 뻔했다.

"은자 십만 냥을 달라고 합니다. 이게 말이나 되는 액수입니까? 본가 일 년 예산을 넘는 액수인데……."

'은자 십만!'

맹정우는 왠지 정신이 아득해지는 것을 느꼈다.

＊　　　＊　　　＊

"일단 그 배금의라는 놈이 있는 곳으로 숨어들어 가 놈을 때려눕히고 내단을 슬쩍 빼낸 다음 종이 쪽지를 한 장 남기는 거지요. '고맙게 잘 쓰고 돈은 오십 년간 할부로 상환하도록 하겠다!' 이러면 딱히 나쁜 짓도 아닐 듯하고……."

함토리는 어처구니없다는 듯 코웃음을 쳤다.

"그걸 지금 말이라고 하는 소리인가? 그리고 설사 자네가 그러고 싶어도 그리 할 수가 없네."

"어째서요?"

"그자의 약재 창고는 다름 아닌 사천의 패자, 철혈방의 관내에 있으니 말이지. 그자가 철혈방 소속은 아니지만 일전에 위지관천을 치료해 준 뒤 상당히 신임을 얻어서 가택이 그쪽에 있다네. 그러니 그 약방을

털려면 중원 최강이라는 철혈방의 경비를 뚫고 들어갔다가 다시 나와
야 한다는 얘기이지.”

　‘젠장맞을…….’

　맹정우는 속이 끓었다. 이렇게 되면 결국 십만 냥을 구해다 바칠 수
밖에 없다는 얘기였다.

　끙끙 앓던 맹정우는 좋은 생각이 난 듯 손뼉을 쳤다.

　“은소예가 속한 창천보에 급전을 치면 되지 않겠습니까! 따님이 다
죽어가고 있으니 당장 십만 냥을 싸들고 오라 하면…….”

　함토리는 애석하다는 듯 고개를 저었다.

　“자네가 그러지 않아도 이미 그쪽으로 인편을 보냈네. 내단 얘기가
나오기 전에 보낸 것이라 돈 얘기는 안 썼지만. 문제는 제아무리 창천
보라도 당장 현금 십만 냥이라는 거금을 마련하기가 어려울 것이고, 설
사 마련한다 해도 시간이라는 문제가 또 걸리네. 최소 한 달 안에 치료
를 하지 않으면 소생이 어렵다고 하는데, 한 달이면 지금 보낸 인편이
간신히 창천보가 위치한 산서성 북부에 도착하는 시간일세. 이 문제가
정말 어려운 것은 돈과 시간을 동시에 해결해야 한다는 걸세.”

　“한 달이라…….”

　맹정우는 마음이 조급해지기 시작했다.

　한 달 안에 십만 냥을 어떻게 마련할 수 있을까? 수중의 돈에 구병이
가 왕수를 가져와 당문에서 받을 수 있는 돈이 만 냥, 일검탈명의 명예
를 걸고 융자를 요청하면 당가에서 또 얼마 내줄지도…….

　맹정우는 고개를 저었다. 그런 식으로 짜깁기해서 채울 수 있을 만
큼 십만 냥이 만만한 액수가 아니었다.

　“역시 수는 하나뿐이군!”

그는 전 추적대원을 소집하여 당장 남쪽으로 출발할 준비를 할 것을 명령했다.

"정말 우리가 안 따라가도 되려나?"

간담의 걱정스러운 말에 맹정우는 안심하라는 듯 고개를 끄덕였다.

"노사님들은 없어진 사람들이나 잘 찾아보십쇼! 이무기는 저희 청년 무사들이 때려잡을 테니!"

맹정우가 고심 끝에 내린 결정은 다름 아닌 탕평촌의 이무기 퇴치였다.

탕평촌의 촌민들이 숨겨진 소금 갑부라는 것을 알고 있는 그였기에 이무기를 퇴치해 주고 거금의 보상을 요구한다는 계획이었다.

탕평촌민들이 내건 보상액이 향후 십 년간 마을에서 생산되는 재화의 오분지 일이라고 했으니, 맹정우가 예상하는 그들의 소금 생산량이면 한 이 년간의 생산량만 따져도 능히 십만 냥을 넘을 수 있을 듯했다.

맹정우는 대원들에게는 탕평촌 대흥산에 이무기가 출몰한다는 소문이 형산에서 강시와 맞닥뜨렸을 때와 매우 비슷한 상황이니 그곳을 쳐야겠다고 설명했다.

한편 함토리와 간담은 당가타를 찾은 화산파의 선학자가 전한 소식을 듣고 급히 섬서성으로 출발하게 되었다.

선학자는 자신의 두 제자 덕현, 덕호를 데리고 형산으로 가 형산파의 제자인 현현자에게서 강시에 대한 정보와 부적을 얻은 후 의형제인 함토리를 도우려 다시 당가타로 찾아온 것인데, 오는 길에 접한 비보를 가지고 왔다.

무림맹 청룡당과 주작당, 그리고 화산파의 일부 제자가 참여한 대규모 추적대가 진령산맥 쪽으로 갔다가 소식이 일체 끊겼다는 것이었다.

그 정도의 대규모 인원이 갑자기 증발해 버린 것은 보통 사건이 아니었다.

함토리와 간담은 소식을 접한 후 전에 없이 낯빛이 침중해져서는 당장 그쪽으로 가봐야겠다고 맹정우에게 허락을 구했다.

맹정우는 두 노사가 무림맹과 직, 간접적으로 연관이 있는 인물이라는 것을 익히 짐작하고 있었기에 어서 가보라고 허락을 했다.

"대신 내 의제를 두고 갈 테니 동행을 시켜주게. 이 친구가 무공 방면으로는 크게 뛰어나지 않으나 술법에 아주 능통하고 또 형산에서 사라진 강시를 찾는 재주까지 갖추었으니 크게 쓸모가 있을 걸세."

함토리는 선학자를 추적대에 소개했고, 맹정우는 흔쾌히 그와 그의 제자들을 받았다. 예전에 잠시 동고동락했던 덕현, 덕호와 다시 만나 반갑던 참인데 셋이 함께 추적대에 동참한다는 것을 반대할 이유가 없었다.

그리하여 섬서로 가는 함토리와 간담을 제외한 전 추적대원은 사천 동남쪽에 위치한 탕평촌으로 출발할 채비를 갖추었다.

막 출발하려는 찰나, 맹정우를 당가 수뇌진이 조용히 불렀다.

그들은 맹정우에게 기이한 요청을 했다.

"왕수를 가져오는 것을 기밀로 해달라고요?"

"그렇소. 절대 기밀로 해주시길 바라오."

"이유가 뭔지 물어도 될지?"

맹정우의 물음에 당우는 곤혹스러운 표정으로 대꾸했다.

"소협이 알지 모르겠지만 본 가는 그 왕수로 비환환이란 무기를 만들려고 하오. 또한 그 무기를 써서 대적해야 할 숙적이 있소. 그런데 기왕이면 우리가 왕수를 얻어 그 무기를 만드는 것을 놈이 못 알아차

리도록 하고 싶소. 본 가주의 말이 무슨 뜻인지 알겠소?”

맹정우는 대충 알아들은 듯 고개를 끄덕였다.

“그럼 기밀을 지켜줄 것으로 믿겠소. 나머지 추적대원들한테도 입단속을 명해주길 부탁하오.”

“알겠습니다.”

맹정우는 약속을 하고 당가 수뇌진이 모여 있는 집무실에서 나갔다.

당우와 당평 등은 안도의 한숨을 내쉬었다. 이로써 적어도 당가가 왕수를 얻었다는 말은 밖으로 새어 나가지 않게 조치를 취한 것이다.

당가의 집무실에서 나온 맹정우가 출발 준비 중인 추적대에게로 돌아오니 당지연이 기다리고 있었다.

“당 소저, 어인 일이십니까?”

당지연은 생긋 웃으며 말했다.

“이무기를 잡으러 간다면서요? 부탁이 하나 있어요.”

“어떤……?”

“이무기를 잡으면 뿔을 꼭 좀 가져다 주세요.”

“예?”

맹정우는 난감한 표정을 지었다. 이 엉뚱한 아가씨가 정말 자신들이 이무기를 잡으러 가는 줄 아는 모양이었다.

“이무기 뿔은 뭐에 쓰시게요?”

“비환환이란 무기를 만들 때 필요하거든요. 이무기 정도의 괴물의 뿔이면 분명 절세보검으로 내려쳐도 견딜 만한 강도를 가지고 있을 테니까.”

‘또 비환환이야?’

얼마나 대단한 무기이기에 왕수에 이무기 뿔까지 필요하단 말인가?

'지금 중요한 것은 그게 아니지.'

맹정우는 당지연에게 타이르듯 말했다.

"당 소저, 지금 저희는 진짜 이무기를 잡으러 가는 게 아닙니다. 가 봐야 이무기는 코빼기도 보지 못할 게 불문가지인데 어떻게 뿔을 꺾어 오겠습니까?"

당지연은 눈을 동그랗게 떴다.

"그게 무슨 말씀이세요? 분명 탕평촌의 이무기를 잡으러 간다고 하셔놓고."

"그게… 말하자면 긴데……."

맹정우는 촌민들은 이무기가 있다고 생각하고 있지만 정작 자신들은 마교 잔당이 그쪽에서 암약하고 있다는 판단을 하고 있다고 설명해 주었다.

"그런가요……."

적이 실망한 표정이던 당지연은 곧 활짝 웃으며 말했다.

"혹시라도 진짜 이무기가 있으면 꼭 꺾어다 주세요!"

맹정우는 따라 웃으며 흔쾌히 고개를 끄덕였다.

"암요! 이무기가 있다면야 제가 단숨에 때려잡아 놈의 뿔을 빼다 드리지요!"

'어차피 공갈인데 용꼬리인들 못 잘라다주겠냐.'

말과는 전혀 딴생각을 하고 있는 맹정우였다.

제9장

때때로 영웅은 동료들을
즐겁게 하길 마다하지 않는다

혜공은 기분이 몹시 좋지 않았다.

하필 대주가 자신이 있는 마차에 탔을 때부터 그런 느낌이 들기 시작했다.

어찌어찌하다 소림의 대표로 사제들인 이대금강을 끌고 맹정우의 추적대로 합류하게 된 후, 그간 명색이 승려의 신분으로 무정혈이란 청부 살수 단체의 일원으로 행세해야 하는 것이 조금 힘들었다.

그러나 그것은 어디까지나 임무의 연장이니 충분히 이해할 수 있었다.

이번만 해도 무산에서 중경으로, 다시 무릉으로 갔다가 당가타로, 또다시 무릉 남쪽으로 계속 이동하는 여정이 조금 힘겨웠지만, 수행의 일부라고 생각하면 즐겁게 갈 수도 있는 노릇이다. 걸어가는 것도 아니고 마차를 타고 가는 것이니 나름대로 편하다면 편하게 느낄 수도 있는 여행인 것이다.

그러나 대주가 이 마차에 올라탔을 때부터는 정말 이 임무가 힘든 수행이라는 것을 뼈저리게 느끼고 있었다.

사실 형산에서 처음 대면했을 때, 잊고 싶은 별명인 소광승을 들먹였을 때는 두들겨 패고 싶기까지 했던 대주였지만, 그간 맹정우가 보여준 놀라운 신위를 목격한 이후로는 적잖이 존경의 염까지 품기도 했었다.

그러나 마차에 동행하고 이틀을 같이 한 지금, 잊었던 짜증이 다시 물밀듯이 밀려들고 있었다.

그와 동행한 이대금강은 그의 직속 사제들이었다.

원래 당금 소림의 사대금강은 얼마 전까지 네 명 모두 그보다 한 단계 위인 법 자 항렬이었다. 그런데 나이 많은 두 명이 은퇴하면서 혜자 배의 두 사제가 최근 그 자리를 이어받았다.

두 사제는 사대금강으로 선발된 제자답게 혜공 자신에 못지않은 매우 뛰어난 무공 실력을 갖추고 있었다. 그러나 역시 나이가 적다 보니 실전 경험이 많이 부족했다. 그래서 이번에 자신이 무림맹의 일을 돕는 김에 사제들의 실전 경험을 쌓아주기 위해 함께 추적대의 일에 동참하게 된 것이었다.

그런데 이 두 사제 놈이, 그토록 자신들을 아끼고 배려하여 여기까지 불러준 대사형은 나 몰라라 한 채 불과 이틀 동행한 맹정우와 죽이 맞아서는 끊임없이 시시덕거리고 있는 것이었다.

요즘 최고로 잘 나가는 청년 영웅인 맹정우였으니 아직 젊은 사제들이 그를 동경하여 반기는 것이 이해가 가지 않는 바는 아니었다.

그러나 어제부터 진종일 맹정우와 함께 시시덕거리며 그의 장단을

열심히 맞춰대는 두 사제의 꼬락서니를 계속 지켜보고 있자니 은근히
배알이 뒤틀리는 혜공이었다.

"오호! 그럼 혜량 스님은 주특기가 철사장이란 말씀이구려?"

맹정우의 호들갑에 우람한 덩치의 중이 순박하게 웃으며 대꾸했다.

"감히 맹 대협 앞에서 무공 자랑 하는 것 같아 매우 부끄럽습니다만,
본 사의 철사장에는 제법 일가견이 있습니다."

"그 철사장이란 것은 강호에 널리 알려진 수법 아니오?"

"그렇긴 합니다. 본 사에서 유래하긴 했지만 워낙 널리 퍼진 탓에
이제는 손바닥을 단련시켜 강하게 하는 수법이면 거의 다 철사장으로
불리니까요. 그러나 그 어떤 것이든 원조인 소림의 철사장과는 비견할
게 못 되죠."

덩치 옆에 앉아 있던 호리호리한 체구의 중이 끼어들었다.

"혜량 이놈이 그래도 본 사에서 손바닥 힘으로는 세 손가락 안에 꼽
힌답니다. 그래서 주제에 별호까지 있답니다. 철수(鐵手)라고 말입니
다."

"철수라, 강철 같은 손바닥이란 말이구려. 멋진 별호로군."

맹정우의 칭찬에 혜량은 입이 헤벌쭉 벌어졌다.

"맹 대협의 칭찬을 들으니 몸둘 바를 모르겠습니다. 저 말고 여기
혜승도 별호가 있지요. 철각(鐵脚)이라는."

"호오, 그래요? 각법에 능하신가 보군."

호리호리한 중, 혜승은 맹정우가 알아주는 것이 기쁜 듯 환한 표정
으로 대꾸했다.

"부끄럽습니다. 본 사의 항마연환퇴(降魔連環腿)를 조금 할 줄 아는
정도입니다."

혜량이 그의 옆구리를 쿡 찌르며 말했다.

"조금은 무슨. 이 친구가 신체적인 이점도 있고 해서 각법으로는 동년배 중에 최강이랍니다. 사부님 말씀으로는 강호에 나가도 각법만으로는 일절로 불릴 만하다고 하시더군요."

"오죽하면 철각이란 별호가 붙으셨겠소."

"아하하, 부끄럽습니다."

화기애애한 분위기가 극에 달할 무렵, 마차 한구석에 박혀 눈을 감고 자는 척하고 있었지만 눈꼴시려 도저히 더 듣고 있을 수 없었던 혜공이 추상같은 한마디를 던졌다.

"혜승, 혜량! 출가인이 별호같이 쓸데없는 허명에 집착하다니, 뭐 하는 짓들이냐!"

혜승과 혜량은 대사형의 호령에 찔끔한 얼굴로 고개를 움츠렸다.

비록 그들 가슴께에 간신히 미치는 땅딸막한 키의 혜공이었지만 호랑이보다도 더 무서운 대사형인지라 아무 말도 못하고 입을 다물 수밖에 없었다.

그러나 지금 마차 안에는 현재 추적대의 신분상 혜공보다 훨씬 높은 지위의 인물이 타고 있었다. 한데 그 인물은 그들이 조용하기를 결코 바라지 않았다.

혜공의 호령이 떨어진 지 불과 반 각이 못 되어 맹정우의 주도 하에 다시 시시덕거림이 시작되었다.

"그런데 철수, 철각이란 별호는 어떤 연관성이 있어 보이는데, 비슷한 별호를 가지신 분이 또 있소?"

맹정우의 말에 혜승, 혜량은 감탄한 얼굴로 고개를 끄덕였다.

"과연 대주께서는 안목이 뛰어나십니다. 저희 사부님은 소림외공 쪽

에 통달하신 분인지라 거두신 제자 셋이 모두 외공의 한 분야에 뛰어
난 성취를 이루었지요. 그래서 장문인께서 저희 셋의 별호를 함께 지
어주셨지요. 저는 철수, 이 친구는 철각, 여기 오지 않았지만 혜명이란
사제는 철두(鐵頭)."

"철두? 머리가 단단한가 보구려?"

"하하, 그놈이 어릴 적부터 돌 머리로 유명했지요. 그것 때문에 지어
진 별명은 아니옵고, 놈은 철포삼(鐵布衫) 공부가 뛰어나서 신체 전 부
분이 강철같이 단단합니다. 특히 머리가 딱딱하여 이마로 바위를 격파
할 정도지요. 심지어 제가 이 철수로 내리찍어도 끄떡없을 정도랍니
다."

혜승이 아쉬운 듯 덧붙였다.

"요번에 함께 강호 출도를 했으면 정말 좋았을 텐데, 철두, 철수, 철
각 삼 형제가 뭉치면 어릴 적부터 거칠 게 없었거든요."

맹정우가 히죽이며 말했다.

"철두가 없다 해서 너무 아쉬워하실 것 없소. 대신 광두(光頭)가 있
지 않소?"

"푸하하하하하하!"

광두란 말이 떨어지자마자 혜승과 혜량은 폭죽 같은 웃음을 터뜨렸
다.

한편, 셋이 노는 꼴을 안 보려고 계속 눈을 감고 있다가 살풋 잠이
들어 있던 혜공은 갑자기 옆에서 폭소가 들리자 화들짝 잠을 깨고 말
았다. 그가 눈을 뜨고 고개를 홱 돌리자 혜승과 혜량은 번개처럼 손으
로 입을 막았다.

혜공은 잠이 들랑 말랑 하던 상태인지라 맹정우와 두 사제 간의 대

화가 아련하게 귀에 들어오고 있었다. 분명 폭소가 터지기 직전, 광두 어쩌고 하는 소리가 들린 듯했다.

혜공은 맹정우에게 날카롭게 물었다.

"지금 뭐라고 했습니까?"

맹정우는 시치미를 뚝 떼고 대꾸했다.

"예? 제가 지금 뭐라고 했습니까?"

혜공은 서서히 얼굴이 붉어지기 시작했다.

"방금 광… 뭐라고 하지 않았습니까?"

"글쎄요? 말하는 도중에 '광' 자가 들어갈 수도 있었겠지요. 그런데 '광' 자가 들어간 단어 중에 뭘 말하시는 겁니까?"

혜공의 얼굴이 껍질 벗긴 홍시처럼 달아올랐다. 어떻게 자기 입으로 광승이니 광두니 말을 할 수가 있단 말인가?

"혜승, 혜량! 지금 대주께서 뭐라고 하셨느냐?"

아직까지도 터져 나오는 웃음을 입을 막은 채 억지로 누르고 있던 둘은 아무 말 못 들었다는 듯 고개를 열심히 저어댔다.

혜공의 눈이 호랑이 눈처럼 불을 뿜었다. 똑바로 이실직고 안 하면 가만두지 않겠다는 눈빛이었다.

맹정우가 자신을 놀리는 낌새는 어제부터 감지했었다.

어제 낮에 마차 행렬이 멈춘 사이 잠시 용변을 보러 갔다 오는 길이었다. 자신이 타고 왔던 마차에 거의 다다랐을 무렵 왁 하는 소리가 마차 안에서 들려오고 있었다.

분명 두 사제의 목소리였다.

무슨 일인가 마차 문을 열었더니 두 사제가 마차 바닥을 데굴데굴 뒹굴며 미친 듯이 웃고 있었다. 그러다가 그가 들어서는 것을 알아차리자 재빨리 웃음을 멈추고 슬슬 그의 눈치를 살피는 것이었다.

과연 사제들이 웃다가 자신의 눈치를 살필 일이 뭐가 있겠는가? 그것도 맹정우와 대화를 나누던 중에?

혜공은 맹정우가 처음 만났을 때처럼 자신의 빛나는 대머리를 주제 삼아 사제들을 웃겼을 거라고 확신했다.

그 이후에도 그가 잠시 자리를 떴다 돌아올 무렵이면 유독 사제들의 커다란 웃음이 마차 밖으로 새어 나오는 것을 확연히 느낄 수 있었기에 혜공의 신경은 점점 날카로워졌다.

그러다가 드디어 지금 그의 귀에 '광두' 소리가 포착된 것이다.

"혜승! 입에서 손 떼고 똑바로 나를 봐라! 대주께서 뭐라고 말하셨나?"

혜승은 대사형 보기가 두려운 듯 슬슬 눈을 피하며 대답했다.

"별말씀 안 하셨는데요……."

"그 별말씀 안 하신 걸 그대로 얘기해 보란 말이다!"

그때 맹정우가 끼어들었다.

"허허, 혜공 스님. 진짜 별 얘기 아니었습니다. 그 예전에 우리가 형산에서 '광도'에 갇혀 강시랑 싸웠지 않습니까. 그 얘기 하고 있었습니다. '광도' 얘기."

혜량이 얼른 맹정우의 말을 거들었다.

"맞아요, 사형. 광도 얘기가 너무 재미있어서 웃은 거였어요!"

혜공은 혜량을 향해 눈을 치떴다.

"그게 뭐 그리 재미난 일이라고 웃는단 말이냐?"

"대주께서 워낙 재미나게 말씀하셔서……."

혜공은 길게 심호흡을 했다. 때리는 시어미보다 말리는 시누이가 더

밉다고, 광두 운운한 맹정우보다 그에 맞장구치는 사제들이 훨씬 가증
스러웠다.

'이놈들! 이 일 끝나고 두고 보자. 사대금강 체면이고 나발이고 없
다. 사문에 돌아가면 매일매일 마보 열 시진이다. 마보로 숙식하는 생
활이 어떤 것이라는 것을 뼈저리게 체험하게 해주마!'

혜승과 혜랑은 문득 대사형에게서 느껴지는 한기에 몸을 떨어야 했
다.

*　　　　*　　　　*

태평스럽기 그지없는 탕평촌의 고즈넉한 오후, 고요함을 깨뜨리는
말발굽 소리가 오수를 즐기던 개들을 화나게 만든 듯, 개 짖는 소리가
마을 곳곳에서 울려 퍼졌다. 이러한 소동의 주범인 커다란 마차 하나
가 마을 대로를 가로질러 촌장 댁으로 달려가고 있었다.

"어디서 오셨다고?"

"청부 단체 무정혈입니다."

마을의 촌장, 양 노대는 희끗희끗한 염소수염을 배배 꼬았다.

"무정혈이라…… 자네 혹시 들어본 적이 있나?"

그 옆에 앉아 있던 마을 유지이며 촌장의 친구인 장 노인은 어깨를
으쓱했다.

"내가 그런 걸 알 턱이 있나."

"그래도 자네가 소싯적에는 역마살이 껴서 오랫동안 마을 밖으로 나
대고 다니지 않았나? 강호에서 몇십 년 굴러먹은 가락이 있으니 혹시

나 알까 해서 묻는 걸세."

"요즘 강호가 내가 주유하던 강호와 같나? 벌써 고향으로 은거한 지도 이십 년이 넘은 나일세. 강산이 두 번 바뀔 시간이 지났는데 요즘 활동하는 청부 단체 이름을 내가 알게 뭔가."

"그래? 그건 그렇군."

양 노대는 다시 수염을 배배 꼬며 맞은편에 기립해 있는 맹정우에게 말했다.

"어쨌든 청부를 내걸어도 찾는 자가 도대체 없었는데, 이렇게 찾아 줘서 고맙소."

"별말씀을요. 저희 무정혈은 청부자가 원하는 곳이라면 산이든 바다든 어디라도 찾아갈 준비가 되어 있습니다."

"그렇소? 고객에 대한 봉사 정신이 투철한 단체로구먼. 어쨌거나 여기까지 오신 걸 보아하니 우리가 내건 청부가 무엇인지는 알고 왔겠소?"

"뒷산의 이무기를 잡아달라 하신 것으로 알고 있습니다만."

"제대로 알고 왔군. 청부를 알고도 온 거라면 귀 단체가 능히 이무기를 때려잡을 능력이 있다고 믿어도 되겠소?"

"물론입니다. 이무기 아니라 용이라도 때려잡을 정예 무사들이 마을 밖에서 대기 중입니다."

그 말에 양 노대는 눈을 크게 떴다.

"오호! 여기 오신 분들이 다가 아니란 말이구먼. 왜 다 같이 들어오지 않고?"

"갑자기 수십 명이 마을로 들이닥치면 촌민들께서 놀라실까 봐 그랬습니다."

"저런, 배려심이 깊기도 하구먼. 걱정 말고 어서 들어오라 하시오."

일각 후, 추적대는 마을 주민의 대대적인 환영을 받으며 탕평촌 내로 들어섰다.

추적대가 다 들어온 후, 촌장 댁에서는 촌로들과 맹정우 간의 협상이 시작되었다.

"오신 분들을 보아하니 하나같이 비범한 신색에 호랑이 눈을 가진 무사들로 보여 마음이 든든하구려."

"과분한 칭찬 감사합니다."

맹정우는 빨리 계약을 하고 행동에 돌입하고 싶었으나 촌로들이 저마다 한마디씩 돌아가며 덕담하는 통에 통 협상이 진전되질 않았다.

막 덕담이 끝날 즈음, 한 촌로가 지나가는 투로 물었다.

"그런데 귀 단체에는 스님도 몇 분 계시던데, 그분들도 청부업을 하시는 게요?"

맹정우는 잠시 흠칫했다. 비구니인 아미의 현진, 현선은 아리따운 아가씨로 늘 분장하고 있었지만 혜공과 이대금강은 소림사 표시만 나지 않게 옷을 입고 있을 뿐, 특별히 일반인처럼 분장을 하거나 하지 않은 상태였다.

"그 친구들은 그저 머리 모양이 중 같을 뿐, 진짜 중은 아닙니다."

촌로는 고개를 갸웃거렸다.

"거 이상하군. 머리에 계인이 똑똑히 찍혀 있던데?"

'이런 제길! 노인네가 눈도 밝군!'

맹정우는 속으로 짜증이 났다. 그저 시골 마을에 들르는 것인지라 복장이나 변장에 큰 신경을 쓰지 않고 온 것인데, 눈 밝은 노인네 하나가 자꾸 곤란한 질문을 던지고 있었다.

"솔직히 말씀드리자면, 걔네들은 파계승입니다."

천하의 명사찰인 소림에서도 각광받고 있는 제자 세 명이 졸지에 파계승이 되어버렸으니, 그들이 이 자리에 있어서 맹정우의 이 소리를 들었다면 땅을 치고 통탄할 일이었다.

양 노대가 신기한 듯 물었다.

"호오, 파계승이오? 귀 단체에 속한 것을 보니 무슨 소림사 정도의 절에서 쫓겨난 파계승인가 보지요?"

맹정우는 속으로 뜨끔할 수밖에 없었다. 노인네들이 아무 생각 없이 툭툭 던지는 듯 보이는 한마디 한마디가 기이하게도 정곡을 찌르고 있었다.

추적대의 신분을 숨기고 있는 이상 혜공들이 소림의 승이라는 것은 절대 밝혀지면 안 되는 일이었다.

"아… 하하! 걔들 주제에 소림사는 무슨…… 사실 그놈들은 무슨 무술을 익혀 고용된 놈들이 아니고, 사술을 좀 할 줄 알아서 데려온 놈들입니다."

"사술?"

"예, 원래 있던 절에서도 그 짓거리 하다 쫓겨난 놈들인데, 이무기란 놈을 잡자 하면 무력만으로 해결 안 될 경우가 많거든요. 그럴 때 염불이라도 외우고 부적이라도 몇 장 날리면 효험이 있기 때문에 저희를 보조하는 역할로 데려온 놈들이지요."

혜공 등이 이 말을 들었다면 게거품을 물고 쓰러질 일이었지만 어쨌든 촌로들은 맹정우의 구라를 믿는 분위기였다.

"아하, 그랬구려."

촌로들이 고개를 끄덕이는 것을 보고서야 맹정우는 안도의 한숨을 내쉬었다.

"자! 쓸데없는 얘기가 너무 길어졌는데, 보아하니 능력도 아주 뛰어난 단체 같으니 기꺼이 청부를 맡기겠소. 쇠뿔도 단김에 빼랬다고 당장 계약서를 씁시다!"

듣던 중 반가운 양 노대의 말이었다.

촌로 중 서당 훈장처럼 보이는 노인이 종이 한 장을 꺼내어 몇 자 적더니 촌장에게 건넸고, 촌장은 받아 든 종이에 자신의 직인을 찍어 맹정우에게 다시 건넸다.

받아 든 계약서를 꼼꼼히 살피던 맹정우는 중간 부분을 읽다가 인상을 찡그렸다.

"저…… 이 부분은 제가 들었던 청부 조건이랑 조금 다르군요."

"뭐 말이오?"

"여기 이 부분 말입니다. 상기 청부자가 청부 조건을 완벽히 이행할 시 청부의 대가로 탕평촌의 향후 십 년간 면포 생산량의 오분지 일을 매년 이 시기에 청부자에게 넘긴다."

양 노대는 의아한 얼굴로 물었다.

"우리가 청부를 내건 조건이 원래 그것인데, 소협은 어떤 조건을 들었기에 그러오? 오분지 일이 아니라 사분지 일이라 들었나?"

"아니오. 그런 것이 아니옵고…… 면포로 한정된 것이 아닌 마을 전체 생산량의 오분지 일이라 들었습니다."

양 노대는 그제야 알겠다는 듯 만면에 웃음을 띠었다.

"아하, 그것 말이로군. 소협이 잘 몰라서 그런가 본데, 이 마을의 주생산 품목이자 가장 수익성이 높은 품목이 바로 면포라오. 사실 면포 외에 이 마을에서 생산하는 거라고는 기껏해야 집집마다 밭뙈기 조금씩 일구어 먹을 밥이랑 반찬 수확하는 것 정도인데, 그건 일 년치 셈해 봐야 몇 푼 나오지도 않는 것들이오. 게다가 면포와는 달리 이곳에 오는 상인이 돈으로 바꿔주는 것도 아니니 천상 그쪽에게 넘길 때 곡물 자체로 내줘야 하오. 그런 번거로움을 감수하며 받을 가치가 없는 물품들이기에 계약서상에서 뺀 것뿐이외다."

꽤나 친절한 설명이었지만 맹정우는 수긍하지 않았다.

"그래도 처음 내거신 조건 그대로 계약서에 명기해 주셔야 계약에 응하겠습니다. 곡물로 받든 뭘로 받든 그건 저희가 알아서 할 일이니, 애초에 내거신 대로 총생산량의 오분지 일로 써주십시오."

그의 말이 끝나는 순간, 대청에는 일순 싸늘한 기운이 흘렀다.

맹정우는 촌장 양 노대의 눈이 잠시 번쩍이는 듯한 느낌이 들었다. 뭘 잘못 봤나 싶어 다시 눈을 크게 뜨고 바라보는 순간, 양 노대는 너털웃음을 터뜨렸다.

"허허허! 젊은 사람답지 않게 매우 꼼꼼하구려. 하긴 곡물이 몇 푼 되지는 않아도 엄연히 마을의 생산인데 함부로 뺀 우리가 잘못이지. 안 그런가, 다들?"

양 노대가 동의를 구하자 촌로들도 너도나도 그 말에 맞장구를 쳤다.

"그럼그럼. 양 노대 자네가 실수한 거야. 준다고 한 것은 확실히 줘야지!"

"암! 우리 마을을 살리시는 일을 하는데 그깟 곡물 얼마든지 더 퍼드릴 수 있는 거지."

분위기는 다시 화기애애해졌고, 계약서는 맹정우가 요구한 대로 고쳐졌다.

“감사합니다. 오늘부터 당장 이무기 퇴치 일에 나서겠습니다.”

“음, 무정혈 여러분만 철썩같이 믿겠소이다. 부디 우리 마을을 살려 주시오.”

맹정우는 촌로들의 열렬한 기대 발언을 뒤로하며 촌장 댁을 나섰다.

맹정우가 나간 뒤, 장 노인이 양 노대에게 말했다.

“촌장, 놈들이 뭔가 알고 온 것 같습니다.”

맹정우가 있을 적에는 촌장과 막역한 친구 사이처럼 말을 놓던 그가 갑자기 존칭을 쓰기 시작했다.

양 노대는 고개를 끄덕였다.

“소금에 대해서 알지 않고서야 굳이 면포가 아닌 총생산량을 고집할 이유가 없겠지.”

기이하게도 그의 분위기는 좀 전과 전혀 딴판으로 돌변해 있었다.

전형적인 시골 촌로의 모습은 온데간데없이 눈매는 매처럼 날카로워지고 목소리는 회춘이라도 한 듯 또렷해져 있었다.

장 노인이 다시 말했다.

“무정혈이라면 최근 갑자기 부상한 신흥 단체입니다. 근 한 달 사이에 사천 삼대난제 중 하나인 왕추봉의 영약 건을 해결하고 동부의 복룡타를 쑥대밭으로 만들어놨다고 합니다.”

“능력은 있는 놈들인가 보군.”

그러자 맹정우에게 혜공 등에 관해 질문했던 촌로가 입을 열었다.

“하지만 진짜 무정혈인지는 확신할 수 없습니다. 놈들과 동행하고 있는 중놈들이 아무래도 수상합니다. 놈은 사술을 쓴다 어쩐다 했지만 제가 보기에 그 중놈들은 상당한 외공 공부를 익힌 놈들로 보입니다.”

양 노대가 갑자기 어조를 바꾸어 말했다.

"시키신 대로 놈이 요구하는 바를 들어주었소. 물론 놈들이 대홍산 문제를 해결하리라 믿지는 않지만 그래도 만약이라는 게 있는 것인데, 무슨 의도로 그런 지시를 하신 게요?"

양 노대의 조심스러운 말을 받은 것은 말석에 앉아 있던 문사풍의 중년인이었다. 구석에서 아무 말 없이 앉아 있었기에 이때껏 눈에 띄지 않던 사내였다.

문사는 싱긋 웃으며 대꾸했다.

"그게 그리 궁금하오?"

"궁금하다마다. 행여 놈들이 문제를 해결하고 소금을 요구하기라도 하면 마을의 밀염 사업이 위태해질 수도 있는 사안이 아니겠소?"

문사는 혀를 찼다.

"쯔쯔, 왕년에 강호칠대거마로 불리시던 양반이 나이가 들어서 그런지 간이 너무 작아지셨군."

문사의 비아냥거림에 양 노대는 얼굴이 벌게졌으나 뭐라고 반박하지는 않았다.

"걱정하지 마시오. 탕평촌의 밀염 사업은 본 방의 중요한 거래선이니 결코 손해날 짓은 하게 만들지 않겠소이다."

"그렇게 우리 마을의 소금 사업을 걱정하시는 양반이 이무기가 마을을 위태롭게 만든다는 소문을 몇 개월 동안 퍼뜨렸음에도 이제야 찾아오신 게요?"

양 노대의 지적에 문사는 살짝 눈살을 찌푸렸다.

"이제야 찾아온 게 불만이신가 보구려? 이 내가 몸소 여기까지 왔음에도?"

그 말에 양 노대는 흠칫 질린 얼굴로 고개를 조아렸다.

"잠시 실언을 하였소. 늙은이의 입 방정이라 생각하고 문상께서는 노여워하지 마시오."

문사는 여유로운 얼굴로 대꾸했다.

"노여워한 것은 아니니 그리 미안해하실 것 없소. 내가 이제사 이 탕평촌을 찾은 것은 다른 여러 가지 일로 바쁘기도 했지만, 그대들이 내 귀에 이 문제를 전하기까지의 방식이 가장 큰 문제가 있었다고 보오. 그저 본 방으로 서신 한 통 띄워 대홍산에 괴물이 거래선을 막고 있으니 처리해 달라, 이 한마디만 했으면 벌써 예전에 해결될 문제 아니었겠소?"

양 노대 및 모여 있던 촌로들은 아무 대꾸도 하지 않았지만 속으로는 이를 갈았다.

'서신은 벌써 수차례 띄웠었다! 네놈들이 관심이 없었으니 찾지 않았던 것이지!'

탕평촌은 지금 말하고 있는 문사가 소속된 방파와 밀염 거래선을 트고 있었다. 한데 대홍산에 문제가 생긴 후 그 방파의 관계자에게 수차례 도움을 요청했으나 번번이 묵살을 당한 상태였다.

문사의 방파에서 그간 비협조적이었던 것은 탕평촌을 통해 대홍산을 거쳐 가는 길은 귀주로 통하는 길이기 때문이다.

이 방파는 탕평촌의 가장 큰 거래선이었지만 이들은 마을에서 사들인 소금을 수익성이 크고 운송이 편한 사천과 호광으로 가져갈 뿐, 귀주 쪽 거래는 하지 않고 있었다.

대신 대홍산을 거쳐 귀주 쪽으로 가는 거래는 탕평촌민들이 귀주로 직접 운송하여 귀주 상인들과 직거래를 하고 있었는데, 이 길이 괴물

때문에 막혀 버리고 말았다.

한데 탕평촌에서 제아무리 도움을 요청해도 자신들의 거래선과는 전혀 상관없는 길이 막힌 것이니 문사가 속한 방파에서는 그간 바쁘다는 핑계로 나 몰라라 하고 있었다.

외려 귀주의 거래가 막힌 것을 은근히 좋아하는 눈치였다. 그래야 자신들에게 더 많은 소금 거래 몫이 떨어질 것이기에.

문사가 속한 방파에서 도움을 주지 않으니 괴물을 해결할 길이 막막하던 탕평촌민들은 결국 꾀를 내었다. 사천으로 예의 소문을 슬쩍 흘린 것이다. 대홍산의 이무기를 퇴치해 주면 탕평촌 총생산량의 오분지 일을 십 년간 제공해 주겠다는.

실상 이런 소문을 흘려봐야 거래 중인 문사가 속한 방파 말고는 이 제안의 숨은 뜻을 알 수가 없는 것이다. 보잘것없는 마을의 총생산량에 어마어마한 양의 밀염이 포함되어 있다는 것을 알아볼 수 있는 자가 더 있을 리 없었다.

그럼에도 이 소문을 퍼뜨린 이유는, 행여 다른 큰 세력이 소문의 뜻을 눈치채고 탕평촌에 접근하지 않을까 하는 경각심을 문사가 속한 방파에 일깨워 주기 위함이었다.

과연 소문을 퍼뜨린 것이 효과가 있었는지, 그 방파에서 대단히 비중 큰 인물이 급파되었는데, 그게 바로 지금 눈앞에 있는 문사였다.

예상외의 거물이 마을을 방문하자 탕평촌은 대단히 고무된 상태였다. 드디어 그 방파에서 자신들이 중요한 거래처라는 것을 알아주는구나, 하는 뿌듯한 마음이 들었다.

그런 외중에 뜻밖의 소동이 벌어진 것이다. 웬 무정혈이란 단체가 갑자기 이무기를 잡겠다고 나타났으니 탕평촌민들로서는 황당할 수밖에 없었다.

그래서 부랴부랴 작성한 계약서에 '포상은 면포 생산량'으로 떡하니 적어놓은 것인데, 이 무정혈이란 놈들은 마을에서 소금이 난다는 것을 눈치채고 있었는지 총생산량으로 하라고 고집을 부렸다.

그래서 양 노대는 무정혈의 대표라는 놈이 고집을 부리고 있을 때 몽땅 죽여 버리기로 순간적으로 마음을 먹었다. 탕평촌은 겉보기에는 일반적인 촌락이었지만 실상 내부적으로는 대단한 힘을 감추고 있어서 웬만한 방파 하나쯤은 가볍게 제압할 수 있는 실력을 갖추고 있었다.

그런데 말석에 앉아 있던 문사가 갑자기 전음을 보냈다. 놈이 고집하는 대로 들어주라는.

이유는 알 수 없었지만 다른 사람도 아닌 문사가 그리하라 하니 양 노대는 시키는 대로 했고, 놈이 자리를 뜬 지금 왜 그러한 명을 내렸는지 이유를 묻고 있는 것이었다.

문사는 양 노대가 별 대꾸가 없자 말을 계속 이었다.

"과정이야 어찌 되었든 이 몸이 여기까지 왔으니 이후로는 별 걱정 안 해도 될 거요. 철검대까지 끌고 왔으니 본 방이 탕평촌에 얼마나 신경을 쏟는지 잘 아시겠지요?"

양 노대는 억지로 웃는 낯을 보이며 대꾸했다.

"문상께서 이렇게 미천한 촌락을 찾아주신 것은 대대손손 영광으로 받아들일 일이외다. 그런데 아까 물은 말에 대답을 좀 해주시구려. 왜 그놈들에게 그런 계약서를 쓰게 만들었는지."

"아! 그거 말하려다 말았었군. 계약서에 소금 오분지 일을 써주면 어떻고 황금 오분지 일이면 또 어떻소? 어차피 죽을 놈들인데."

"그럼 그놈들은……."

"미끼로 쓸 놈들이오. 그 괴물이 탕평촌의 삼대거마께서 거느리고 계신 정예 수하 사십 명을 일거에 떼죽음시켰다고 하던데, 설마 그놈들이 그 괴물을 처치하리라고 믿으시는 것은 아닐 테지요?"

양 노대는 망설이는 표정으로 고개를 끄덕였다.

"물론 나도 그놈들이 그 괴물을 처리하리라 생각지는 않소. 그러나 만약이란 것이 있으니……."

"물론 놈들이 괴물을 처치할 수도 있겠지. 그렇게 되면 그때 우리가 나서면 되는 것이오. 물론 밀염을 하는 것을 눈치챈 놈들이니 촌장께서도 살려둘 생각은 없겠지만 놈들을 죽이겠다고 미리 기운을 빼는 바보 짓은 하지 맙시다. 산으로 보내어 괴물한테 알아서 처리하라 하면 되는 것이고, 우리는 놈들이 괴물과 싸우는 동안 그 괴물의 진짜 정체가 뭔지, 또 어떻게 상대해야 효율적일지 관찰할 시간을 가지면 되는 거요. 행여 놈들이 괴물을 처리해 주면 더욱 좋지. 어차피 그놈들도 우리가 죽여야 할 놈들이니 그때 나서면 되는 것 아니겠소? 괴물과 싸우느라 멀쩡한 상태도 아닐 테니 죽이기도 훨씬 쉽겠지."

양 노대와 촌로들은 감탄한 듯 고개를 끄덕였다.

"과연 대단하구려. 사천 최고의 두뇌란 명성이 이제 보니 전혀 과장된 것이 아니었군."

"과분한 말씀."

겸양을 떨던 문사는 한 가지 당부를 덧붙였다.

"참, 나중에 놈들을 잡을 때 주의할 게 있소. 마을에 들어오는 놈들을 보아하니 모두 제법 근골이 훌륭하더군. 본 방에서 최근 실험하는 게 있는데, 그 재료로 쓰기 아주 알맞은 놈들이더이다. 그러니 놈들을 잡을 때는 가급적 생포해 주시오."

"생포요? 우리 탕평촌의 전력이 세다고는 해도 놈들을 생포할 정도
는 되지 않는데……."

"그건 걱정 마시오. 내가 데려온 철검대가 합세하면 제아무리 강한
놈들이라 해도 그 숫자로 버텨내기 어려울 거요. 정 생포하기 어렵다
면 반쯤 죽여도 상관없소. 단! 되도록 사지를 절단하는 일은 없도록 해
주시오. 그렇게 되면 재료로써의 가치가 아예 없어지니까."

양 노대 등은 문사의 이 까다로운 부탁에 인상을 찡그렸지만 문사의
제안을 거절할 힘이 그들에게는 없었다. 한때 강호칠대거마로 이름을
날렸던 양 노대가 꼼짝 못할 정도로 문사는 대단한 권세를 지닌 자였
다.

제10장

영웅은 명쾌한 판단으로

동료들을 바른길로 인도한다

탕평촌에서 하루를 푹 쉬고 난 추적대는 본격적인 이무기 사냥에 들어갔다.

엄밀히 말하자면 이무기로 가장하고 있을 암중 세력—마교 잔당이라 예상하고 있는—을 잡기 위해 출진한 것이다.

대홍산은 탕평촌을 병풍처럼 둘러싸고 있었는데, 산세가 제법 험준했다.

가장 큰 봉우리 꼭대기는 구름에 싸여 있었는데, 얼추 오륙백 장은 되어 보이는 높이였다.

탕평촌민들의 얘기로는 이무기는 제일 큰 봉우리 중턱에 있는 연못에 살고 있는데, 최근 활동 반경이 넓어져 그 근처에 위치한 귀주 가는 고갯길까지 출몰한다고 했다. 그래서 고갯길을 넘어가던 마을 사람들이 심심치 않게 횡액을 당했다는 것이었다.

산으로 올라간 추적대는 문제의 고갯길에 들어섰다.

고갯길 꼭대기까지는 마을 주민들이 길을 잘 닦아놔서 비교적 편했다. 그러나 고갯길 옆으로 일단 들어서자 밀림을 연상케 하는 울창한 숲이 펼쳐졌다.

추적대는 숲으로 들어섰다.

숲을 한참 헤치고 들어가자 갑자기 평지가 나오더니 커다란 연못이 나타났다.

"이게 이무기가 산다는 연못인가?"

"연못이 아니라 호수군, 호수!"

대원들의 감탄처럼 연못은 생각보다 굉장히 컸다. 산속에 있는 연못 치고는 지나치게 컸다. 용이 안에 들어가 산다 해도 믿을 만할 정도의 크기였다.

"그런데…… 좀 기분이 이상하지 않아요?"

한영영의 말에 맹정우도 고개를 끄덕였다.

"정말 기분이 좀 꺼림칙하군요."

겹겹이 울창한 숲이 병풍처럼 둘러쳐진 가운데 펼쳐져 있는 커다란 호수, 그 수면 위에는 안개가 깔려 있었는데, 점심때가 가까운 시각임에도 불구하고 호수 위에 펼쳐진 안개는 전혀 가시지 않고 있었다.

자욱하게 낀 안개는 호수 건너편을 완전히 시야에서 차단시켰고, 몸에 닿는 안개의 습한 기운은 겨울의 차가운 기온과 상관없이 매우 끈끈하고 축축한 느낌이 들게 만들고 있었다.

호수를 빙 둘러서 걷기 시작했지만 이질적인 기운은 줄어들기는커녕 점점 심해졌다. 한참을 걸어도 주변 풍경은 도무지 변하지 않았고, 대원들의 얼굴에는 조금씩 피로감과 함께 짜증스러운 빛이 떠올랐다.

바스락!

뭔가가 나뭇가지를 밟는 소리가 나자 몇몇 대원이 칼을 뽑았다. 그러나 주변 풍경은 여전히 아무 변화가 없었다.

바스락 소리는 그 뒤로도 심심찮게 발생하며 대원들의 신경을 건드렸고, 걸어도 걸어도 호수의 끝은 보이지 않았다.

“아무래도 이상하군요. 아까 본 호수가 크긴 했어도 반 시진 이상을 걸었는데 끝이 보이지 않는 다는 것은 말이 되질 않습니다.”

최운의 말에 모두들 수긍하는 눈치였다.

“만약 한 바퀴를 삥 돈 것이라면 분명 우리가 처음 진입하며 터냈던 길이 보여야 하는데, 그것조차 보이지 않고…….”

맹정우의 말을 들은 선학자가 짐작 가는 바가 있다는 듯 말했다.

“혹시 이 호수 근처에 진법이 형성된 게 아닐는지…….”

“진법이요?”

“예, 시각에 맞지 않게 심한 이 안개, 그리고 스멀스멀 몸속으로 파고드는 기이한 기운, 이러한 현상은 진법의 영향 하에 있을 때 일어날 법한 일들이지요.”

“그렇다면 큰일 아닙니까. 진법에 걸린 것이라면 빠져나갈 길을 만들어야 하는데…… 우리 중에 진법을 아는 사람이 있나?”

맹정우의 말에 선학자의 옆에 있던 덕호가 자랑스런 목소리로 대꾸했다.

“저희 사부님께서 진법에도 아주 능통하십니다요.”

“이놈! 쓸데없는 소리 말거라!”

선학자가 덕호를 꾸짖었지만 맹정우는 반색을 했다.

“진법에도 조예가 있으시다면 힘을 좀 써주십시오. 이무기든 마교 잔당이든 이 길은 빠져나가야 잡을 수 있지 않겠습니까?"

선학자는 얼굴을 붉히며 말했다.

"사실 진법 쪽은 내세우기도 부끄러울 정도의 재주 정도밖에 없는지라…… 자신이 있었다면 진작에 나섰을 것입니다."

"그거라도 저희 중에는 제일 나으십니다. 그러지 말고 한번 수를 써주시지요."

"후— 알겠습니다. 노력을 한번 해보지요."

고심 끝에 나선 선학자는 우선 부적 두 장을 꺼내 태웠다. 그리고는 부적을 태운 연기가 날아가는 방향을 살폈다.

연기는 호수 중심 쪽으로 날아갔다.

"저쪽이 동쪽이군요."

선학자가 가리킨 방향은 호수 중심의 반대쪽, 우거진 숲 방향이었다.

나머지 일행은 깜짝 놀랄 수밖에 없었다. 그들이 호수로 진입해 들어온 방향이 동쪽이었다. 그렇다면 일행은 지금 호수를 완전히 한 바퀴 돌았다는 뜻이었다. 그러나 그들이 뚫고 들어온 길은 그 어디에도 보이지 않았다.

"정말 동쪽이 확실합니까?"

재차 확인했지만 선학자는 방향이 틀릴 리는 없다고 장담했다.

"하긴 시간상으로 봐도 얼추 한 바퀴 돌았을 시간이니……."

대원들은 결국 몸을 돌려 숲을 다시 빠져나가기로 결정했다. 진에 대한 준비를 철저히 갖추고 다시 돌아오기로 하고.

대원들은 호숫가에서 나와 숲으로 들어섰다. 다시 울창한 숲을 헤치고 전진하기를 한참, 마침내 숲이 끝나고 평지로 나온 대원들은 기겁을 해야 했다. 그들의 눈앞에는 호수가 펼쳐져 있었다. 숲으로 들어갈 때 등을 졌던 바로 그 호수가.

다시 숲으로 들어가 다른 방향으로 전진해 보았지만 결과는 역시 마찬가지, 결국 호수로 돌아 나오고 말았다. 세 번째 들어가서는 선학자가 방향 부적을 태우며 전진해 보았지만 남아 있는 부적이 네 장뿐이어서 곧 다 쓰고 말았고, 추적대는 또다시 호수를 만나야만 했다.

"이대로는 안 되겠군. 진에 걸린 것이 확실합니다. 도장, 다른 방도가 없겠습니까?"

선학자는 난처한 표정으로 말했다.

"진을 파괴하려면 진법을 펼칠 때 사용된 기물을 파괴해야 합니다. 이 숲의 요소요소에 진법을 발휘하는 기물이 있을 겁니다. 그걸 발견해서 부수는 수밖에 없는데…… 이 드넓은 숲에서 그것을 찾기가 난망할 듯합니다."

"그 기물이란 게 돌아다니다 보면 찾을 수 있는 겁니까? 육안으로 식별이 가능한지요?"

"그런 것은 아니옵고, 영력을 갖춘 자가 진을 구성하는 기물 가까이 가면 그것을 감지할 수는 있지요. 저도 그 정도는 할 수 있지만 영감(靈感)이 그리 뛰어난 편이 아니라 아주 가까이 가야만 간신히 식별할 수 있을 겁니다."

맹정우는 막막하다는 생각이 들기 시작했다. 세 번 들락날락해 보았지만 이놈의 숲은 도무지 끝이 보이지 않았다. 진법의 영향이기도 하겠지만 들어서기 전에 본 바로도 상당한 크기의 숲이었다.

이 진을 빠져나가려면 결국 이 드넓은 숲을 다 돌아다니며 선학자가 기물을 발견하기를 기대하는 수밖에 없다는 말인데, 그전에 이무기든 마교 잔당이든 덤벼들 것이 틀림없었다.

진법의 함정에 걸려 있는 상황에서 적의 습격을 받는다면 그야말로 위험천만이다. 자칫하다 섬서성에서 실종되었다는 추적대 꼴이 될 수도 있는 상황인 것이다.

그때 갑자기 한영영이 나섰다.

"그 기물에서 영력이 발생하나 보죠?"

선학자는 그녀가 나서자 의아해하면서도 대답해 주었다.

"예, 요기든 정기든 뿜어져 나오는 기운이 있습니다. 그것을 읽어낼 수 있다면 기물을 발견할 수 있지요."

"제가 어려서부터 영적인 것을 감응하는 능력이 발달한 편이에요. 지금만 해도 당장 느껴지는 기운이 있는걸요."

"그래요? 그 기운이 어디서 느껴지시는지?"

"숲 저쪽인데……."

추적대는 밑져야 본전이라는 심정으로 한영영이 가리키는 곳을 향해 갔다. 숲을 일각쯤 헤쳐 나가자 한영영이 한곳을 가리켰다.

"저 나무에서 사이한 기운이 느껴져요."

그녀가 가리킨 곳에는 한쪽으로 비틀려 자란 소나무가 한 그루 있었다. 그것에 가까이 간 선학자가 나무를 조심스레 만져 보더니 부적을 하나 꺼내 나무에 붙였다. 그러자 갑자기 바람이라도 들이친 듯 부적이 공중으로 날아올랐다.

"이 나무가 확실합니다. 당장 잘라 버려야겠군요."

청룡당 무사가 나서서 단칼에 나무를 베어버렸다. 소나무는 기우뚱하며 땅으로 쓰러졌는데, 쓰러지자마자 시커멓게 변색되어 버렸다.

나무가 쓰러지자 갑자기 주변이 환하게 밝아졌다는 느낌이 들고, 호수의 안개로 인해 느껴지던 음습한 느낌이 한결 가시는 기분이었다.

"정말 효과가 있군! 한 소저, 나머지도 찾을 수 있겠죠?"

맹정우가 반색을 하며 외쳤다.

한영영은 인상을 찌푸리며 고개를 저었다.

"이 근처에는 없나 봐요. 아무것도 느껴지지 않아요."

"기물이 몰려 있지는 않고 숲의 곳곳에 위치해 있을 겁니다. 이 중에 중심적인 몇 가지만 파괴할 수 있으면 충분히 빠져나갈 수 있을 텐데……."

선학자는 잠시 고민하더니 혜공과 그 사제들을 불렀다.

"세 분께서 도와주셔야 하겠습니다."

"예? 저희가 어떻게……."

"숲과 호수를 감싸고 있는 이 끈적끈적한 느낌은 요기를 바탕으로 구성되어 있는 듯하군요. 이것이 한 소저의 영력을 상당히 혼란스럽게 하고 있습니다. 그러니 세 분께서 불가의 진언으로 이 요기를 꺾어주십시오. 그러면 한 소저가 기물의 기운을 좀 더 쉽게 감지할 수 있을 겁니다."

혜공과 두 사제는 당황한 빛이 역력했다. 사실 셋은 무승인지라 어려서부터 무공 정진에만 열중했을 뿐, 염불로 귀신을 쫓는다던가 하는 식의 능력하고는 매우 거리가 먼 승려들이었다.

혜공이 떠듬거리며 말했다.

"진언이라니 어떤 것을 말씀하시는지……."

"그저 퇴마의 기운이 담긴 것이라면 아무거라도 좋습니다."

혜공의 얼굴이 더욱 붉어졌다.

"퇴마하는 진언은 사실 아는 것이 없사온데……."

그는 사제들에게 도움을 요청하는 눈빛을 던졌지만 혜승, 혜량은 그보다 그런 쪽에 더 무식하면 무식했지 나을 것은 하나도 없었다.

세 명이 어쩔 줄을 몰라 하자 선학자는 미소를 지으며 말했다.

"금강경은 알고 계시겠지요?"

대승불교의 본산이라 할 수 있는 소림의 승려가 금강경을 모를 리야 없었다. 모처럼 아는 게 나오자 세 무승은 갑자기 목소리가 커졌다.

"예! 잘 알고 있습니다!"

"그것만 외워주서도 충분합니다. 주문의 내용보다는 세 분의 불심이 담긴 진언이 크게 울리며 사악한 기운을 쫓는 것이 중요하니까요. 정성껏, 그리고 크게 외쳐 주시기만 하면 됩니다."

"여시아문 일시 불재사위국기 수급고독원……."

금강경의 힘찬 독송이 고요하다 못해 음침한 산속의 침묵을 무자비하게 깨어버리기 시작했다.

혜공과 혜승, 혜량은 불가에 입문해서, 아니, 태어나서 가장 열심으로 목소리 높여 금강경을 암송했다.

명색이 천하에 소림사의 승려가 도사 앞에서 불가 진언을 못한다고 얼굴까지 붉힌 판국이었다. 이 암송이 행여 효과가 없기라도 하면 소림의 명예를 크게 실추시킬 수 있다는 생각이 들어 절로 목소리가 높아질 수밖에 없었다.

'이럴 줄 알았으면 공부 시간에 경전 좀 열심히 외울 것을…….'

이제사 한탄해 봐야 전혀 소용없는 일이었다. 그저 선학자가 시킨 대로 금강경이나 열심히 외울 도리밖에 없었다.

"선재선재! 수보리 여여소설……."

세 명의 무승은 추적대의 선두에 서서 내공까지 실어 목청이 터져라 암송을 했다.

혜공은 땀을 삐질삐질 흘렸다. 긴장되고 힘들어서기도 했지만 결정적으로 열불이 나기 때문이었다.

신성한 불경을 외우고 있는데 마음에 화를 돋워서는 안 될 일이었다. 그러나 자신과 사제들 바로 뒤에 붙어서 간죽거리는 맹정우 때문에 열불이 솟구치는 것은 불심만으로 해결될 일이 아니었다.

"어허, 혜공 스님. 거기서 더듬으시면 쓰나! 이 냥반, 주먹질만 열심히 연습하고 불경 시간에는 마냥 졸기만 한 모양이구먼."

"에헤이, 혜량 스님, 목소리가 작아지고 있지 않습니까? 좀 더 내공을 실어서 우렁차게 외치셔야죠."

"혜승 스님, 속도가 자꾸 뒤처집니다. 더 빨리! 두 사람과 한목소리로 일치하여……."

세 명은 뒤에서 자꾸 지적하는 맹정우 때문에 암송에 더욱 목숨을 걸 수밖에 없었다. 그로 인해 목소리는 점차 커졌지만 정작 염불에 실리는 불심은 치솟는 열불 때문에 점점 사그라들고 있었다.

"저기요! 저기서 기운이 느껴져요!"

추적대는 한영영이 짚어낸 곳으로 재빨리 향했다. 과연 그곳에도 몸통이 잔뜩 뒤틀린 나무가 한 그루 보였다. 그런데 아까 소나무보다 훨씬 크고 옆에 커다란 바위까지 놓여 있었다.

"흠, 아까 전의 소나무에 비해 훨씬 요력이 강하게 느껴지는군요. 기물은 나무와 바위, 둘 다로 보입니다."

"그럼 둘 다 부수면 되겠군요."

"그전에 저기 앞서 가는 스님들을 좀 불러 와야겠습니다."

세 중은 나머지 대원들이 멈춰 선 줄도 모르고 여전히 목청이 터져라 염불을 외우며 전진 중이었다. 그 뒤에 맹정우가 붙어 달린 채 여전히 깐죽이고 있었고.

최운이 싱긋 웃으며 말했다.

"보아하니 아주 재미 들린 모양인데요?"

"제가 불러 오지요."

덕호가 맹정우에게로 달려갔다.

그러는 사이 선학자는 나무를 천천히 돌았다.

"이 나무는 크기가 상당하여, 단칼에 베어버리기가 몹시 힘들 듯하군요."

나무는 직경이 열 자 가까이 되고 높이도 십 장은 넘어 보이는 커다란 크기였다. 아까 청룡당 무사가 한 것처럼 한칼에 베어버리기는 어려울 듯싶었다.

"도끼를 구해야 되려나?"

"걱정하지 마세요. 여기 제 잘난 맛에 사는 검수가 한 분 계시니까. 아마 그분한테 시키면 단칼에 베어버릴 수 있다고 나설 거예요."

갑작스러운 이비향의 말에 모두 어리둥절해했다.

이비향은 아랑곳 않고 옆에 있던 최운을 툭 밀쳤다.

"자, 최 향주님. 저희에게 신위를 한번 보여주시죠!"

갑자기 떠밀려 나온 최운은 얼굴을 붉히며 말했다.

"왜 이러시는 겁니까?"

"어머, 강호 후기지수의 최고봉으로 꼽히는 사룡삼봉 중에서도 검술 조예가 가장 뛰어나다는 옥면신룡께서 왜 이리 빼실까? 지금은 위기 상황이니 쓸데없는 겸양 집어치우고 저희에게 안목을 넓힐 기회를 주시죠?"

최운은 난감한 얼굴이 되었다.

"대체 무슨 의도로 그러는지 몰라도 난 내 검술이 뛰어나다고 생각한 적은 한 번도 없소이다."

"어머, 그러세요? 반드시 베어야 할 상황에 몰리니 왠지 자신이 없어지셨나 보군요?"

청룡당 무사들은 갑작스러운 아미파 제자의 무례한 행동에 웅성였고 나머지 대원들은 최운이 왜 저리 빼나 싶어 혀를 찼다.

선학자가 중재하듯 말했다.

"자자! 지금 쓸데없이 네가 하네 내가 하네 뺄 상황이 아닙니다. 어서 이 기물들을 파괴하고 진을 무력화시켜야 하니, 최 향주! 한번 실력을 발휘해 주시지요."

최운은 결국 어쩔 수 없이 검을 빼 들었다.

이렇게 실력 자랑 하듯 나서는 게 딱 질색인 그는 눈앞의 이비향이 얄미워 견딜 수 없었다.

연설연이라는 정체를 밝혔더니 심술을 부리는 모양인데, 괘씸하기 짝이 없었다.

슉!

어서 빨리 이 상황을 끝내고 싶은 듯, 최운은 준비 동작도 취하지 않고 단칼에 밑동을 그어버렸다.

잠시 미동이 없던 나무는 드드드드 하는 소리와 함께 밑동과 위가 분리되어 옆으로 쓰러져 버렸다.

"과연!"

청룡당 무사들이 갈채를 보냈고 이비향은 입을 삐죽거렸다.

그 순간이었다.

캬오오오!

갑자기 호숫가 쪽에서 엄청난 굉음이 울렸다. 맹수의 울부짖음을 몇 배나 증폭시킨 것 같은 괴음이었다.

추적대가 괴로워하며 귀를 막는 사이, 잠시 하늘이 캄캄해지며 숲 속이 어둠에 잠겼다.

"대체 무슨 일이죠? 요기가 너무 강해요!"

한영영의 외침에 선학자가 다급히 외쳤다.

"나무와 바위를 한꺼번에 부쉈어야 하는 건데! 최 향주, 바위도 부숴 버려요!"

최운은 검기를 뿜어내며 바위가 있음 직한 위치를 강하게 내려쳤다.

슈욱!

그러나 그의 검은 빈 공간만을 가르고 말았다.

'어떻게 된 거지? 방향은 분명히 맞았을 텐데?'

그 순간 캄캄해졌던 하늘이 다시 밝아졌고, 추적대원들은 그제야 사물을 식별할 수 있게 되었다.

"바깥의 요기는 사라졌어요! 그런데 안쪽이……."

한영영의 말처럼 자욱한 안개가 사라지고 멀리 외곽 풍경이 보이기 시작했다. 그러나 호숫가 쪽 방향은 이전보다 더욱 안개가 껴서 불과 몇 장 앞도 내다볼 수 없었다.

바깥쪽까지 퍼져 있던 요기가 몽땅 안쪽으로 빨려 들어간 느낌이었다.

"이런! 덕호가! 대주님이!"

선학자의 말에 다들 화들짝 놀랐다. 그리고 보니 독송하며 전진하던 소림 승려들과 맹정우, 그리고 그들을 부르러 갔던 덕호가 밖으로 나오지 않은 상태였다.

"이런 일이…… 다시 안으로 들어가 봅시다!"

추적대는 부랴부랴 안개 속을 헤치고 들어갔다. 그러나 안개 속으로 들어가자 한 치 앞도 보이지 않았다.

"대주님! 대주님!"

대원들이 목 놓아 불러도 화답은 들려오지 않았고, 자욱한 안개로 인해 더 이상 전진하기가 힘들었다.

"지금 다시 안으로 들어가는 것은 어려워 보입니다. 방향을 상실하게 만드는 진의 영향이 밖은 감소된 반면 안개가 자욱한 안쪽에서는 더욱 증대된 상황입니다."

안개 밖으로 도로 나온 후 선학자가 하는 말이었다.

"그럼 어떻게 해야 하죠?"

"안개 같은 자연 현상을 이용하는 기진은 시기적으로 기운이 약해지는 시간이 분명 있을 겁니다. 그때까지 기다리는 수밖에 없습니다. 행여 안에 있는 사람들이 기물을 파괴할 수 있다면 그전에 나올 수도 있겠지만……."

말하는 선학자의 얼굴에도, 듣는 대원들의 얼굴에도 안에 갇힌 사람들에 대한 걱정이 가득 떠올랐다.

*　　　*　　　*

덕호가 부르는 소리에 뒤를 돌아보는 찰나, 시야를 완전히 가려 버리는 안개에 갇힌 맹정우는 당황할 수밖에 없었다.

"뭐야, 무슨 일이야?"

등 뒤에서 혜공의 목소리가 들려왔다.

"대주님, 무슨 일입니까?"

"나도 모르겠소! 진에 변화가 생긴 듯하오!"

그때 엄청난 굉음이 그들의 귀를 때렸다.

캬오오오!

폭약이 터지는 소리 같기도 하고 뭔가가 울부짖는 소리 같기도 했지만 아무튼 엄청나게 시끄러웠다.

소리 때문에 잠시 귀를 막고 있던 맹정우가 귀에서 손을 뗄 무렵, 주변에 인기척이 느껴졌다.

"근처에 누가 있소?"

그의 부름에 대답이 들려왔다.

"혜공입니다."

"혜승입니다."

"혜량도 있습니다."

"덕호도 있습니다요."

넷은 맹정우가 있는 곳으로 더듬거리며 모여들었다.

다섯 사람은 손으로 상대를 만져 볼 수 있는 거리에 이르러서야 비로소 상대의 얼굴을 육안으로 확인할 수 있었다.

"우리 다섯 명뿐인가?"

모인 사람들은 목소리를 높여 다른 추적대원들을 불러보았지만 전혀 응답이 없었다.

"안개가 자욱해지면서 진의 요기가 더욱 높아진 듯합니다. 기분이 아까보다 더욱 좋지 않군요."

혜공의 말처럼 내내 느끼던 음습하고 축축한 기운은 안개와 함께 더욱 짙어진 상태였다.

"그런데 아까 그 괴음은 뭘까요? 설마 진짜 이무기가 나타난 것은……."

덕호가 겁먹은 얼굴로 중얼거렸다. 그도 그럴 것이, 좀 전의 괴음은 짐승의 포효 비슷한 느낌이 났던 것이다.

"이 친구 그 덩치에 겁은……. 걱정 말게. 기진이 펼쳐진 게 확실한 이상 이곳에는 이무기는 고사하고 도마뱀 새끼 하나 없을 것이니. 기진을 사람이 펼쳤겠지 설마 이무기가 펼쳤겠나? 그리고 작금의 상황은 내가 일전에 형산에서 맞닥뜨렸던 상황과 아주 비슷해. 산에서 실종자가 나타나고, 실종자가 발생한 곳에는 기진이 펼쳐져 있고. 이곳에 숨어 있는 놈들은 뭔가 노리는 게 있어서 기진을 펼쳐 놓은 것이고, 내 예상으로는 십중팔구 형산에서 도망쳤던 마교 잔당 놈들이 틀림없네!"

"빈승의 생각도 그러합니다. 이무기 걱정은 하지 않아도 될 것입니다. 다만 아까의 굉음의 정체가 궁금한데, 놈들이 또다시 강시 같은 괴물을 만들었다면 지금부터 각별히 조심을 해야 할 것입니다. 우선 이 안개에서 빠져나가는 것이 급선무겠지요."

혜공의 덧붙임이었다.

세 무승은 다시 금강경을 독송하기 시작했다.

금강경이 효과가 있는 듯, 그들 주변의 안개가 조금 옅어졌다. 그러나 큰 효과는 없었다.

시야보다는 독송 소리를 듣고 다른 대원들이 찾아오길 바란 것이지만, 한참을 독송해도 어떤 반응도 나타나질 않았다.

결국 다섯 명의 일행은 금강경 독송을 멈추고 안개 속을 전진하기 시작했다.

　조심조심 전진하기를 한참, 운이 좋은 것인지 몰라도 숲 밖으로 빠져나올 수 있었다. 그러나 그들의 눈앞에 펼쳐진 것은 바깥 풍경이 아닌 예의 그 호수였다.

　다섯 명은 숲은 뱅뱅 돌다가 다시 안으로 들어온 것이다.

　기이하게도 일행이 나온 호숫가에는 이제 안개가 많이 걷혀 있었다. 호수 위에 균일하게 펼쳐져 있던 안개는 한쪽으로 밀려나 있었고, 밀려난 안개가 쌓여 있는 곳은 일행이 나온 곳에서 맞은편 방향이었다.

　그곳은 안개가 산속보다 더욱 층층이 깔려 있었고, 깔린 안개 뒤로 하늘로 솟구쳐 올라가는 봉우리가 아련하게 보였다. 아까 호수에 도착했었을 때는 보이지 않았던 풍경이다.

　"우리가 기물을 몇 개 파괴하는 바람에 진에 많은 변화가 있었던 모양이군요."

　혜공이 말했다.

　"안개 뒤편의 풍경으로 추측하건대, 적의 구조물은 아마도 호수와 뒤편 봉우리가 만나는 지점에 있을 듯합니다."

　"그렇다면 결국 저 안개를 헤치고 들어가야 한다는 얘기인가……."

　맹정우는 인상을 찡그렸다. 단독으로 들어서긴 너무 적은 인원이었지만 해가 서산으로 질 기미가 보이는 이때 더 이상 지체할 겨를이 없었다.

　맹정우는 마음을 굳히고 외쳤다.

　"한번 가봅시다! 일전에 한 번 상대했던 놈들이니 우리끼리라도 충분히 요리할 수 있을 거요. 놈들을 일망타진해야 하는 것도 아니고 진을 형성하는 기물만 파괴하면 되는 거, 어려운 일도 아니지!"

　대주인 맹정우가 자신감을 피력하자 나머지 네 명도 왠지 힘이 나는 듯했다.

일행은 안개를 향해 걷기 시작했다.

호수를 반쯤 돌았을까? 또다시 예의 괴성이 들려왔다.

캬오오오!

귀청이 떨어지는 굉음과 함께 호수 건너편에 쌓여 있던 안개가 마구 요동을 쳤다.

"대주님! 정말 이무기 같은데요!"

덕호가 귀를 막은 채 울상을 하며 외쳤다.

귀를 막았던 손을 떼며 맹정우가 핀잔을 주었다.

"이 친구 계속 덩칫값 못하기는! 걱정 말랬잖아! 이 세상에 이무기가 어딨나? 저건 그저 놈들이 다가오는 사람에게 겁을 주고자 만든 소리가 틀림없어!"

"강시도 있는데 이무기가 없으려고요?"

'하긴 그런가?'

맹정우도 덕호의 이번 말에는 딱히 반박할 수가 없었다.

귀신이고 영물이고 믿지 않고 살아왔던 그였지만 바로 얼마 전에 강시와 싸우지 않았던가. 덕호 말마따나 강시도 있는데 이무기가 없으리란 법은 없었다.

"그러나 지금 중요한 것은 바로 여기 이무기가 있느냐 없느냐 일세. 용이라도 한 마리 툭 튀어나올 것 같은 분위기를 조성하고 있지만 용은 고사하고 떡붕어 한 마리 나오지 않을 테니 안심하라고. 자네 이무기가 진을 치고 사람 못 들어오게 막는다는 말 들어봤나?"

"아니오."

"그럼 걱정할 것 없잖아."

맹정우는 덕호를 안심시키며 계속 전진했다.

살 떨리게 하는 굉음은 그 뒤로도 몇 번 울렸는데, 때로는 멀게, 때로는 아주 가깝게 들리기도 했다.

"아따, 자식들. 시끄러워 죽겠군. 하긴 저 정도면 지나가던 사람들이 겁먹을 만도 하겠구먼."

어느덧 굉음에 적응한 맹정우가 짐짓 여유까지 부리자 혜승과 혜량이 슬슬 거기에 동화되기 시작했다.

"대주님 말씀을 자꾸 듣다 보니 소리가 어째 조작된 것 같기도 하군요. 짐승의 울부짖음을 가장한 듯한 느낌이 드는 것이……."

혜량이 한마디 하자 혜승도 맞장구를 쳤다.

"나도 그런 생각이 들어. 계속 듣다 보니 이무기의 포효라기보다는 돼지 멱을 따는 소리를 천 배쯤 증폭시켜 놓은 듯한 느낌이 든다니까."

"크하하! 돼지 멱따는 소리라! 그거 걸작인걸? 혹시 진짜 돼지 한 마리씩 잡으면서 주문 같은 걸로 크게 만드는 것 아닐까?"

둘은 이제 여유작작 농담까지 하기 시작했다.

"신중하라! 괴물보다 사람이 더 무서운 법이다!"

혜공의 꾸짖음을 듣고서야 둘은 입을 다물었다. 그러나 골치 아픈 상관인 맹정우가 다 잡아가는 분위기를 다시 흐렸다.

"너무 걱정 하실 것 없소, 혜공 스님. 일전에 마주쳤던 강시가 나온다면 그야말로 반가운 일이니까."

"……?"

맹정우가 지나친 자신감을 피력하자 네 사람은 의아한 얼굴로 쳐다볼 수밖에 없었다.

"이게 뭔지 아십니까?"

맹정우는 품 안에서 종이 한 묶음을 꺼내 탈탈 털며 보여주었다.

"선학 도장께서 산에 오르기 전에 나한테 맡긴 부적입니다."

"부적이오? 뭐에 쓰는 것이기에?"

"형산의 도력 높은 도사한테 얻어온 거라고 줍디다. 스무 장 묶음인데 그곳의 요기를 바탕으로 만든 것으로 강시에겐 아주 직빵이랍니다. 강시 몸에 닿기만 하면 강시가 쓰러져 버릴 거라 하더군요. 그러니 밖의 대원들과 합류하지 못하는 만약의 사태가 벌어져도 이 부적이 있는 한 퇴치 작업은 전혀 걱정할 게 없습니다."

"오오, 그런 것이 있었군요!"

혜승과 혜량은 감탄을 금치 못했다. 어쩐지 아까부터 대주가 너무 자신만만하다 했더니 숨겨둔 한 수가 있었던 것이다.

맹정우가 강력한 부적을 가졌다는 것이 밝혀지자 일행의 발걸음은 갑자기 자신있어지고 당당해졌다. 당장 강시 떼가 안개 속에서 튀어나와도 맹정우가 손짓 한 번 하면 다 날아갈 것 같다는 믿음이 생겼다.

힘찬 걸음으로 안개를 헤치고 나가자 마치 안개도 그들의 위세를 읽은 듯 좌우로 비켜섰다.

호수 뒤편으로 완전히 들어서자 안개는 점점 옅어졌다. 숲이 좌우로 벽처럼 나 있었고, 제법 큼지막한 길이 숲 한가운데로 뚫려 있었다.

안개의 기운이 점점 엷어지자 일행은 더욱 힘이 났다. 뚫린 길로 들어선 일행은 보무도 당당하게 앞으로 걸어나갔다. 그런데 한 열 발짝쯤 걸었을까? 덕호가 깜짝 놀란 목소리로 외쳤다.

"이, 이게 뭡니까?"

그가 손가락으로 가리킨 지점에 일행의 시선이 모아졌다.

덕호가 가리킨 것은 땅바닥에 움푹 패어 있는 자국이었다. 자국의 뒤쪽은 거의 원형이었는데 앞으로 갈수록 넓적하게 변하며 세 갈래로 갈라져 있었다. 자국의 전체적인 크기는 매우 커서, 직경이 거의 두 자쯤 되는 것 같았다.

"한두 개가 아닌데……."

자국은 또 있었다. 처음 발견했던 자국에서 대각선으로 일 장쯤 떨어진 곳에. 그리고 또 대각선으로 일 장, 또 일 장, 이런 식으로 계속 발견되었다.

"저…… 이건 그냥 제 느낌인데, 꼭 발자국 같지 않습니까?"

혜량이 자신없는 목소리로 하는 말이지만 아무도 입을 열어 그의 말에 반박하지 않았다. 다들 그와 같은 생각을 하고 있었기 때문이다.

원형 자국에서 뻗쳐 나온 세 갈래는 발가락의 형상이고 엇갈려 찍혀진 자국은 걸어가는 형태로 보이기도 했던 것이다.

만약 정말 뭔가가 걸어간 거라면?

발 하나의 직경이 두 자에다가 보폭이 일 장이나 된다면 어마어마한 크기의 괴물임에 틀림이 없었다.

'혹시 정말 이무기……?'

잠시 잊고 있었던 괴물에 대한 공포가 되살아날 무렵, 맹정우가 우렁찬 웃음으로 그 공포를 날려 버렸다.

"하하하! 이놈들 아주 그럴듯하군! 설마 괴물의 발자국까지 찍어놓았을 줄이야. 하하! 정말 주도면밀해."

그는 일행 한 명 한 명을 바라보며 말했다.

"설마 이까짓 유치한 수에 겁을 집어먹은 것은 아니겠지요?"

나머지 일행 역시 중이든 도사든 다들 젊은 청년들인지라 다른 사람에게 약한 꼴을 보이고 싶어하지 않았다.

"아… 하하하! 대주님도 참! 설마 이따위 속임수에 걸려들 사람이
누가 있겠습니까?"

"그러게 말입니다. 이제 보니 이놈들이 아주 단단히 겁을 먹었군요!
이런 얄팍한 수까지 쓰다니……."

일행은 발자국을 가볍게 비웃으며 전진했다. 그런데 몇 발짝 못 가
길옆 수풀 주변에 사람 옷가지 같은 게 눈에 띄었다.

"이건 또 뭐야?"

가까이 가보니 그것은 죽은 지 오래된 사람의 시체였다. 시체는 살
이 다 썩어문드러져 뼈만 남은 채 낡은 옷을 걸치고 있었는데, 하반신
은 어디로 도망간 채 상체만 있는 상태였다.

시체를 유심히 살펴보니 상반신 아래쪽의 뚝 끊어지는 부분이 이상
했다. 커다란 구멍이 숭숭 나 있고 끝 부분은 예리하게 찢겨 있었다.
마치 아주 큰 이빨이 물어 뜯어낸 것처럼.

일행은 섬뜩한 마음이 들어 눈을 마주쳤다. 그러나 잠시 마음에 깃
들었던 공포를 서로에게 들킬까 무서워 모두 크게 웃음을 터뜨렸다.

"아하하! 이제는 시체에게까지 이런 수작을……."

"하하하! 잔머리를 잘 쓰는 놈들이군요. 이러면 누가 겁을 먹을 줄
알고……."

덕호만이 울상이 되어 말했다.

"아무래도 정말 이무기가 있는 것 같습니다. 혹시 강시처럼 놈들이
이무기도 만든 게 아닐까요?"

맹정우는 걱정 말라는 듯 그의 어깨를 두드렸다.

"하하! 이 친구 겁만 많은 게 아니라 상상력도 풍부하군. 걱정 말게!
설사 놈들이 이무기를 만들었어도 이 부적 한 방이면 가볍게……."

쿵! 쿵! 쿵!

갑자기 뒤쪽에서 크게 울려오는 소리에 맹정우는 하던 말을 멈추었다.

다섯 사람은 바싹 언 채 뒤를 돌아보았다.

쿵! 쿵! 쿵! 쿵! 쿵!

쿵쾅대는 소리가 갑자기 빨라졌다. 호숫가 쪽에서 뭔가 시커먼 것이 안개를 헤치며 다가오는 것이 보였다.

마침내 식별이 가능한 위치에 이르렀을 즈음, 몇 차례 들었던 굉음이 들려왔다.

카오오오오!

고막을 터뜨릴 듯한 굉음이 머리 위에서 터져 나왔다. 바로 코앞에 육박한 거대한 괴물의 까마득한 높이에 위치한 입에서.

일행의 맨 뒤쪽에서 괴물을 바라보던 덕호는 다리가 얼어붙어 도저히 꼼짝도 할 수가 없었다.

그는 코앞까지 다가온 괴물을 덜덜 떨며 쳐다보고 있었다. 용감하게 싸워야겠다는 생각이 들었지만 몸이 전혀 움직이지 않았다.

불현듯 왜 맹정우의 모습이 보이지 않을까 하는 생각이 들었다. 그가 알고 있는 맹정우라면 벌써 괴물한테 뛰어들어 저 쭉 뻗은 목을 단칼에 베어버리고 있어야 할 순간인데!

덕호는 제자리에서 벌벌 떨면서 외쳤다.

"대주님! 놈을 빨리 잡으세요! 부적이라도 던져서 빨리……!"

"잡긴 뭘 잡아, 미친놈아! 토껴!"

한참 달아나다 다시 돌아온 맹정우는 괴물한테 시선이 박힌 채 꼼짝 않고 있는 덕호의 뒤통수를 한 방 때린 후 잽싸게 손을 잡아끌며 앞으로 달려나갔다. 세 명의 무승은 이미 삼십 장 밖에서 줄행랑치고 있는 중이었다.

괴물은 무시무시한 속도로 쫓아왔다.

덩치도 큰 놈이 발놀림도 빨라서 휙휙 거리를 좁혀왔다.

맹정우는 덕호를 한 손에 잡은 채 단지보를 한 번 시전하여 거리를 벌린 다음 연이어 일보장천을 시전했다. 덩치 큰 덕호를 붙잡고 있는 지라 평상시보다 속도는 좀 느렸지만 워낙 고절한 신법인지라 간신히 괴물과의 거리를 벌릴 수 있었다.

한 번 도약할 때마다 오륙 장은 쉽게 단축해 버리는 일보장천의 효능에 힘입어 맹정우와 덕호는 앞서 가는 세 무승을 금세 따라잡았다.

“이리 달아나면 갈 데는 있소?”

맹정우의 물음이었지만 세 무승은 묵묵부답이었다. 셋 다 고강한 내외공에 비해 경공 실력이 뛰어난 편이 아니라서 지금처럼 목숨 걸고 경신법을 시전하면서 맹정우처럼 입을 벌릴 능력이 없었다. 그저 묵묵히 앞만 보고 달릴 뿐이었다.

한참을 정신없이 뛰자 공력이 달려 점차 속도가 감소되었다. 그러나 따라오는 괴물 놈은 지치지도 않는지 쿵쿵거리는 소리가 점점 가까워져 오고 있었다.

일행은 지금 높은 봉우리로 올라가는 오르막을 타고 있었다.

어느 결에 선두로 나선 맹정우는 몸을 숨길 곳이 없나 두리번거렸다. 한 백 장쯤 앞의 오른쪽에 작은 동굴 같은 것이 보였다.

‘저기다!’

마음을 굳힌 그는 외쳤다.

“날 따라오시오!”

그는 공력을 증강하여 속력을 더욱 높였다. 그러나 경신술이 달리는 세 무승은 속력을 내기는커녕 오르막이 가팔라짐에 따라 점점 속도가 줄었다.

맹정우는 덕호를 데리고 어느새 동굴 앞까지 도착하여 빨리 오라고 손짓하고 있었지만, 셋의 발은 이전의 속도를 내지 못하고 점차로 느려졌다.

캬오오오!

그 순간, 괴물의 포효가 바로 등 뒤에서 터져 나왔다.

화들짝 놀란 세 무승은 젖먹던 힘까지 짜내어 미친 듯이 달렸다.

입에 단내가 나도록 뛴 결과, 간신히 눈앞에 손짓하는 맹정우가 아른거렸다.

혜공이 제일 먼저 동굴의 벌려진 입으로 뛰어들었고, 혜승이 뒤를 이었다. 제일 뒤처져 있던 혜량은 뭔가 서늘한 것이 등을 살짝 스치고 지나감을 느끼며 동굴 속으로 뛰쳐 들어갔다.

크르릉!

동굴로 들어섰다고 위험이 끝난 것은 아니었다. 혜량을 뒤따라 괴물의 앞발이 들어왔다.

앞발은 동굴에 군데군데 솟아난 석순을 깨뜨리며 일행을 위협했다.

일행은 재빨리 팔다리를 놀려 동굴 안쪽으로 기어들어 갔고, 다행히도 동굴의 폭이 좁아 앞발은 더 이상 쫓아오질 않았다.

괴물은 집어넣었던 앞발을 빼고는 동굴 입구를 넓히려는 듯 입구 주변을 마구 때리기 시작했다. 돌 부서지는 소리가 들리며 동굴 전체가 흔들렸으나 입구 천장이 무너지며 외려 입구가 더욱 좁아졌다.

분이 안 풀리는 듯 한참을 더 쾅쾅대던 괴물이 잠시 조용해졌다.

일행이 조금 앞으로 나와 입구 쪽을 빼꼼히 바라보니 바깥에서 서성대고 있는 괴물이 보였다.

일행은 그제야 괴물의 외형을 정확히 살필 수 있었다.

괴물은 몸 길이가 대략 십오 장은 됨직한 거대한 놈이었다.

발은 앞뒤 네 개였고, 궁궐의 돌기둥같이 두껍고 튼튼해 보였다.

굵은 몸통 뒤에는 기다란 꼬리가 달려 있었는데, 좌우로 휘두르는 행태를 보니 아까 입구를 때린 게 꼬리였던 듯했다.

목이 꼬리만큼 길고 머리는 뱀같이 생겼는데, 이마 위에 기다란 뿔이 두 개 달려 있었다.

몸 색깔은 전체적으로 검붉은색을 띠고 있었다. 다섯 명 모두가 생전 듣도 보도 못한 괴물이었다.

"설마 이무기가 진짜 있었을 줄이야……."

맹정우는 신음을 흘렸다. 도저히 상상도 못했던 전개가 이루어지고 있었다.

"어쩌죠? 저놈을 잡기가 보통 어렵지 않을 것 같은데……."

옆에서 말하는 덕호를 맹정우는 기가 막힌 눈으로 바라보았다. 이 순진한 친구는 아직도 이무기를 때려잡을 생각을 하는 모양이었다.

"지금 놈을 잡고 못 잡고가 문제가 아닐세. 우리가 놈에게 잡히느냐 마느냐가 문제지!"

제11장

영웅은 한계 상황을
굳건한 의지로 극복한다

이무기에게 쫓겨 동굴로 기어들어 간 일행은 우선 동굴 안쪽으로 더 들어갔다.

안쪽에서 햇빛이 어슴푸레 비치는 것으로 보아 반대쪽에도 밖과 통하는 구멍이 나 있는 듯했기 때문이다.

그러나 일행은 얼마 못 가 걸음을 멈춰야 했다. 일행이 있는 동굴은 기이한 구조를 갖추고 있었는데, 마치 소뿔 같은 형태였다. 일행이 들어온 입구는 꽤 컸지만 뒤로 들어갈수록 폭이 좁아졌고 약간 경사진 오르막이 되어 있었다. 오르막의 끝에는 밖과 통하는 조그만 구멍이 나 있었는데, 햇빛은 그곳을 통해 안으로 들어오고 있었다. 그런데 그 구멍이 워낙 작은 데다가 구멍 근처는 워낙 폭이 좁아져서 기어갈 수도 없을 정도였다.

일행은 결국 반대편으로 나가는 것은 포기하고 입구 쪽으로 다시 나와야 했다.

애석하게도 괴물은 여전히 밖에서 서성거리고 있었다. 가끔 일행에게 자기가 노리고 있다고 상기라도 시키는 듯 꼬리로 입구를 쾅쾅 때리곤 했다.

"어찌해야 할까요? 놈이 떠날 생각을 안 하는데."

혜량이 답답한 표정으로 혜공에게 말했다.

"시간이 되면 배가 고파져서 떠나지 않을까?"

혜공의 말처럼 그저 기다리는 수밖에 방법이 없었다.

두 시진쯤 지나자 땅거미가 져서 어둑어둑해졌다.

깜깜해질 무렵 드디어 괴물이 자리를 뜨는 것 같았다. 쿵쿵거리는 소리가 조금씩 멀어짐이 느껴졌다.

"갔나?"

혜승이 조심스레 입구를 향해 다가갔다. 입구 근처에서 얼쩡얼쩡대던 그는 마침내 용기를 내어 밖으로 한 발 나섰다.

신중하게 주변을 두리번거리던 혜승은 환해진 얼굴로 뒤를 돌아보았다.

"놈이 갔어요! 빨리 나오세요!"

나머지 일행은 반색을 하며 입구로 달려갔다. 차례차례 동굴 밖으로 나서니 신선한 밤공기가 그들을 맞이했다.

"놈이 어느 쪽으로 갔지? 일단 놈과 반대쪽으로 움직여야 할 텐데."

일행은 눈을 빛내며 주변 땅을 살폈다. 동굴 입구에 어지러이 널려 있던 놈의 발자국은 봉우리 쪽의 오르막으로 향해 가고 있었다.

"호수 쪽으로 갑시다!"

어차피 밖의 일행과 만날 수 있는 것도 그쪽 방향이니 망설일 것이 없었다.

일행은 신나게 뛰었다.

그때, 뒤에서 캬아아오! 하는 소리가 귀를 때렸다.

"빌어먹을! 들켰나!"

일행은 뒤도 돌아보지 않고 달리는 속력을 더욱 높였다. 그러나 쿵쿵거리는 소리가 등 뒤쪽에서 들려오기 시작했다.

쿵쾅 소리가 점점 다가오자 맹정우는 방향을 전환하며 외쳤다.

"모두 숲으로!"

나무가 빽빽이 들어찬 숲이니 덩치 큰 괴물이 제대로 쫓아오지 못할 거란 판단이었다.

일행은 안개가 자욱한 숲으로 뛰어들었다.

앞이 잘 보이지도 않았지만 거치적거리는 나무를 베고 쓰러뜨리며 정신없이 질주했다.

그런데 선두에 서서 달리는 맹정우의 귀에 뭔가 쉬쉬쉭! 거리는 소리가 자꾸 들려왔다.

'무슨 소리야, 대체?'

쉭쉭 소리는 기이하게 귀를 자극했다. 유독 그 소리가 커졌을 때, 맹정우는 참지 못하고 소리가 난 쪽을 돌아보았다.

돌아본 그는 눈을 찢어져라 부릅뜰 수밖에 없었다.

괴물이 일행의 꽁무니까지 쫓아온 상태였다. 한데 괴물은 땅을 달려오고 있는 것이 아니었다. 빽빽이 들어찬 나무의 위쪽에서 달리고 있었다. 마치 나무를 타는 것처럼 보였는데, 자세히 보니 짙은 안개에 몸을 띄운 채 헤엄치듯이 움직이고 있었다.

'놈은 이 안개를 다룰 수 있구나!'

추적대를 내내 헤매도록 만든 안개, 숲을 기진으로 만들어 버렸던 이 안개를 다름 아닌 놈이 다루고 있었던 것이다.

놈이 안개를 유영하는 속도는 달리는 속도보다 훨씬 빨랐다. 어느새 일행의 제일 꽁무니에서 달리던 혜량의 머리 위까지 다다른 놈은 매가 토끼를 덮치듯 혜량을 향해 급강하했다.

"혜량! 피하시오!"

맹정우의 부르짖음과 머리 위의 나뭇가지가 우지직거리며 떨어지는 소리로 위험을 직감한 혜량은 본능적으로 몸을 날렸다.

간발의 차이로 그를 스친 괴물의 아가리가 그가 방금까지 있던 자리에 처박혔다.

"숲 밖으로 모두 뛰어! 놈은 안개를 자유자재로 다룬다!"

맹정우는 천신도를 상하좌우로 휘둘러 나무를 베어가며 전진했고, 모두 죽을힘을 다해 그의 뒤를 좇았다.

아가리가 절반이나 땅에 박혔던 괴물은 금방 머리를 땅에서 뽑아냈고, 다시 안개를 유영하며 좇아오기 시작했다.

맹정우가 필사적으로 칼을 휘두르며 전진한 덕에 일행은 괴물이 다시 따라잡기 전에 숲 밖으로 뛰쳐나올 수 있었다. 일행이 뛰쳐나온 지점은 호숫가였다. 뒤따라온 괴물이 서서히 안개에서 내려오는 것이 보였다.

다시 안개가 싸여 있는 숲으로 들어갈 수 없게 된 일행은 호숫가를 따라 냅다 도망치는 수밖에 없었다. 열심히 뛰어가는 그들 뒤쪽에서는 다시 쿵쿵거리는 소리가 들리기 시작했다.

호숫가를 따라 한참을 달리던 맹정우는 문득 느껴지는 요사한 기운에 옆을 곁눈질했다.

수정처럼 깨끗하던 호수의 표면 위로 서서히 안개가 형성되고 있었다.

'놈이 호수에 안개를 불러일으키고 있구나!'

만일 호수 위에까지 안개가 형성되어 놈이 그것을 타고 쫓아온다면 도저히 달아날 방법이 없었다.

"좀 더 빨리!"

맹정우는 일행을 독려하며 열심히 전진했다.

일행이 숲에서 나온 지점은 호수 뒤편으로 난 길에서 조금 벗어난 지점이었다. 하필 괴물이 안개에서 내린 지점이 일행이 나온 지점보다 길에서 가까운 쪽이었기에 일행은 길과 반대편으로 달려야 했다.

이제 일행이 괴물에게서 벗어나는 길은 다시 호수 뒷길로 들어서서 아까 나왔던 동굴로 돌아가는 것뿐이었다. 그런데 그 길과 정반대편으로 뛰기 시작했으니, 다시 그 길로 접어들려면 호수를 완전히 한 바퀴 뼁 도는 수밖에 없었다.

달리던 일행의 입에서 다시 단내가 날 무렵, 마침내 저 멀리 호수 뒷길이 보이기 시작했다. 그러나 서서히 형성되는 호수의 안개도 점차 짙어지고 있었다.

거의 길까지 다다랐을 무렵, 갑자기 뒤에서 들려오던 쿵쿵 소리가 딱 그쳤다.

'위험하다!'

맹정우는 직감적으로 위험을 느꼈다.

"조심해! 놈이 온다!"

그의 외침이 채 끝나기도 전에 호수 쪽에서 시커먼 것이 미끄러져 날아왔다. 괴물이 마침내 호수 위의 안개에 몸을 띄워 다가온 것이다.

괴물은 일행이 채 대비 자세를 취하기도 전에 덮쳐들었다.

괴물의 꼬리가 호선을 그리며 혜량과 덕호에게로 날아왔다.

혜량은 공중으로 몸을 띄워 간발의 차이로 공격을 피했지만 달리는데 이미 기운을 다 쏟은 덕호는 몸을 띄울 여력이 없었다. 그는 혜량과 반대로 몸을 뒤로 누이며 넘어졌다. 그러나 어느새 다가온 꼬리가 넘어지는 중인 그의 턱을 향해 날아들었고, 덕호는 두 팔을 들어 올려 그것을 막았다.

으직!

“윽!”

덕호는 외마디 비명을 지르며 오른팔을 감싸 쥔 채 뒹굴었다.

“타핫!”

금광이 호수의 수면 위로 번쩍였다. 혜공이 금강장을 괴물을 향해 날린 것이었다.

괴물은 날아오는 금강장에 가슴 부분을 정통으로 맞았다. 그러나 잠시 주춤했을 뿐, 몸을 바로 가누더니 아직 쓰러진 채 뒹굴고 있는 덕호를 향해 날아올랐다.

크게 벌려진 괴물의 아가리가 넘어져 있는 덕호를 막 덮치려는 순간, 측면에서 한 개의 그림자가 번개처럼 다가왔다. 덕호의 위기를 구하려 몸을 던진 맹정우였다.

일보장천과 단지보를 연달아 시전하여 괴물과의 거리를 순식간에 좁힌 맹정우는 막 괴물의 입이 덕호를 덮치려는 순간, 천신도를 놈의 기다란 목에 꽂아 넣었다.

푹!

쿠오오오오!

천신도는 괴물의 비늘로 감싸여진 목에 손잡이만 남긴 채 박혀들었고, 괴물은 고통에 몸부림치며 하늘 높이 목을 치켜 올렸다.

맹정우는 칼을 잡아 빼려 했지만 힘이 들어간 괴물의 목이 딱딱하게 굳어지자 천신도를 쉽게 빼낼 수 없었다. 괴물의 목이 요동치자 칼을 빼지 못한 맹정우도 그에 따라 요동을 쳐야 했다.

아직 목에 사람이 매달려 있다는 것을 느낀 괴물은 꼬리를 들어 목을 향해 휘둘렀다. 맹정우는 천신도를 간신히 반쯤 뽑은 상태였지만 기둥뿌리만한 두께의 꼬리가 무시무시한 속도로 날아오자 결국 칼을 포기하고 몸을 날려 피할 수밖에 없었다.

맹정우가 괴물을 상대하는 사이 세 무승은 덕호를 이끌고 뒷길로 접어들고 있었다.

꼬리를 피해 땅에 떨어진 맹정우는 경신법 제이식 승룡회운을 시전하여 발광하는 괴물의 옆을 절묘하게 돌며 빠져나왔다. 그리고는 일보장천을 시전, 신속하게 세 무승의 뒤를 좇았다.

상처를 입은 괴물은 미친 듯이 포효하며 쫓아왔으나, 결국 동굴로 다시 들어가는 일행을 잡지 못했다.

동굴로 다시 들어와 간신히 한숨 돌린 일행은 덕호의 상세부터 살폈다.

천만다행으로 오른팔 뼈가 부러졌을 뿐, 다른 상처는 없었다. 부러진 뼈를 맞추고 동굴을 뒤져 구한 나뭇가지로 부목을 대니 더 이상의 치료할 필요가 없었다.

문제는 괴물이었다. 일행이 동굴로 피해 들어오니 밖에서 오만 발광을 다 했다. 꼬리로 하도 동굴 입구를 쳐대는 바람에 동굴이 거의 함몰될 지경이었다.

한참을 그러다가 진정된 듯 더 이상 꼬리로 동굴을 치지는 않았지만 괴물은 동굴 앞을 떠나지 않았다. 목을 찔린 복수를 하겠다는 듯, 눈을 동굴 입구에 대고 한시도 자리를 뜨지 않고 있었다.

괴물이 입구를 떡하니 막고 있으니 일행은 안에서 꼼짝 않고 있을 도리밖에 없었다.

"무슨 방법이 없을까요?"

혜공의 질문에 맹정우는 고개를 흔들었다.

"스스로 물러나길 바라는 수밖에."

그러나 괴물은 밤이 꼬박 새도록 동굴 앞에서 한 치도 물러서지 않았다.

"무슨 방법이 없을까요?"

이번에는 혜승이 물었다. 맹정우는 한 가지 방법을 떠올렸다.

"어제 스님들이 금강경을 외우니까 안개가 물러나지 않았소? 혹시 염불을 크게 외우면 화를 진정시키고 물러나지 않을까?"

그 말에 세 무승은 난감한 표정을 지었다. 또 염불을 외우란 말인가?

"밑져야 본전인데 한번 해봅시다!"

맹정우가 대주이니 별수없이 그의 지시에 따라야만 했다.

세 무승은 조심스레 괴물이 있는 입구 근처까지 다가가서 금강경을 다시 외우기 시작했다.

"불응주색생심 불응주성향 미촉법생심 응무소주 이생기심……."

참으로 좋은 말씀이었지만 괴물은 진정하기는커녕 더욱 발광했다. 염불 소리가 듣기도 싫은 듯 앞발과 꼬리가 번갈아 들어오며 동굴 안에 독송하던 세 승려를 위협했다.

"이 방법은 아닌 것 같은데요?"

혜공이 괴물한테 쫓겨 안으로 도망 오며 말했다.

"혹시 세 분의 불심이 부족했던 것은 아니오?"

세 무승은 소태 씹은 표정이 되었다. 당연히 아니라고 하고 싶었지만 불심이 깊어도 안 된다는 것을 증명할 재주가 없으니 뭐라 반박할 수가 없었다. 그저 인상만 긁을 수밖에.

"그럼, 나가서 한 번 더 외워볼까요?"

맹정우는 손을 저었다.

"관둡시다. 동료들이 구해주길 기다려 보는 게 제일 낫겠소."

일행은 동료들을 기다리며 하루를 보냈다. 그러나 밖에서는 아무런 소식이 없었다.

괴물은 진종일 동굴 앞에 지키고 서 있었는데, 저녁 해가 질 무렵 잠깐 자리를 떴다.

일행은 호되게 당한 전례가 있기에 괴물이 없어졌어도 쉽게 동굴 밖으로 나설 생각을 하지 못했다.

과연 괴물은 채 일각이 못 되어 되돌아왔다. 입에 멧돼지 두 마리를 물고.

괴물은 멧돼지 한 마리를 맛있게 먹어치우면서도 동굴 안으로 눈길 주는 것을 잊지 않았다. 아예 동굴 앞에서 숙식을 해결하며 일행이 나오길 기다릴 모양이었다. 일행은 어떻게 대처할 방도가 없어 괴물이 먹는 모습을 물끄러미 바라만 보고 있었다.

다시 하루가 지났다.

괴물은 하루에 한 번 식사할 때만 자리를 비울 뿐, 한시도 동굴 앞에서 떠나지 않았다.

자리를 뜨는 때는 일정치 않았는데, 안개를 이동시켜 그 위를 미끄러져 갔다가 사냥감을 물고 금세 다시 돌아오곤 해서 일행이 달아날 틈을 주지 않았다.

일행은 배가 고팠다.

자갈도 씹어 먹을 젊은 청년들이 만 이틀 동안 쫄쫄 굶었으니 견디기 어려운 것은 당연했다. 혜공은 이것도 수행의 일부라며 두 사제를 독려하여 참선에 들어갔지만 맹정우와 덕호는 그런 방법도 모르니 그저 주린 배를 움켜쥐고 동굴 바닥을 뒹구는 수밖에 없었다.

또 하루가 지났다.

태어나서 지금껏 사흘 이상 굶어본 적이 없는 맹정우는 도저히 참을 수가 없었다.

어려서부터 가진 유산은 제법 있었기에 끼니를 거를 정도로 형편이 어려웠던 적은 없었다.

보따리 장사 하러 돌아다니면서 오지에서 노숙을 했었던 적도 많지만 산짐승을 사냥해서라도 끼니는 꼬박꼬박 때우던 그였다.

어떻게든 배를 채워야겠다고 생각한 그는 동굴을 이 잡듯이 탐색했다.

행여 박쥐라도 천장에 매달려 있지 않을까 살펴보았지만 박쥐는 고사하고 개미 새끼 한 마리 보이지 않았다.

그는 포기하지 않고 동굴을 샅샅이 살폈다. 그러던 중, 마침내 먹을 수 있는 가능성이 있는 것을 발견했다.

동굴 안쪽 가장 깊숙한 곳으로 들어가니, 전에 발견했던 밖으로 통하는 작은 구멍 근처의 햇빛이 잘 안 드는 곳에 이끼가 자라고 있는 것이 보였다.

'이걸 먹을 수 있을까?'

이끼를 한 움큼 뜯은 채로 고민하던 맹정우는 불현듯 옛날에 구병이한테 들었던 강호 야사 한 토막이 떠올랐다.

그놈의 이야기에서 아주 빈번하게 나오는 상황, 위기에 빠진 영웅이 절벽에서 떨어져서 동굴에 굴러 들어갔는데—대관절 절벽에서 떨어지면 왜 항상 동굴이 나오는지 맹정우는 이해할 수 없었지만—평상시와는 달리 전대 기인이나 영물의 내단은 없었고, 대신 금색의 이끼가 끼여 있었다고 한다. 주인공은 배가 고파 그걸 뜯어 먹었는데, 알고 보니 그것이 천고의 영약인 금장 어쩌고저쩌고란 이름의 이끼였다. 희대의 기연을 얻은 주인공은 그 이끼로 인해 다친 내상을 치료하는 것은 물론 공력 증진까지 덤으로 얻는다. 뭐 이런 내용이었다.

'공력 증진은 고사하고 먹을 수나 있으면 좋겠군.'

잠시 고민하던 맹정우는 결국 이끼를 입에 털어 넣었다.

우물우물 한참을 씹었다. 결코 좋은 맛은 아니었지만 생각보다는 먹을 만했다. 일반적인 이끼는 아닌 듯했다.

그때 누군가가 전속력으로 달려오는 소리가 들렸다. 돌아보니 덕호였다.

"대주님! 뭘 드시는 겁니까!"

쩝쩝거리는 소리가 그가 있는 곳까지 들렸었나 보다. 그렇다고 해도 놀랍도록 빠른 동작이었다.

맹정우가 일어서서 이쪽으로 걸어올 때만 해도 죽었는지 살았는지 모를 정도로 축 쳐져 있던 친구가 도저히 믿을 수 없을 정도의 민첩한 동작으로 달려온 것이다. 먹어야 한다는 간절한 욕구가 그의 육신에 한계 이상의 힘을 불어넣은 모양이었다.

덕호는 간절한 눈빛으로 맹정우에게 말했다.

"설마…… 저희 몰래 먹을 것을 숨겨두고 드시는 것은 아니겠지요?"

"이 친구도… 이 대주를 뭘로 보고 그런 말을 하는가?"

"그럼 지금 입에서 오물거리시는 것은 뭡니까?"

"이끼일세."

"이끼요?"

"그래, 자네도 좀 먹겠나?"

맹정우는 쥐고 있던 이끼를 내밀었다. 덕호는 미심쩍은 표정으로 그것을 받아 들었다.

"이거… 먹어도 되는 건가요?"

"글쎄. 먹어본 바로는 아직까지 별문제없어 보이는군. 맛도 그런대로 괜찮고."

맛도 괜찮다는 말에 덕호는 망설임없이 이끼를 입속에 털어 넣었다. 인상을 찌푸린 채 한참을 씹던 덕호는 눈을 크게 뜨며 말했다.

"오, 이거 생각보다 괜찮군요!"

"그렇지?"

그 순간, 그들의 뒤에서 갑자기 목소리가 들렸다.

"뭐가 괜찮다는 거지요?"

맹정우와 덕호가 깜짝 놀라 돌아보니 언제 왔는지 혜승과 혜랑이 서 있었다. 두 사람의 시선은 오물거리고 있는 맹정우와 덕호의 입에 콱 박혀 있었다.

"두 분! 아까부터 뭔가 드시는 소리가 나던데, 저희를 빼놓으시면 정말 섭섭합니다!"

맹정우는 실소를 흘렸다. 아까부터라고 해봐야 그가 이끼를 먹기 시작한 지 불과 일각도 되지 않았다. 참선으로 허기를 극복하겠다던 사람들치고는 지나치게 동작이 빠른 것 아닌가?

"참선에 집중하셔야 할 분들이 어찌 오물거리는 소리 하나에 이리도 다급히 달려오신 겝니까?"

혜승과 혜량은 머쓱한 표정을 지었다. 그러나 지금은 체면보다는 허기를 면하는 게 더 중요했다.

둘은 다소곳이 두 손을 내밀었고, 그 손에는 이끼 한 움큼씩이 쥐어졌다.

한편, 네 명과 동떨어진 곳에서 여전히 참선에 매진하던 혜공은 안쪽에서 들려오는 쩝쩝거리는 소리 때문에 인내심의 한계에 다다르고 있었다.

그는 계속 눈을 감고 있었지만 사제 두 놈이 슬슬 자신의 눈치를 보며 일어나 안쪽으로 들어가는 낌새는 진작에 알아챘었다. 그러나 명색이 소림의 대제자가 참선 중에 먹는 소리 들렸다고 엉덩이 가볍게 달려갈 수는 없는 법, 그는 다른 사람들이 갖다 주기 전까지 결코 자신이 가서 달라하지는 않으리라 결심했다.

그러나 사제들이 자리를 뜬 지도 꽤 시간이 흘렀건만, 도대체 자신을 부르는 소리는 들리지 않았다.

'혹시 자기들끼리만 다 먹은 걸까?'

아직 오물거리는 소리가 안에서 들리는 것으로 보아 그런 것 같지는 않았다.

'지금이라도 일어날까?'

뱃속에서는 꼬르륵 소리가 천둥처럼 울리고 있었다. 수련의 일환으로 금식을 안 해본 바는 아니나 지금처럼 배고픈 적은 없었다. 하루 종일 괴물에게 쫓겨 심신이 다 지친 상태에서부터 시작된 사흘간의 금식이 산사에서 마음 편히 하는 금식과 같을 수는 없었다.

훨씬 더 배고팠고 힘들었다.

마침내 인내심은 한계에 다다랐고, 혜공은 벌떡 일어섰다.

이 정도면 버틸 만큼 버텼다. 최소한 출랑대는 사제들보다는 위엄은 지킨 것이다.

스스로를 위안하며 곧장 안으로 달려가 오물거림에 동참하려는 찰나, 안쪽에서 웨엑! 하고 토하는 소리가 들렸다.

'무슨 일이지?

한번 토하는 소리가 나자 다른 목소리의 웨엑! 소리가 연달아 들려왔다.

그는 달려가려던 몸을 멈추고는, 짐짓 여유있는 발걸음으로 천천히 안쪽으로 다가갔다.

"무슨 일입니까? 몹시 소란스러운데."

안쪽에는 가관도 아닌 광경이 펼쳐지고 있었다. 네 명 모두 바닥에 엎드려 눈물 콧물 흘려대며 토를 하고 있었는데, 사흘간 먹지도 못했는데 어디서 저런 게 나오는 걸까 할 정도로 다량의 내용물을 쏟아내고 있었다.

그로부터도 한참을 더 토해낸 네 명은 모두 바닥에 뻗어버렸다.

맛은 그런대로 괜찮던 이끼는 뱃속에 들어가자 소화되는 것을 거부했다. 처음 먹은 맹정우부터 속이 요동을 치기 시작했고, 네 명은 차례차례 뱃가죽이 뒤집히는 현상을 체험하며 먹었던 것 이상을 쏟아내야 했다.

혜공은 의미심장한 미소를 띤 채 자빠져 있는 두 사제에게로 다가갔다.

"둘 다 일어서라."

혜승과 혜량은 죽는소리를 내었다.

"아이고, 대사형. 지금은 손가락 하나 까딱할 힘도 없습니다. 조금
만 쉬고 싶습니다."

"네놈들이 이 지경이 된 것은 참선에 매진하여 허기를 극복하라는
대사형의 명보다 배를 채우려는 본능에 충실했기 때문이다. 불심이 깊
지 못하여 벌을 받은 것이니, 지금은 쉴 때가 아니라 보다 열심히 수련
에 매진할 때이다. 당장 일어섯!"

추상같은 호통에 둘은 결국 말을 듣지 않는 몸을 간신히 일으켰고,
대사형의 위엄에 눌려 찍소리도 못하고 다시 참선 자세로 들어갔다.

"소림이 무림의 태산북두라 하는 이유가 있었군요, 저렇게 기강이
엄격하다니."

덕호는 누운 채로 그 광경을 보며 혀를 내둘렀다.

"기강이 엄격하다기보다는 다분히 개인 감정이 섞여 있는 듯한데?"

사제들에게 호령하는 혜공의 표정이 매우 환해진 것을 보며 맹정우
가 하는 말이었다.

호령할 사형이 없는 맹정우와 덕호는 날이 저물고 밤이 될 무렵까지
그 자세 그대로 누워 있었다.

가뜩이나 배고픈데 그나마 있던 것까지 밖으로 토해냈으니 머리털
하나 움직일 힘도 없었다.

밖이 깜깜해졌을 때, 덕호가 다 죽어가는 목소리로 말했다.

"대주님, 정말 배가 고파 죽겠습니다. 배고파 죽겠다는 말을 그간 무
의식적으로 써왔지만 이제야 그 말의 진정한 뜻이 무엇인지 알겠습니
다. 저승사자가 눈앞에서 이리 오라고 손짓하는 것 같습니다."

덕호의 말에 맹정우는 힘없이 고개를 끄덕였다.

"나도 그러네."

"무슨 방도가 없을까요?"

"나중에 나가서 먹을 맛있는 음식이라도 상상해 보지 그래."

"그럼 더 배가 고프지 않습니까."

"그래도 생각할 때만큼은 행복하지 않나."

"차라리 스님들 따라 참선이나 하겠습니다."

"맘대로 하게. 난 좌선할 기운도 없네."

맹정우는 그렇게 말하고 돌아누워 버렸다. 덕호도 말은 그리했지만 중들 사이에 끼고 싶지는 않은지 그저 가만히 누워 있었다.

그때 밖에 있던 괴물이 움직이는 소리가 들렸다. 하루에 한 번 있는 식사 시간인 모양이었다.

괴물의 식사 시간은 일정치는 않았지만 늘 밤에 움직였다. 야행성인 듯했다.

괴물이 자리를 뜬 순간, 동굴 바닥에 비스듬히 돌아누운 채로 입구 쪽을 바라보던 맹정우의 두 눈이 번득였다. 괴물이 떠난 자리에 나뒹굴고 있는 멧돼지와 사슴의 뼈다귀가 눈에 띄었던 것이다.

괴물은 덩치가 크기 때문에 입도 아주 컸다. 그래서 커다란 멧돼지도 단 두 입에 해치우곤 했는데, 주제에 뼈는 골라 뱉어내곤 했다. 그런데 뼈를 뱉어낸 것을 보니 뼈다귀에 살점이 덕지덕지 붙어 있었다. 괴물의 입과 이빨이 원체 크기에 샅샅이 살을 발라내지 못하고 뼈에 붙인 채로 내뱉은 것이다.

'바로 저거다!'

괴물의 입에 들어갔다 나온 꺼림칙함을 따질 계제가 아니었다.

맹정우는 득달같이 달려나가 널린 뼈다귀들을 샅샅이 긁어왔다.

괴물이 아직 나타날 기미가 안 보이자 주변에 떨어져 있는 나뭇가지까지 주워서 동굴로 가지고 들어왔다.

죽은 듯이 누워 있던 덕호는 뭔가 매캐한 냄새가 코를 자극하는 것을 느꼈다. 워낙 기운이 없어 만사가 귀찮은 그는 누가 모닥불을 피웠구나 하고 생각하며 계속 눈을 감고 있었다. 그러나 냄새는 그의 코를 계속 자극했다.

덕호는 갑자기 입에 침이 고이는 것을 느꼈다.

'왜 입에 침이 고이지? 가만…… 이 냄새는!!'

덕호는 엉덩이에 불침이라도 맞은 듯 누운 자리에서 벌떡 튀어 올랐다.

코를 자극하던 매캐한 냄새는 다른 종류의 냄새로 바뀌어 있었다. 꿈에 그리던 고기 굽는 냄새로!

눈을 들어보니 맹정우가 바람이 잘 통하는 한쪽 구석에서 모닥불을 피워 올리는 것이 보였다. 모닥불 위에는 뼈처럼 보이는 것이 여러 개 올려져 있었는데, 냄새는 거기서 날아오고 있었다.

덕호는 날듯이 그곳으로 달려갔다.

"이, 이게 어디서 난 고기입니까?"

맹정우는 입구 밖을 가리켰다.

"밖에서 주워 왔네."

"예?"

밖을 두리번거리던 덕호는 그제야 뼈다귀들의 정체를 알아챘다.

"괴, 괴물이 먹다 뱉은 걸 드시게요?"

"무슨 상관인가. 바싹 익혀 먹으면 아무 일 없을 걸세. 찜찜하면 안 줄 터이니 걱정하지 말게나."

맹정우는 대꾸하면서 갈빗대 하나를 불에서 끄집어냈다. 길쭉한 갈 빗대에 더덕더덕 붙은 살코기는 노르스름하게 아주 잘 익어 있었다.

"이럴 때를 대비하여 난 늘 소금을 가지고 다니지."

맹정우는 어느 결에 준비했는지 소금을 꺼내더니 살코기 위에 솔솔 뿌렸다. 그리고는 덥석 한입 베어 물었다.

"음! 맛이 기가 막히군!"

맹정우는 탄성을 지르며 열심히 뼈다귀를 뜯었다. 순식간에 갈빗대 하나가 처리되었다.

맹정우가 두 번째 갈빗대를 잡을 즈음, 그의 팔을 꽉 잡는 손이 있었 다.

덕호였다.

그는 전에 없이 간절한 얼굴로 외쳤다.

"대주! 저도 먹고 싶습니다!"

맹정우는 씩 웃으며 갈빗대를 넘겼다.

"그렇게 사정하지 않아도 주려 했었네. 식기 전에 어서 드시게."

덕호는 반쯤 정신을 잃은 채 허겁지겁 고기를 뜯었다. 소금을 제대 로 뿌렸는지 안 뿌렸는지, 고기가 입으로 들어가는지 코로 들어가는지 도 알 수 없었다. 그의 발 앞에는 삽시간에 갈빗대가 수북이 쌓여갔다.

덕호는 반쯤 정신을 잃은 상태였지만 거의 정신을 잃기 직전인 사람 들도 있었다.

바로 혜승과 혜량이었다.

둘은 벌써 한참 전부터 모닥불 근처에 와 있었다.

이끼 쩝쩝거리는 소리에도 참선이고 뭐고 내팽개치고 달려왔던 그들이었다. 고기 굽는 냄새에 뱃속의 회가 동하지 않을 리 없었다.

그러나 불행히도 그들의 신분은 승려, 생명을 중시하라는 석가세존의 가르침에 따르자면 지금 저 두 중생이 벌이고 있는 행복한 행위에 동참하는 길은 포기해야 하는 것이다.

둘은 그저 안타까운 눈길로 모닥불 앞의 두 중생을 바라보고 있을 뿐이었다.

"좀 드시려오?"

맹정우가 그들이 뒤에 숨어서 지켜보고 있는 것을 모를 리 없었다.

그는 갈빗대 하나를 번쩍 들고 두 승려 쪽을 돌아보며 먹기를 권유했다.

둘은 펄쩍 뛰었다.

"무슨 말씀을! 대주께서는 저희를 어떻게 보고 고기를 먹으란 말씀을 하시는지요!"

"그런데 왜 뒤에서 우리가 먹는 것을 눈 빠져라 처다보며 침을 꼴딱꼴딱 삼키시는 게요?"

"저희가 언제 그랬습니까? 그저 두 분이 행복하게 드시는 게 보기 좋아서 지켜보고 있을 따름이었지요."

"그래요? 그럼 실컷 지켜보시구려."

맹정우는 다시 뒤돌아서 치켜들었던 갈비를 열심히 뜯기 시작했다.

혜승, 혜랑은 속으로 장탄식을 했다.

'한 번만, 한 번만 더 권유하지.'

'대사형만 없었어도…… 이런 때 계율 한 번 어기는 것은 석가세존께서도 봐주실 터인데…….'

둘은 깐깐한 대사형을 원망하기 시작했다.

맹정우와 덕호는 얄밉도록 맛있게 먹고 있었다. 그 모습을 계속 보고 있자니 서럽기도 하고 부럽기도 했다. 너무 먹고 싶은 마음에 눈에서 눈물이 찔끔찔끔 날 무렵, 둘의 어깨에 턱 걸쳐지는 손이 있었다.

돌아보니 그들이 그토록 원망했던 대사형이었다.

"그만 가자꾸나."

한바탕 호통이 내려질 줄 알았건만 혜공의 목소리는 전에 없이 따뜻했다. 그의 눈에서도 혜승, 혜량과 같이 눈물이 고여 있었다. 이제 보니 그도 역시 그들의 뒤에서 모닥불의 광경을 계속 지켜보고 있었던 모양이다.

세 사형제는 전에 없이 커다란 유대감을 느끼며 서로를 부둥켜안았다.

"대사형!"

"크흑!"

"그래, 그래……."

두 사제는 우람한 혜공의 어깨에 고개를 파묻었고, 혜공은 그들의 어깨를 따뜻이 다독였다. 셋 다 지금처럼 중의 신분이 슬픈 적은 없었다.

"그저 모든 것은 공(空)일 뿐이니……."

혜공이 아련한 음성으로 중얼거렸다. 세 무승은 대오각성이라도 할 듯한 분위기를 연출하며 동굴 안쪽으로 깊숙이 들어갔다. 셋은 옷을 찢어 콧구멍을 틀어막았다. 그리고는 다시 깊은 참선에 들어갔다.

다시 하루가 지나갔다. 괴물은 여전히 동굴 입구에서 떠날 줄을 몰랐고, 그들을 구원해 줄 동료들은 여전히 감감 무소식이었다.

또 하루가 지나갈 무렵 혜승, 혜량은 참선하던 자리에서 벌떡 일어났다.

둘은 비감함 가득한 표정으로 혜공에게 말했다.

"대사형!"

"이제 한계입니다."

"기껏해야 오 일 굶었을 뿐이다."

"단순히 굶는 거라면 저희도 이러지는 않을 것입니다."

"……."

혜공은 아무 대꾸도 하지 않았다. 그 역시 한계를 절감하고 있었다.

셋은 뚜벅뚜벅 걸어 입구 쪽으로 나왔다.

입구 쪽에서는 맹정우와 덕호가 고기 잔치를 벌이고 있었다.

둘은 지난 이틀간 하루 다섯 끼씩 먹고 있었다. 괴물은 먹성이 좋아서 하루에 멧돼지, 사슴 두 마리 정도의 뼈를 꼬박꼬박 동굴 근처에 뱉어놓았고, 둘은 괴물이 먹이를 구하러 나가는 틈을 이용해 뼈다귀와 땔감을 닥닥 긁어 모아와 포식을 하곤 했다.

맹정우와 덕호가 하루 다섯 번 행복해하는 동안, 동굴 안쪽의 세 명은 하루에 다섯 번 심마(心魔)와 처절한 사투를 벌여야 했다.

별로 크지도 않은 동굴 안에서 고기를 구워대는데, 제아무리 헝겊으로 코를 틀어막아 봐야 그 냄새를 맡지 않을 수 없었다. 고기 굽는 냄새가 진동할 때마다 참선으로 인해 맑아지던 영혼은 여지없이 식탐의 유혹에 더럽혀져 갔다.

혜량은 고기 열 점만 먹고 소림사에 가서 면벽 열 달 수행으로 회개하자는 말을 꺼냈다가 혜공에게 열 대쯤 얻어터졌고, 혜승은 모두 잠든 사이 불 꺼진 모닥불 근처로 기어가 맹정우가 뜯다 버린 갈비를 주워 들다가 혜공에게 걸려 갈빗대로 얻어맞기까지 했다.

혜공 역시 사제들이 빠져들었던 유혹에 거의 넘어갈 뻔했던 적이 여러 차례였다. 그때마다 불심에다 사명감까지 동원하여 견뎌내었지만 이제는 그도 한계였다. 한 번만 더 고기 냄새가 코를 자극하면 그가 먼저 모닥불로 달려들 것 같았다.

"무슨 일입니까? 그런 비장한 얼굴들로?"

세 승려가 잔뜩 굳은 얼굴로 뚜벅뚜벅 걸어나오자 갈비를 뜯던 맹정우가 의아한 표정으로 돌아보았다.

혜공이 무거운 목소리로 입을 열었다.

"대주, 대체 어쩌실 작정인지요?"

"뭘 어째요?"

"벌써 오 일의 시간이 흘렀습니다. 밖의 동료들이 아직도 들어오지 못하는 것을 보면 무슨 일이 생긴 게 아닌가 걱정됩니다. 우리라도 저 놈을 잡고 여길 빠져나갈 시도를 해야 하지 않을까요?"

"원참, 혜공 스님도. 저 괴물을 우리끼리 잡자고요? 세 분 움직일 기운이나 있으십니까?"

"그런 걱정은 안 하셔도 됩니다. 저희 소림의 승려들은 무공을 발휘함에 있어 몸의 상태에 구애받지 않습니다."

혜공은 자신만만하게 말했다. 실제로 세 명은 당장에라도 이곳을 뛰쳐나가 괴물과 싸울 만반의 준비가 되어 있었다. 다만 그것이 그의 말처럼 소림 승려의 기본적인 자세라기보다는 그저 고기 냄새에서 탈출하고픈 간절한 욕망에서 비롯된 각오라는 것이 문제였지만.

"그래요? 이것참……."

맹정우는 머리를 긁적였다. 말은 어림없다고 했지만 사실 그도 괴물과 싸워야 하나를 고민하던 차였다.

마음 같아서야 밖의 동료들이 구원의 손길을 뻗칠 때까지 이 안에서 괴물을 회피하고 싶었지만 문제는 시간이었다.

혜공의 말처럼 벌써 이곳에 온 지도 오 일, 당가타에서 이 탕평촌까지 오 일이 걸렸으니 떠난 지 정확히 열흘이 지난 상태였다. 만일 오 일 안에 괴물을 처리하고 돈을 받아가지 못하면 은소예를 치료하는 데 쓰일 내단을 구하지 못하는 사태가 벌어질 수도 있었다.

은소예는 한 달 안에 치료를 받아야 하는데, 당가타에서 그 배금의라는 의원 집까지 빨리 갔다 와도 왕복 열흘이 걸린다 했으니 맹정우들은 총 이십 일 안에 탕평촌의 일을 마무리하고 복귀해야 한다. 그러니 이렇게 마냥 시간을 죽일 수도 없는 노릇인 것이다.

잠시 고민하던 맹정우는 마음을 굳혔다.

그와 덕호는 이틀에 걸친 포식으로 충분히 싸울 수 있는 상태가 되어 있었고, 쫄쫄 굶은 세 무승은 저리도 각오를 다지고 있으니 걱정할 필요는 없을 듯했다. 괴물이 두렵긴 했지만 은소예를 생각해서라도 나서야 할 순간이었다.

"좋습니다! 한번 싸워봅시다!"

다섯 명은 머리를 맞대고 숙의에 들어갔다.

지난 오 일간 관찰한 결과, 괴물은 강력한 힘을 가진 것은 물론이고, 머리도 좋았다. 일행은 동굴 깊숙이 들어가 죽은 척도 해보고 연기를 입구 밖으로 피우는 등 별 짓을 다해보았지만 놈은 꿈쩍도 하지 않은 채 일행이 나오기만을 기다리고 있었다.

한 가지 눈에 띄는 점은 놈이 야행성이라는 것이었다. 하루에 한 번

하는 식사는 꼭 밤에 했고, 낮에는 햇빛이 싫은 듯 안개를 동굴 주위에 피워 올려 몸을 감싸고 동굴 입구에 머리를 댄 채 누워 있었다. 일행이 다가갈라 치면 눈을 번쩍 뜨고 노려보다가 앞발을 집어넣곤 했지만, 일행이 물러나면 곧 다시 눈을 감고 밤까지 계속 누워 있었다.

"이왕 싸우려면 낮에 싸우는 게 좋겠습니다. 놈이 야행성이고 낮에는 영 기운이 없어 보이니, 안개를 쉽게 생성시키는 밤보다는 낮에 공격을 해야 합니다."

혜공의 말에 모두 고개를 끄덕였다.

"문제는 놈의 강철 같은 피부를 뚫을 무기가 없다는 것인데……."

맹정우는 말꼬리를 흐렸다. 일행은 다른 동료들이 챙겨준 비수 등을 몇 개 가지고 있었다. 그것을 자고 있는 괴물에게 시험 삼아 던져 보곤 했는데, 공력을 잔뜩 주입하여 빠르게 날려도 피부에 흠집 하나 내지 못한 채 땅으로 떨어지곤 했다.

혜공이 장력을 날리려 다가갈라 치면 낌새를 알아채고 앞발을 들이미니 다른 공격을 할 방도도 없었다.

피부를 뚫을 수 있는 유일한 무기가 하나 있긴 했다. 바로 맹정우의 천신도인데, 문제는 천신도는 현재 괴물의 목에 박혀 있다는 것이었다.

오 일 전 맹정우가 덕호를 구할 적에 박아놨던 그 상태 그대로 아직까지 박혀 있었다.

잡아 빼서 쓰고 싶어도 괴물의 목까지 다가갈 수가 없으니 그림의 떡이었다.

다섯 명은 한참을 끙끙거렸지만 별다른 수가 나질 않았다. 괴물을 공격하겠다고 마음을 먹었지만 막상 놈을 상대로 공격을 펼칠 방법을 찾을 수 없으니 사고가 진척이 되질 않았다.

“놈의 약점은 어디에 있을까요?”

혜승의 질문에 모두 답을 고민했다.

“신체적 특징으로 볼 때 목이 지나치게 길어. 몸체에 비하면 비교적 두께가 얇은 편이고. 그 위의 머리는 또 큰 편이지. 그러니 목과 머리가 만나는 부분의 관절이 가장 충격에 민감할 것 같은데…….”

혜공의 분석이 가장 그럴듯해 보였다.

“게다가 천신도가 박혀 있는 상태이니 충격을 주기가 더욱 용이하겠지.”

맹정우는 결론을 내렸다.

“그럼 목을 집중적으로 공략하기로 합시다!”

그러나 목을 공격하기까지의 과정이 문제였다.

괴물은 낮에는 항상 입구에 머리를 바싹 댄 채 누워 있었다. 머리 뒤의 목은 보이지 않았다.

목을 공격하려면 괴물이 입구에서 물러나게 한 후 동굴을 뛰쳐나가 공격하는 수뿐이었다.

보통 일행이 입구 쪽으로 다가가면 괴물은 머리를 쳐들었다. 그러나 곧바로 머리 대신 앞발이 입구 안으로 쑤셔 들어오기 때문에 더 이상 다가갈 수가 없었다.

괴물이 머리를 쳐들고 앞발을 들이밀기 전에 동굴 밖으로 빠져나가야 하는데, 괴물의 빠른 반응 속도를 감안하면 도저히 불가능한 일이었다.

“괴물이 자리를 떴을 때 동굴 밖에서 놈을 기다리면 어떨까요?”

혜량의 제안에 맹정우와 혜공은 고개를 저었다. 그때가 가장 위험한 때였다. 괴물은 보통 안개를 일으켜 타고 나갔다가 다시 돌아오곤 했으니 안개를 타고 돌아오다가 일행을 발견하면 위에서 내리찍는 공격을 할 것이다. 그렇게 되면 괴물에게 공간적 이점이 있으니 싸워도 승산이 없었다.

"게다가 자리를 뜨는 시각이 밤이니 더욱 위험하오. 밤에는 안개가 잔뜩 끼여 있으니 놈이 활개를 칠 거요. 무조건 낮에 공격해야 하오."

일행은 한참을 끙끙거렸지만 도무지 해결책이 나오질 않았다.

그러던 중 맹정우는 무심코 바닥으로 시선을 떨궜다.

바닥에는 어슴푸레 달빛이 스며들고 있었다.

고개를 들어보니 저 멀리 입구 반대편 구멍 밖으로 휘영청 떠오른 달이 보였다. 반대편 구멍은 무척 작았지만 막 서쪽에서 떠오른 달이 절묘하게 동굴 뒤편의 오르막 각도에 맞춰 떠 있는 상태여서 맹정우에게까지 달빛이 비친 것이었다.

신기해하던 맹정우는 불현듯 떠오른 생각에 눈을 깜박였다.

'가만! 만약에……!'

머리 속에서 순차적으로 상황을 설정하던 그는 마침내 손바닥을 탁 쳤다.

"그래! 바로 그거야!"

일행의 시선이 그에게로 몰렸다.

"무슨 좋은 생각이라도 나셨습니까?"

"놈을 놀라게 할 방법을 찾아냈소! 놈이 깜짝 놀라면 벌떡 일어나긴 하겠지만 앞발을 들이밀 생각을 못할 거야! 그 틈에 한꺼번에 달려나가 놈의 목을 공격하는 거다!"

"놈을 어떻게 놀라게 합니까?"

"잘 들어보시오."

맹정우는 자신의 계획을 상세히 설명했다.

계획을 듣고 있던 나머지 일행은 한 대목에 이르러 고개를 갸웃거렸다.

"그러면 그것을 놈에게까지 이끌어가야 하는데…… 여기에는 그럴 도구가 없지 않습니까?"

맹정우는 잠시 머뭇거리다가 입을 열었다.

"사실 방도는 있소. 다만… 한 분의 협조가 필요하오."

"그게 누굽니까?"

잠시 후, 동굴 안은 혜공의 고함으로 들썩였다.

"못합니다! 빈승은 차라리 괴물에게 물려 죽었으면 죽었지 절대로 못합니다!"

"혜공 스님, 딱 한 번만 해봅시다. 나중에 절대 소문 내지 않겠소."

맹정우가 간절히 말했지만 혜공은 코웃음을 쳤다.

"그 말씀을 저보고 믿으란 말입니까? 빈승이 자리를 뜰 때 틈만 나면 사제들하고 작당하여 빈승의 흉을 보시지 않았습니까?"

그 말에 맹정우는 입을 다물었다. 속이 꽁한 사람이 화났을 때는 뭐라 해봐야 소용없는 것을 잘 알기에.

대신 그의 사제들이 나섰다.

"사형! 저희를 한번 살리는 셈치고 부탁 한번 들어주십시오!"

"일없다, 이 나쁜 놈들! 네놈들이 더 나빠! 아무리 싹싹 빌어도 절대 응하지 않을 것이다! 여기서 굶어 죽던가, 아니면 참선으로 대오각성하여 성불을 하던가, 둘 중에 하나를 택일할 생각이나 하거라!"

두 사제가 잘못했다며 싹싹 빌었지만 혜공은 돌아앉은 채 꿈쩍도 하지 않았다.

보다 못한 맹정우가 다시 나섰다.

"혜공 스님, 신체적 약점을 가지고 몰래 놀린 것, 진심으로 사과하오. 스님이 화내는 심정 충분히 이해하오만, 지금은 개인적인 감정은 잠시 거두어주길 부탁합니다. 이 일에는 우리 목숨만 걸린 것이 아니지 않소? 지금 당가타에는 우리가 내단을 구해오기만을 간절히 기다리는 환자가 있고, 또 밖에는 무슨 위험에 빠져 있을지 모를 동료들이 있소이다. 그들을 생각해서라도 잠시 개인 감정을 추슬러 주시는 게 어떻겠소?"

혜공은 누가 뭐라 해도 생명을 중시하는 승려였다. 제아무리 화가 났다 해도 다른 사람의 생명이 걸려 있다는데 그것을 무시할 수는 없었다.

맹정우가 하라고 하는 일은 정말 죽기보다 싫은 일이었지만 혜공은 결국 울며 겨자 먹기로 마음을 돌렸다. 사람의 생명을 살리기 위해.

"대신 모두 약속하십시오. 절대, 절대! 이 사건을 동굴 밖에 나가서 입도 뻥긋 하지 않겠다고!"

"내 죽은 아버지의 무덤에 걸고 맹세하겠소!"

맹정우의 굳은 다짐이 있었고, 다른 일행들에게도 절대 발설하지 않겠다는 약속을 받아내고서야 혜공은 맹정우가 요청한 일을 수락했다.

혜공의 허락이 떨어진 후 습격 시간과 계획이 완성되었고, 일행은 전투 태세에 들어갔다.

"습격 시간은 해가 저 구멍에 걸리는 늦은 오후, 그때까지 모두 한판 벌일 준비를 단단히 해주시기 바랍니다."

회의가 끝난 시각은 삼경을 지난 지 얼마 안 된, 아직 날이 밝지 않은 오밤중이었다. 다음날 오후까지는 많은 시간이 남아 있었다.

혜공과 두 사제는 참선에 들어갔다. 심법으로 몸을 청정히 하고 단전의 기운을 돋우며 내일의 전투를 대비하기 시작했다.

덕호 역시 사문의 심법으로 내공을 다스리고 있었다.

홀로 남은 맹정우는 다른 사람들 방해되지 않게 눈에 띄지 않는 구석에 가 앉았다. 잠을 청해보았지만 내일 괴물과 싸울 생각에 긴장이 돼서 그런지 잠도 오지 않았다.

남들처럼 참선에 들어갈까도 생각해 보았지만 그는 이미 낮에 심법 수련을 한 상태였다. 또 하기도 귀찮았다.

뭘 할까 고민하며 바닥을 뒹굴던 그는 베개 삼아 베고 있던 자신의 봇짐을 만지작거렸다. 천신도를 빼내지 못할 경우를 대비해 혹시 남는 비수라도 있나 뒤져 본 것이다.

애석하게도 무기로 쓸 만한 것은 나오지 않았다. 봇짐에 있는 딱딱한 것이라고는 잃어버린 팔성검의 칼집뿐이었다.

꺼낸 칼집을 무심히 만지작거리던 맹정우는 표면에 아직 박혀 있는 두 보석을 보고는 불현듯 빼내볼까 하는 생각이 들었다.

혈패왕이 써놨던 얘기로는 내공심법이 구성에 이르지 못하면 빼내지 못한다고 했었는데, 자신의 내공심법이 아직 구성에 다다른 것 같지는 않았다.

그러나 맹정우는 워낙 심심했기에 혹시나 하는 마음으로 일곱 번째 보석을 한 번 돌려보았다.

당연히 꿈쩍도 하지 않았다.

몇 번 힘을 주다 보니 문득 오기가 생겼다. 그래서 단전의 기운을 잔뜩 모아 보석을 잡은 손에 집중시켰다.

쑥!

“어?”

맹정우는 신음을 토했다. 놀랍게도 기운을 집중시키자 일곱 번째 보석이 쑥 빠져나오고 만 것이다.

제12장

영웅은 과거에 신경 쓰기보다는 현실의 장애물을 넘어선다

‘설마 내가 구성의 경지에 올랐나?

맹정우는 놀란 가슴을 진정시키며 여덟 번째 보석을 잡아갔다. 그런데 어떻게 된 일인지 제아무리 내공을 집중시켜도 여덟 번째 보석은 꿈쩍도 하지 않았다. 다른 세 쌍과는 달리 일고여덟 번째 보석은 같은 수준에서 뺄 수 있는 게 아닌 듯했다.

“어쨌거나 또 하나가 어디야.”

맹정우는 기대에 부푼 채로 화섭자를 키고 빼낸 일곱 번째 보석을 동굴 벽에 비추었다.

첫 번째 면에는 뜻밖에도 혈패왕의 몇 마디 당부가 써 있었다.

연자여! 내공 수위가 칠성에 다다랐음을 축하한다. 이 수준에 이르기까지 그대의 많은 고련이 있었을 것을 알기에 찬사를 보낸다.

원래 본좌의 모든 무학을 집대성해서 만든 이 검법은 그대가 익힌 내공심법을 구성 이상 달성해야 완벽하게 구사할 수 있다. 그러나 삼 초의 검식 중 첫 번째는 칠성의 수위로도 능히 구사할 수가 있는 것인지라 그대가 그 정도의 수위에 다다랐을 때 일곱 번째 보석을 빼서 익힐 수 있도록 장치를 해놓았다. 그대가 이 첫 번째 검식만 제대로 구사할 수 있어도 천하에 그대의 검을 받아낼 자가 열이 채 되지 않을 것이다. 후 이식은 그 몇 배의 위력을 낼 수도 있지만 그것을 익힐 수 있는 경지에 이르기까지는 또다시 많은 시간과 고비가 그대를 기다리고 있을 것이다. 아무쪼록 정진하여 본좌의 모든 무공을 익히고 또 그것을 세상의 의를 위해 써주길 바란다.

검광만암천(劍光滿暗天).

어두운 밤하늘을 가득 채우는 검광!

보석에 유일하게 새겨져 있는 단 하나의 초식이었다.

맹정우는 구결과 초식의 동작, 내공의 운용법 등을 꼼꼼히 살폈다.

맹정우가 늘 느끼는 것이었지만 혈패왕이 남겨준 금나수, 경신법, 내공심법은 모두 그가 익히기에 굉장히 쉬웠다. 복잡한 구결 같은 것도 한 세 번쯤 읽으면 또렷이 기억이 되었다. 평상시 암기력이 나쁜 편은 아니었지만 이 정도로 재빨리 외울 수 있던 적은 없었다. 마치 예전부터 쭉 익혀온 것을 이어서 배우는 듯한, 늘 그런 느낌이 들었다.

이번 검초도 예외는 아니어서 구결과 심결은 금방 체득할 수 있었다.

그러나 검의 기초가 안 돼 있어서 그런지 몰라도, 초식은 제대로 흉내 낼 수가 없었다. 별로 어려운 동작 같지 않은데도 구결과 함께 운용할라 치면 금세 동작이 꼬여 버렸다.

그럼에도 불구하고 그는 팔성검의 검집을 검 삼아서 열심히 휘두르고 찌르며 연습했다. 그러는 사이 날이 환하게 밝아왔다.

"휴우! 정말 어렵구나! 검집으로 운용하려니 더 어렵나?"

맹정우는 힘겨운 표정으로 중얼거렸다.

밤새 연습한 것은 이 검식을 오늘의 싸움에서 한 번 발휘해 보려 했기 때문이었다. 그러나 밤을 꼬박 새며 연습했음에도 불구하고 초식의 운용이 도무지 발전이 없었다. 아무리 그라도 하룻밤 만에 이 검식을 익히는 것은 어려울 듯싶었다.

맹정우는 결국 검식을 익히는 것을 포기했다. 무엇보다도 잠을 자지 않았더니 졸려서 더 이상 움직일 수가 없었다.

오후까지는 아직 시간이 많이 남아 있으니 잠이나 자두는 게 좋겠다는 생각이 들었다.

"에라, 자자! 몸이 가뿐해야 제대로 싸우지."

맹정우는 결국 검집을 집어 던지고 잠을 청했다.

밤새 움직인지라 아주 피곤했던 그는 금세 잠이 들었다.

칠성에 다다랐음이 입증된 그의 내공심법은 그가 잠이 든 사이에도 호흡과 함께 자연스럽게 운용되는 수준에 이르러 있었다.

깊은 잠에 빠진 지금도 마찬가지였는데, 그는 잠을 자면서 무의식적으로 밤새 익힌 검식의 심결을 따라 했다.

혈패왕이 남긴 금나수, 경신법, 내공심법, 검법 등의 모든 무공은 그가 말년에 깨우친 심오한 무리(武理)를 바탕으로 일관성 있는 흐름에 따라 만들어져 있었다. 검식의 심결 역시 맹정우가 익히고 있는 내공심법과 연결되어 있기에 그가 익히기도 쉬웠고, 또 응용하기도 쉬운 것이었다.

맹정우는 밤새 검식의 움직임에 신경을 쓰느라고 정작 중요한 심결과 내공심법을 조화시키는 것을 신경 쓰지 않았다. 그래서 검식을 제대로 익힐 수가 없었던 것인데, 무의식 상태에서 발휘한 심결이 서서히 호흡에 따라 운용되던 내공심법과 연결되기 시작했다.

내공심법과 심결의 작용이 연결되자 심결은 내공심법의 효능을 한 층 높여주면서 그에게 특수한 작용을 일으켰다.

맹정우의 의식은 무의식 상태에서 벗어나 서서히 다른 세계로 들어 갔다.

뭔가 부딪치는 소리가 아주 시끄럽게 들려왔다. 눈을 떠보니 어두컴컴한 실내가 보였다.

누군가가 그를 내려다보고 있었다. 그는 움직이려 했지만 잘 움직여지지 않았다. 그런데 그를 내려다보고 있던 사람이 그의 겨드랑이에 손을 집어넣더니, 번쩍 안아 올렸다.

'뭐야, 내가 지금 몸이 작나?'

누군가 그를 공중으로 번쩍 안아 올린 상태였는데, 그 느낌이 마치 아기라도 된 것 같았다.

실내의 불을 다른 누군가가 밝혔다. 안아 올린 채 그의 얼굴을 안쓰러운 표정으로 바라보고 있는 사람의 얼굴이 눈에 들어왔다.

주름살이 자글자글하고 백발에 백염까지 뒤덮인, 아주 늙은 노인이었다. 맹정우는 그가 낯이 많이 익다는 생각이 문득 들었다.

'어라? 저거, 저거, 왕 노인 아냐?'

맹정우는 깜짝 놀랐다. 그를 안아 올린 사람은 바로 서안에서 그가 어릴 적에 침술을 가르쳐 주었던 왕 노인이었다.

왕 노인은 여덟 살까지 그를 키워주던 친척 할아버지와 친분이 있는 노인이었다.

할아버지 내외가 돌아가신 후, 틈틈이 그에게 호구지책이나 하라며 침술을 가르쳐 주곤 했었다. 그 덕택에 맹정우는 혈도의 위치나 기의 흐름 같은 것에 제법 지식을 쌓았었다. 물론 열다섯 이후에 장사에 매진하면서 거의 다 잊어버렸지만.

그가 침술이 아닌 장사의 길을 택한 결정적인 이유는, 왕 노인의 가르침이 순 엉터리였기 때문이다. 아니, 아주 엉터리는 아니었다. 적어도 맹정우 자신에게는 아주 효험이 좋았으니까.

왕 노인은 그가 어릴 적부터 그에게 침을 잘 놔주곤 했다. 맹정우는 처음에 침이 무서워서 그가 오면 몹시 꺼려했지만, 그가 침을 놓을 때마다 온몸이 시원해지고 날아갈 것 같은 느낌이 들어 나중에는 늘 그가 오길 기다리곤 했었다.

왕 노인은 할아버지 내외가 돌아가신 후 맹정우에게 직접 자신의 몸에 침을 놓는 방법까지 가르쳐 주었다. 왕 노인은 그가 열두 살 될 적에 아주 먼 곳으로 간다며 그에게 이별을 고했는데, 스무 살 될 적까지는 최소한 절기마다 한 번씩 몸에 침을 놓는 것을 잊지 말라는 신신당부를 하고 떠났다.

그때까지는 맹정우는 그에게 너무나도 좋은 마음을 가지고 있었다. 몸을 좋게 만들어주고 신통한 침술까지 가르쳐 줬으니 얼마나 감사한 사람인가.

그런데 문제는 삼 년 후에 일어났다. 열다섯이 된 맹정우는 돈을 벌기로 작정을 하고 침술사로 나섰다.

혈도의 위치도 잘 알고 몸을 가뿐하게 하는 신묘한 침술까지 알고 있었으니 명의로 소문나는 것은 시간문제일 것 같았다. 그런데 그가 침을 놓기만 하면 침을 맞은 환자는 죽는소리를 해댔다.

침을 놓는 환자마다 고통을 배겨내지 못하니 장사가 될 리가 없었다. 아니, 장사는 고사하고 몰매까지 얻어맞기가 다반사였다.

맹정우 자신에게 놓으면 참으로 신묘한 침술이었는데 다른 사람에게 놓으면 사람 죽이는 침술로 돌변했다.

몇 사람 병신 만들 뻔하고 작신나게 얻어터진 후에 맹정우는 침술을 때려치웠다.

왕 노인은 결국 돌팔이였던 것이다. 그의 침술이 신묘해 보였던 것은 맹정우 자신의 몸이 특이 체질인지라 그랬던 것으로 결론을 맺었다.

그랬던 왕 노인이었는데, 이제 정말 오랜만에 마주 보니 아쉬운 감정보다는 반가운 생각이 들었다.

그를 번쩍 들었던 왕 노인은 원래 그가 있던 자리에 그를 조심스레 내려놓았다. 그리고는 옆에 서 있는 초로의 노도인에게 말했다.

"아이의 상이 범상치가 않구려. 크게 잘되거나, 어쩌면 크게 잘못될 수도 있는 상이야. 잘되면 세상을 구하는 영웅이 될 것이고, 행여 길을 잘못 들면 세상을 어지럽히는 효웅이 될 수도 있네."

맹정우는 그 소리를 들으며 코웃음을 쳤다. 돌아가신 친척 할아버지는 항상 왕 노인을 허풍쟁이라고 놀리며 왕 노인의 화를 돋우곤 했다. 두 노인이 밉지 않게 티격태격하는 것을 어린 그가 재미있게 지켜보았던 기억이 있는데, 지금 하는 소릴 들어보니 할아버지의 말이 빈말이 아니었던 것 같다.

'노인네가 구라치는군. 지가 언제 관상을 그렇게 잘 봤다고. 뭐, 내가 효웅? 지나가던 개가 웃겠다.'

그러나 듣고 있는 노도인은 왕 노인의 허풍에 넘어간 듯 긴장된 표정이 되었다.

"그렇습니까? 그럼 아이를 함부로 방치할 수는 없겠군요."

"사실 관상이야 언제라도 바뀔 수 있는 것일세. 내가 얘기하는 것은 그저 가능성일 뿐이지. 그러나 이 아이가 효웅이든 영웅이든, 혹은 이도 저도 아닌 별것 아닌 인생을 살 상이든 이런 어린아이를 방치한다는 것 자체가 옳지 않은 일일세. 어미가 죽었으니 아이를 키울 수 있는 사람은 아비뿐일세. 이런 상황에서 애를 아비와 떨어뜨리는 것은 너무 잔인한 것 아닌가?"

노도인은 깊은 한숨을 내쉬었다. 그러더니 그가 있는 쪽을 바라보며 말했다.

"네가 선택해라. 제아무리 사문이 중요해도 혈육 간을 끊을 수야 없는 노릇이지. 나도 이 지경에 이르러서 본 파의 사정만을 네놈에게 강요할 생각은 없다. 아이를 맡아 키우겠다고 한다면 내 허락하겠다. 그렇다면 물론 나와 너의 사제의 연은 거기에서 끝이다. 네놈한테 그까짓 것은 중요한 게 아니겠지. 빨리 결정하거라."

맹정우는 누워 있는 자신의 뒤쪽에 누군가가 앉아 있음을 느꼈다. 노도인은 그에게 말하고 있는 모양이었다.

한참 동안 침묵이 흘렀다. 그러다가 뒤에서 무거운 목소리가 흘러나왔다.

"사문으로…… 돌아가겠습니다."

그 말을 들은 노도인은 눈을 크게 떴다.

"진심이냐?"

"예. 이 못난 제자, 혈육을 책임지는 것이 인간으로서 가장 먼저 지켜야 할 도리라는 것은 잘 알고 있으나, 그 도리를 저버리고서라도 사부가 저를 키워주신 은혜를 갚고 싶습니다. 많은 것을 받기만 했던 사문에 일고의 보답이라도 하고 싶습니다."

"애는 어떻게 하고?"

"친척 어르신 내외가 서안에 계십니다. 연로하긴 하셔도 이 아이 하나 맡아주실 수는 있을 것입니다."

뒤에서 들려오는 목소리는 억지로 쥐어짜 내는 듯한 감이 있었다.

말하는 사람이 매우 고통스러워하고 있음을 맹정우는 느낄 수 있었다.

뒤의 남자가 사문으로 올라가겠다는 말을 하자 노도인은 상기된 표정을 지었다. 남자의 말이 꽤 기쁜 모양이었다. 왕 노인은 안타까운 표정을 짓고 있었다.

맹정우는 뒤의 남자가 자신을 들어 올리는 것을 느꼈다. 맹정우는 자신이 있던 자리가 아기 바구니라는 것을 알아차렸다. 고개를 돌려 남자의 얼굴을 보려 애썼지만 머리 위쪽에는 차양이 덮여 있어 남자는 보이지 않았다. 전면의 두 노인만이 보일 뿐이었다.

그를 안고 일어선 남자는 두 사람에게 말했다.

"지금 당장 서안으로 가겠습니다. 아이를 맡기고 돌아오겠습니다."

말을 마치고 문으로 향하는 그를 노도인이 불렀다.

"잠깐!"

노도인은 품에서 뭔가를 꺼내 그에게 내밀었다.

맹정우는 그것이 금원보라는 것을 알 수 있었다.

"사부님, 이것은……."

"받아둬라. 아무리 친척이라도 양육비 없이 아이를 맡길 수는 없는 법이다. 나중에 틈틈이 더 주도록 하마."

"사부님, 그럴 필요까지는……."

"네놈이 필요가 있는지 없는지 어떻게 아느냐? 키우지도 않을 놈이.

닥치고 받아라!"

남자는 결국 금원보를 받아 들었다.

남자가 다시 몸을 돌려 나가려 할 때, 이번에는 왕 노인이 불러 세웠다.

왕 노인은 남자에게서 맹정우가 있는 바구니를 뺐더니 탁자에 올려놓았다.

노도인의 목소리가 들려왔다.

"사조, 무엇을 하시려고……."

"여기 오기 전에 천기를 살펴보았네. 이곳에 와서 인연의 끈을 이어야 한다는 점괘가 나오더군. 난 그게 옥운을 사문으로 다시 부르는 일인가 싶었네만, 그게 아니었네. 아이의 관상을 보니 나와 인연의 끈이 연결된 것은 바로 이 아이더구먼."

왕 노인은 맹정우의 머리 위에 손을 턱하니 올려놓았다.

"내가 아주 젊을 적에 우연히 얻은 보물이 하나 있네. 아주 큰 보물이었지만, 이미 화산에 몸담고 있던 나에게는 별 쓸모가 없는 보물이었지. 그것을 하늘이 왜 나에게 주었을 까 늘 궁금했네만, 오늘에 이르러서야 비로소 그 이유를 알겠구먼."

맹정우는 머리 위에 올려진 왕 노인의 손이 갑자기 환하게 빛난다는 느낌이 들었다.

또렷하던 의식이 다시 흐려지기 시작했다.

왕 노인의 목소리가 꿈결처럼 아련하게 들려왔다.

"옥운아, 아이에 대해서는 너무 걱정하지 말거라. 이 아이에게 내가 전해준 보물이 진정한 빛을 발하기 시작할 때, 아이는 영웅의 길에 들어설 수 있을 것이다. 물론 보물이 빛을 발하지 못할 수도 있고, 아이는 그저 그런 인생을 살아갈 수도 있다. 어느 쪽 길로 갈지는 오로지

이 아이의 선택에 달린 것이니…….”

“대주님, 대주님!”

누군가가 그를 세게 흔들었다. 맹정우는 흐려졌던 의식이 서서히 다시 돌아옴을 느꼈다.

“대주님, 대주님!”

맹정우는 잔뜩 인상을 찌푸리며 눈을 떴다. 덕호의 얼굴이 보였다.

“으응, 덕혼가?”

“대주님, 일어나십쇼. 놈과 한판 벌일 시간이 다 되어갑니다.”

“으음, 벌써 그렇게 되었나…….”

맹정우는 기지개를 켜며 자리에서 일어섰다.

덕호가 의아한 얼굴로 말했다.

“대주님, 무슨 나쁜 꿈이라도 꾸셨나 보지요?”

“응? 왜?”

“눈가가 조금 젖으셨는데…….”

맹정우는 다급히 손을 들어 눈을 비볐다. 촉촉한 것이 배어 나왔다.

‘눈물까지 흘렸나…….’

맹정우는 쓴웃음을 지었다. 개꿈 하나 꾸는데 꽤나 감정 이입이 되었던 모양이다.

‘희한한 꿈이로군. 왕 노인이 도사로 나오질 않나, 듣도 보도 못한 아비가 나오질 않나…….’

개꿈인지는 몰라도 어쨌든 생생하긴 했다. 아직까지도 머리맡에서 들려오던 아버지로 짐작되는 자의 고통스런 목소리가 귓가에 생생했다.

맹정우는 다 떨쳐 버리려는 듯 고개를 흔들었다. 친척 할아버지에게 들어서 아버지는 그가 태어난 직후 죽었다는 사실을 잘 알고 있는데 어째서 이런 꿈을 꾸었는지 알다가도 모를 일이었다.

맹정우와 덕호가 입구 쪽으로 걸어나가자, 소림의 세 승려는 벌써 전투 대기 중이었다.

"대주님, 해가 구멍에 걸렸습니다."

혜량의 말처럼 해는 동굴 뒤쪽 구멍에 반쯤 들어와 있었다. 조금만 지나면 해가 완전한 모양으로 구멍에 들어설 듯했다.

"좋소! 일각 안에 해가 들어찰 것이오. 그때 바로 실행에 들어갑시다! 혜공 스님, 준비하시죠."

혜공은 실행해야 할 순간에 이르러서도 고민이 되는 듯, 머뭇거렸다.

"정말 이 방법밖에 없겠습니까?"

"달리 방법이 있으면 진작에 그걸 썼을 거요. 자, 시간이 없소! 빨리 자세를 잡아요!"

맹정우의 재촉을 받으며 혜공은 지정된 장소로 움직였다.

괴물은 낮에는 늘 그렇듯이 입구에 얼굴을 기댄 채 눈을 감고 누워 있었다.

혜공과 한쪽 팔이 부러진 덕호를 제외한 나머지 일행은 아주 조심스럽게 입구 쪽으로 다가갔다.

일행이 입구 근처에서 조금만 부스럭거려도 괴물은 곧 눈을 뜨고 앞발을 집어넣기 때문에 맹정우들은 소리를 내지 않으려 무진 애를 썼다.

미리 몇 번 실험해 본 결과, 최대한 조용히 다가가면 입구의 십 장 앞까지 이르러도 괴물이 눈치를 채지 못했다.

살금살금 괴물의 십 장 앞까지 접근한 일행은 잠시 숨을 멈췄다.

서서히 태양은 하강하며 뒷구멍 안으로 들어섰고, 마침내 태양의 내리쬐는 각도가 구멍의 경사각과 정확히 일치하며 기다란 햇빛이 동굴 안을 가로질렀다. 햇빛은 일행이 서 있는 바로 뒤쪽까지 접근하여 동굴 바닥에 쏟아져 내렸다.

'지금이다!'

맹정우가 수신호를 하자, 햇빛이 쏟아지는 바닥 근처에 있던 혜공이 엉금엉금 기어가 내리쬐는 햇빛 속으로 들어섰다.

혜공의 얼굴은 수치감으로 시뻘겋게 물들어 있었지만 그의 대머리는 여전히 맨들맨들한 광채를 유지하고 있었는데, 그 머리가 햇빛 속으로 들어서자 환한 빛이 머리에 반사되며 정면으로 쏘아져 나갔다.

대머리에 반사된 햇빛은 입구에 누워 있는 괴물의 감긴 눈꺼풀 위로 정확히 집중되었고, 일행은 빛이 괴물의 감긴 눈에 닿음과 동시에 괴물에게 달려들었다.

일행이 달려드는 소리에 눈을 번쩍 뜬 괴물은 갑자기 쏟아지는 눈부신 햇빛을 감당하지 못하고 끄응 하는 신음성을 토하며 벌떡 일어섰다. 그러자 막혀 있던 입구가 환하게 열렸고, 맹정우들은 열려진 입구 밖으로 뛰쳐나갈 수 있었다.

고개를 쳐들었던 괴물은 눈이 부신지 눈을 꼭 감은 채로 고개를 좌우로 흔들고 있었다.

괴물 주변에 껴 있던 안개가 괴물에게로 막 몰려들고 있었다.

안개로 햇빛을 최대한 가린 후에 싸우려는 모양이었다.

'역시 야행성이라 빛에 약하군!'

지금이 아니면 더 이상의 공격 기회는 없다. 동굴 밖으로 뛰쳐나온 세 명은 동시다발적으로 괴물을 향해 달려들었다. 공격 목표는 열심히 휘저어대고 있는 괴물의 목이었다.

혜승이 먼저 뛰어올랐다.

그의 철각이 괴물의 목을 후려쳤다.

괴물은 길게 울부짖으며 목을 흔들고는 혜승을 향해 꼬리를 휘둘렀다.

혜승이 피하는 사이, 이번에는 혜량이 달려들었다. 그의 철사장력이 괴물의 목을 향해 꽂혀들었다. 그러나 괴물은 적의 공격 방법을 읽은 듯 목을 틀어 그의 공격을 피하고는 혜승을 후려쳐 가던 꼬리를 돌려 그에게로 날렸다.

쾅!

피할 겨를이 없던 혜량은 날아오는 꼬리를 양장으로 받아쳤다. 그러나 괴물의 꼬리에 실린 힘은 그의 생각 이상이었다. 손바닥뼈가 으스러지는 듯한 통증을 느끼며 혜량은 멀리 날아가 암벽에 부딪쳐 버렸다.

괴물이 혜량을 공격하는 사이 맹정우는 과감히 몸을 날렸다. 괴물의 목에 여전히 대롱대롱 매달려 있는 천신도를 향하여 뛰어오른 그는 간신히 천신도의 손잡이를 잡아챌 수 있었다. 그는 올라갔다 떨어지는 탄력으로 잡아챈 손잡이를 확 끌어당겼다.

캬오오오!

천신도가 목에서 뽑혀지며 괴물의 검붉은 피가 뿜어져 나왔다. 괴물은 고통스러운 듯 괴성을 지르며 앞발을 휘둘렀다. 땅에 착지한 맹정우는 몸을 굴려 날아오는 앞발을 피했다.

그 순간, 괴물의 옆쪽에서 금광이 번쩍였다. 동굴에서 뒤늦게 나온 혜공의 금강장력이 괴물의 옆구리를 강타한 것이다.

괴물은 잠시 비틀거리다가 땅을 박차고 뛰어올랐다. 마침내 충분히 짙어진 안개 위로 몸을 띄울 수 있게 된 것이었다.

'위험하다!'

맹정우는 직감적으로 상황이 좋지 않음을 느꼈다. 괴물이 공중으로 떠오른 이상 지리적 이점은 놈에게 있었다. 안개를 불러내기 전에 끝을 보았어야 했는데, 놈은 상상 이상으로 강하고 단단했다.

괴물은 안개 속에서 빠르게 유영하며 일행에게 달려들었다. 일행은 좌우로 벌려 서며 몸을 피했는데, 괴물은 계속 전진했다. 놈의 목표는 일행이 아니었다.

쾅!

동굴 입구를 향해 날아간 괴물은 앞발로 입구 위를 때렸다. 좌우로 번갈아 입구를 강타하니 우수수 소리와 함께 입구 위쪽이 무너져 내렸다. 무너져 내린 암벽들은 입구를 완전히 봉쇄하기에 이르렀다.

'아뿔싸!'

일행은 정신이 아득해짐을 느꼈다.

괴물은 교활하게도 일행이 몸을 피할 수 있는 유일한 공간인 동굴을 막아서 퇴로를 차단한 것이었다.

이제는 저 안개 위를 자유자재로 헤엄치는 놈에게서 도망칠 곳이 없어져 버렸다.

"안개가 옅은 쪽으로 도망쳐!"

맹정우는 외치며 달려나갔지만 소림 승려들은 움직이지 않았다. 아니, 움직일 수가 없었다. 벽에 부딪혀 쓰러진 혜량이 아직 일어나지 못하고 있었기 때문이다.

괴물은 혜량에게로 날아갔다.

혜승과 혜공이 괴물을 쫓았다.

괴물은 간신히 일어나고 있는 혜량을 향해 덮쳐들었다.

혜량은 몸을 날려 놈의 입을 피했으나 뒤따라오는 꼬리는 피하지 못했다.

"컥!"

날아온 꼬리는 혜량의 옆구리에 정통으로 꽂혔고, 혜량은 피를 토하며 나가떨어졌다.

그사이 혜승과 혜공이 괴물에게로 달려들었다.

그러나 불가항력이었다. 철각으로 괴물의 목을 계속 노리던 혜승까지 앞발과 충돌하여 쓰러지자, 장내에는 혜공 혼자 남게 되었다.

혜공은 쓰러진 사제 둘 앞에 버티고 서서 날아오는 괴물을 향해 혼신의 힘을 쏟은 금강장을 날렸다.

괴물은 번쩍이는 금광이 싫은 듯 안개로 몸을 가린 채 얄밉게도 장력을 피했고, 뒤이어 날아온 꼬리의 반격에 혜공까지 다리를 맞고 쓰러져야만 했다.

괴물은 천천히 쓰러진 세 승려를 향해 날아왔다.

땅에 착지한 괴물은 한입에 먹어주겠다는 듯, 입을 쩍 벌리고 제일 앞에 쓰러진 혜량을 향해 머리를 굽혔다.

그때, 괴물의 등 뒤에서 뭔가가 날아들었다.

푹!

캬오오오!

괴물은 미친 듯이 포효하며 목을 흔들었다. 괴물의 등 뒤에는 맹정우가 올라타 있었다. 그는 괴물이 시선을 온통 세 승려에게 뺏긴 틈을 타 경신술을 극한으로 시전, 괴물의 등 뒤로 날아올라 놈의 뒷목에 천신도를 박아버렸던 것이다.

맹정우는 전번의 실수를 반복하지 않기 위해 목에 박은 천신도를 재빨리 뽑았다. 그리고 재차 찌르려는 순간, 괴물의 몸이 다시 안개 위로 떠올랐다.

"어딜!"

맹정우는 순간적으로 비틀거리며 목에서 멀어졌지만 곧 목표를 바꾸었다. 그는 넘어지면서 몸을 돌려 괴물의 넓적한 등에 천신도를 다시 꽂았다.

캬오!

괴물은 고통스러운 듯 몸부림을 쳤다. 맹정우는 박힌 천신도를 손잡이 삼아 꼭 잡은 채 등에서 떨어지지 않았다.

괴물은 맹정우를 떨구려는 듯 안개 속에서 몸을 뒤집기 시작했다.

몇 번을 뒤집자 천신도가 박힌 곳에서 서서히 빠져나오기 시작했다.

'이런 제길! 떨어지면 끝이야!'

맹정우는 빠져나오는 칼을 다시 꽂아 넣으려 애썼지만 소용이 없었다. 괴물이 완전히 거꾸로 누워서 몸을 흔들어대자 천신도는 결국 박힌 곳에서 빠져나왔고, 맹정우는 바닥으로 추락해야만 했다.

크르르르르······.

괴물의 분노에 찬 가릉거림이 안개 속에서 들려왔다.

바닥에 착지한 맹정우는 결단을 내려야 할 시점에 이르렀다.

이제 남은 수는 둘 중에 하나였다.

아직 다리는 멀쩡하니 동료고 뭐고 다 놔두고 혼자 도망을 치던가, 아니면 죽기를 각오하고 놈과 싸우던가.

현실적으로 따져 보면 그나마 도망치는 게 살 확률이 높았다. 그는 이미 절정의 신법을 익히고 있었고, 괴물이 쓰러진 세 명을 놔두고 자신을 먹겠다고 쫓아올 것 같지는 않았다.

놈과 싸우는 것은 지극히 무모한 선택이었다. 게다가 싸울 재주도 없었다.

제아무리 그의 금나수가 뛰어나다고 해도 붙잡고 꺾을 수가 있어야 발휘할 수 있는 수법이다. 키가 십 장이 넘는 괴물의 팔을 꺾고 분지를 수는 없는 것이다.

또한 천신도의 힘을 빌리기에도 너무 늦은 상태였다. 예열할 시간도 없는 데다가, 적의 초식을 읽어 그의 동작을 맞춰주는 천신도의 사념이 안개를 타고 붕붕 날아다니는 괴물에게 큰 쓰임이 있을 듯하지도 않았다.

결국 어제 익히다 만 검식으로 놈과 대적하는 것만이 유일한 방법이었는데, 이 역시 무모하긴 마찬가지였다.

밤새도록 연습을 해보았지만 도저히 심결과 동작을 조화시킬 수 없었던 검식이다. 그런 불완전한 초식에 목숨을 의탁하는 것은 지극히 확률 낮은 도박이었다.

맹정우는 평소 자신이 몹시 현실적인 사람이고, 현실적인 사고를 한다고 생각해 왔다.

평소의 그라면 당연히 도망가는 쪽을 선택해야 했다. 다섯이 죽으나 넷이 죽으나 매한가지라고 하면, 당연히 넷이 죽는 게 낫지 않은가.

그러나 맹정우는 달아나지 않았다. 제아무리 현실적이라 해도 동고동락해 온 동료들을 버릴 감성은 그에게 없었다.

조금, 정말 아주 조금의 희망이라도 있다면 도망가지 않고 거기에 한 번쯤 돈을 걸어봐도 되겠다는 생각이 문득 들었다.

'그래, 지금껏 운빨로 살아온 강호 인생 아니냐. 하늘이 열심히 살아보라고 벼락도 떨어뜨려 주기까지 했었는데, 설마 저깟 괴물한테 죽게 하겠나?

짧은 순간 정말 긴 사고를 마친 맹정우는 마음을 정했다.

오른발이 반 보 뒤로 물러섰고, 왼발 무릎이 살짝 구부러졌다. 서서히 오른팔에 공력이 집중되면서 거기에 자극받은 천신도가 은빛 도기를 흘리기 시작했다.

천신도를 잡은 오른손은 칼을 세운 채 오른쪽 옆구리 뒤로 활처럼 당겨졌고, 왼손의 검결지는 하늘에서 입을 쩍 벌린 채 무시무시한 속도로 하강 중인 괴물을 가리켰다.

'진실된 검의 광채여, 어두운 하늘을 가득 비추어라!'

구결의 서두가 머리 속에 흘러가며 심결이 운용되기 시작했다. 단전 가득히 충만한 그의 내기가 몸 전체를 주천하며 칼을 쥔 오른팔로 모여들었다.

홍수에 밀려내려 오는 강물처럼 면면부절이 밀려드는 내기에 자극받은 천신도의 은빛 도기가 도신 전체를 넘실거리고, 왼손의 검결지는 태극의 문양을 그려냈다.

'뒈져라, 돌연변이 도마뱀 새끼!'

한껏 뒤로 당겨졌던 오른팔이 쏘아진 살처럼 괴물을 향해 폭사되었다.

검광만암천!

초식이 발현된 순간 첩첩이 싸인 안개를 한줄기 은광이 꿰뚫었다.

안개를 꿰뚫고 나간 은광은 잔뜩 구름 낀 대홍산의 정상까지 뻗어 올라갔고, 멀리 탕평촌에서도 그 빛을 볼 수 있을 정도였다.

맹정우는 코앞까지 닥쳐온 괴물의 얼굴이 반으로 쪼개져 나가는 것을 보며 의식을 잃어버렸다.

제13장

영웅은 거듭되는 시련에

좌절하지 않는다

"대주님, 대주님!"

'뭐야, 또 덕혼가?'

맹정우는 비몽사몽간에 눈을 떴다.

덕호가 자신을 불러서 잠을 깨고, 일어나서 괴물과 싸우다가 놈을 쓰러뜨린 것이 어렴풋이 기억났다. 그런데 또 덕호가 흔들어 깨우는 것을 보니, 괴물과 싸워 이긴 것이 몽땅 꿈이었나 보다.

'그럼 그렇지. 내가 무슨 재주로 그놈을 쓰러뜨리겠어.'

맹정우는 헛웃음을 지으며 몸을 일으켰다.

그런데 정신을 차려보니 환경이 달라져 있었다. 머리 위에는 동굴 천장이 아닌 새파란 하늘이 펼쳐져 있었다.

"뭐야, 어떻게 된 거지?"

그를 흔들어 깨운 덕호가 감격스러운 어조로 말했다.

"대주님이 이기셨습니다!"

"내가 뭘 이겨?"

"괴물이 죽었습니다! 대주님의 검격에 두 동강이 나버렸어요!"

맹정우는 정신이 번쩍 들었다. 벌떡 일어나 보니 정말 그의 근처에 괴물의 시체가 있었다. 괴물은 거대한 칼이 위에서 내리 찍힌 듯 세로로 쪼개져 두 토막이 되어 있었다.

"이걸…… 이걸 내가 했다고?"

맹정우가 믿지 못하겠다는 듯 더듬거릴 때, 혜공과 혜승, 혜량이 다가왔다.

"대주님, 축하합니다. 대공을 이루셨군요."

맹정우는 혜공의 말을 잘 알아듣지 못했다.

"예? 뭘 이루어요?"

세 무승은 밝게 웃으며 말했다.

"덕호는 동굴에 갇혀 있느라 보지 못했지만 저희는 똑똑히 보았습니다. 대주님의 칼에서 뻗어 나온 검광이 괴물을 반 토막 내버리는 광경을."

"내가 그랬습니까?"

"그럼요. 대주님의 무공이 대단하다는 것은 전부터 알았지만 검기로 괴물을 토막 내는 광경은 눈으로 보고도 믿지 못할 지경이었습니다. 정말 대단했습니다!"

맹정우는 찬사를 한 귀로 흘려들으며 갸웃거렸다.

'그런데 대관절 기절은 왜 한 거지?'

혈패왕의 장담처럼 그 검식이 대단하긴 대단한 초식이었던 모양이다. 강철 같은 괴물의 피부를 단숨에 쪼개 버렸으니.

그런데 초식을 잘 쓰고서 기절한 것이 못내 찜찜했다.

한 가지 짚이는 바는 있었다. 초식을 시전하기 직전에 공력을 오른 팔과 천신도에 가득 집중시켰을 때, 천신도의 사념이 또 요동을 치며 그의 머리로 파고들었다.

맹정우는 또다시 머리가 아파오는 것이 싫었기에, 사념까지 검격이 실어 쏘아 보내는 느낌으로 괴물에게 칼을 휘둘렀다. 그때 머리 속으로 파고들던 사념이 좍 물러나가는 듯한 느낌이었는데, 그 때문에 의식까지 끊어져 버렸을 거라는 게 그의 추리였다.

'역시 문제는 천신도인가.'

다시없는 보물이라고 생각했던 칼인데 최근 부작용이 많아지자 애물단지라는 느낌마저 들고 있었다.

맹정우는 불현듯 잃어버린 팔성검이 그리워졌다.

한편 세 무승은 괴물에게 톡톡히 당했지만 생각 외로 상처가 크지 않았다.

혜승, 혜량은 괴물의 공격에 큰 충격을 받았지만 외공 공부가 워낙 충실한지라 몸이 단단하여 뼈는 상하지 않고 잠시 기절했을 뿐이었다. 왼 다리를 맞은 혜공은 탈골이 된 상태였는데, 응급 처치를 잘해서 걷지 못할 정도는 아니었다.

덕호는 괴물이 동굴 입구를 무너뜨려 갇혀 버렸었지만 나중에 깨어난 혜승, 혜량이 입구의 돌들을 치워 꺼내준 상태였다.

일행은 반 토막 나버린 괴물의 잔해 앞에 섰다.

근방을 항상 뒤덮고 있는 안개는 싹 걷혀져 있었다. 괴물이 죽으니 안개도 사라진 모양이었다.

"음? 저기 뭔가가 반짝이는데요?"

덕호의 말에 모두의 시선이 괴물의 몸통 쪽으로 향했다.

괴물의 가슴 안쪽 부위에 피와 살이 뒤범벅된 중간에 작은 빛이 반짝이고 있었다.

맹정우가 다가가니 반짝이는 것은 어른 주먹만한 구체(球體)였다. 구체는 괴물의 심장으로 짐작되는 부위에 반쯤 묻혀 있는 상태였다.

"뭐지 이건? 이무기 몸에서 나왔으니 여의주쯤 되는 건가?"

맹정우는 구체를 꺼내 들어 살폈다. 피가 범벅이 되어 있음에도 불구하고 은은한 향기가 느껴졌다.

"그게 바로 이 괴물의 내단인가 본데요?"

덕호의 말에 맹정우는 눈을 크게 떴다.

"이게 내단? 이렇게 큰 게?"

"괴물 덩치가 크니 내단도 클 수 있겠죠. 이 정도 크기면 이 괴물은 정말 오래 산 놈인가 보군요."

내단을 쳐다보던 맹정우는 문득 떠오르는 생각을 말했다.

"혹시 이걸 가져가도 당가에서 현심단의 재료로 쓸 수 있지 않을까?"

덕호는 망설이는 얼굴로 대꾸했다.

"운이 좋으면 그럴 수도 있겠지만…… 저희 사부님 말씀으로는 영물도 영물마다 음양오행의 특성이 있다고 하시더군요. 그 당가에서 찾는 무슨 두꺼비인가 하는 영물과 이 괴물이 비슷한 성정이라면 아마 가능하겠지요. 그러나 그럴 확률은 적을 겁니다."

"그래도 밑져야 본전이니……."

내단을 품속에 챙겨 넣은 맹정우는 또 한 가지 작업에 들어갔다.

바로 당지연이 부탁한 괴물의 뿔이었다.

괴물의 뿔은 한 자 정도 되는 크기였는데, 당지연의 말처럼 강도가 대단해서 천신도로도 잘 잘리지 않았다. 결국 맹정우는 자르는 것을 포기하고 뿔의 뿌리 쪽 살까지 도려내어 머리에서 뿔을 파냈다.

뿔까지 챙긴 후 일행은 떠날 채비를 했다.

"이제 빨리 나갑시다. 안개가 걷혔으니 숲을 빠져나가기도 수월할 거요."

일행은 지긋지긋한 괴물에서 벗어나 숲으로 향했다. 과연 맹정우의 추측대로 숲의 안개는 싹 걷혀 있었다.

"마교 잔당이 세운 기진이라고 생각했던 것은 착각이었나 봅니다. 숲에 기진과 같은 현상이 생긴 것은 아무래도 안개를 부르는 괴물과 무관하지 않았다는 생각이 드는군요. 정확히는 모르겠지만."

혜공의 말에 모두 고개를 끄덕였다.

안개가 걷힌 숲은 그들의 통행에 전혀 방해가 되지 않았다.

일행은 곧 숲을 빠져나와 처음 들어섰던 고갯길로 나올 수 있었다.

"도대체 어떻게 된 거지? 동료들이 코빼기도 보이지 않으니."

맹정우는 고개를 갸웃거렸다. 숲을 빠져나오면 당연히 동료들이 기다리고 있으리라 생각했건만 그들의 자취는 전혀 보이지 않았다.

그때였다. 갑자기 숲 속에서 돌멩이 하나가 날아왔다.

모두 돌이 날아온 쪽을 돌아보니 어두운 숲 속에서 웬 사람이 다급하게 손짓을 하고 있는 것이 보였다.

"사부님?"

덕호는 눈을 크게 떴다. 어둑어둑한 숲 속에 몸을 숨기고 있는 자는 분명 그의 사부 선학자였다.

선학자는 계속 다급한 표정으로 손짓을 했다. 어서 안으로 들어오라는 듯.

일행은 의아한 표정으로 다시 숲 속으로 들어섰다.

일행과 마주친 선학자는 신색이 좋지 않았다. 도관은 반쯤 쪼개진 채 머리 위에서 떨어질 듯 대롱거리고 있었고, 옷은 군데군데 찢어지고 혈흔까지 비치고 있었다.

"대체 어찌 된 일입니까?"

"쉿! 목소리를 낮추십시오."

선학자는 일행이 질문도 못하게 하면서 숲 속의 안쪽으로 이끌었다.

나무들이 울창하게 우거져 주변 시야가 닫힌 곳에 이르러서야 그는 입을 열었다.

"정말 다행입니다. 그 기진 안에서 빠져나오셨군요."

선학자는 안에서 무슨 일이 벌어졌는지 궁금해하는 눈치였지만 맹정우들의 질문에 먼저 대답해야 했다.

"다른 동료들은 대체 어디 간 거죠?"

"모두 잡혀갔습니다."

"잡혀가요? 누구에게 말입니까?"

"탕평촌 놈들에게요. 놈들은 아직도 이 근처에 대기 중입니다. 혹시 여러분이 나올 때를 대비하여 붙잡으려 잠복 중인 것이지요. 그래서 행여 그들의 눈에 띨까 두려워 제가 이곳으로 이끌어 온 것입니다."

맹정우들은 놀라움을 금치 못했다. 일개 촌민으로 알았던 탕평촌 놈들이 무림맹과 추적대의 최정에 무인들을 잡아가다니. 어떻게 그런 일이 있을 수 있단 말인가?

"자초지종을 좀 자세히 말씀해 주시죠."

선학자는 지난 오 일간의 험난했던 과정을 설명하기 시작했다.

"저희는 대주님들과 떨어진 후, 숲에 펼쳐진 안개 속으로 파고들어 가려 계속 애를 썼습니다. 그러나 한번 짙어진 안개는 다시 옅어지지 않았고, 안개 속을 헤치고 들어가 봐도 마치 처음에 호숫가와 숲 속을 헤맸던 것처럼 다시 숲 밖으로 나오기를 반복했습니다. 그렇게 시행착오를 겪으면서 이틀이 지났지요. 사흘째 되던 날, 탕평촌 놈들이 우리를 도와주겠다며 나타났습니다. 그런데 우리가 안개를 뚫지 못하고 입구에서 계속 헤맨다고 했더니 갑자기 표정이 안 좋아지는 것이었습니다. 그러더니 우리가 방심한 틈을 타 갑자기 칼을 빼 들었습니다. 최향주님과 이비향 소저 등이 고군분투했지만 여기저기서 나타나는 놈들의 지원군을 도저히 막아낼 수가 없었습니다. 그리 크지도 않은 마을 어디에서 숨어 있었는지 놈들은 병력도 많았을뿐더러 무공도 아주 강했습니다. 결국 대부분의 대원이 죽거나 생포되었습니다. 저는 그 와중에 은신술로 몸을 숨겼고, 지금까지 대홍산 속에서 숨어 다니며 대주님이 나오시길 기다린 것입니다."

"그런 일이……."

여전히 믿기지가 않는 일이었지만 이미 벌어진 사건이었다.

현 상황에서 할 수 있는 일은 대책을 강구하여 놈들에게 붙잡힌 대원들을 구출하는 길뿐이었다.

한편 맹정우 일행이 호수에서 괴물과 싸웠던 일을 설명하자 선학자는 놀라면서 괴물의 생김새를 자세히 물었다. 덕호가 생김새를 자세히 묘사하자 선학자는 알겠다는 표정으로 말했다.

"안개를 타고 다니는 그런 생김새의 괴물이라면 예전에 들은 기억이 있습니다. 진짜 이무기는 아니지만 그 비슷한 놈이었군요. 그 괴물은 무영환혼신망(霧泳煥魂神蟒)이라는 놈 같은데, 십오 장을 넘는 크기라면 최소 칠팔백 년은 산 놈일 겁니다. 놈은 기의 균형이 어그러져 곳곳에 요기가 성한 지역에서 태어난다고 들었습니다."

선학자는 숲 쪽을 바라보며 말을 이었다.

"저희가 숲 속에서 기진의 일부이라고 생각하여 파괴했던 괴상한 생김새의 나무들은 그 괴물을 발생시키는 데 영향의 준 요기의 산물이었나 보군요. 나무를 파괴했을 때 주변의 기운에 영향을 준 것도 아마 요기의 발현 지점에 변화를 줬기 때문이겠지요."

"그럼 마교 잔당하고는 전혀 상관없는 놈이었단 얘기군요?"

"그렇습니다. 그런 영물은 인간이 조종하고 자시고 할 범주를 넘어서는 것이니까요. 저희가 완전히 잘못 짚었습니다."

선학자의 말에 맹정우는 속으로 몹시 겸연쩍었다. 자신의 잘못된 판단으로 대원들이 마교 잔당을 쫓을 시간에 엉뚱한 곳에 와서 잡혀가기까지 했다는 얘기 아닌가.

선학자가 뭔가 떠오른 듯한 얼굴로 다시 말했다.

"가만! 무영환혼신망이라면…… 혹시 놈의 몸에서 내단 같은 것이 나오지 않았습니까?"

"예, 심장 부근에서 꺼내온 것이 있습니다만……."

맹정우는 품 안에서 괴물에게서 얻어온 구체를 꺼내어 내밀었다.

선학자는 깜짝 놀라며 그것을 받아 들었다.

"정말 크군요. 저도 삼백 년 묵은 영물에게서 나왔다는 내단을 본 적이 있습니다만 이건 그것의 몇 배쯤 되겠는데요. 어쨌든 잘됐습니다. 이거라면 은 소저를 낫게 할 수 있습니다."

"정말입니까?"

맹정우는 반색을 했다. 모처럼 기쁜 소식이었다.

"이것을 쓰면 그 옥목환섬이라는 두꺼비의 것보다도 더욱 효능이 좋은 단약을 만들 수 있을 것입니다. 옥목환섬과 이 무영환혼신망은 공통적으로 오행 중에 불의 기운을 간직한 놈들이지요. 그리고 둘 다 연못이나 호수 같은 음지에 서식하고 있다는 공통점이 있습니다. 어차피 약재를 제조할 때 들어가는 내단은 상성을 따져서 재료로 쓰는 것이니 이 내단으로도 충분히 그것을 대체할 수 있을 겁니다."

맹정우는 가슴을 쓸어 내렸다.

'돈 굳었군!'

탕평촌 놈들이 배신을 때리는 바람에 돈 십만 냥 채우기가 난망한 상황이었는데, 뜻밖의 내단이 나타나 주었으니 은소예 문제로 더 골치 아플 일은 없을 듯했다.

일행은 둘로 쪼개져서 상황에 대처하기로 결정했다.

몸이 성치 않은 덕호와 선학자는 이곳을 빠져나가 곧장 당가타로 간다. 그래서 내단을 전달하고 원군을 불러 이곳으로 다시 온다. 그사이 나머지 넷은 탕평촌에 재잠입하여 대원들을 구출할 수 있는 방법을 강구한다.

향후 계획을 결정한 일행은 행동을 개시했다.

*　　　*　　　*

삼경이 지날 무렵, 어둠에 감싸인 탕평촌의 촌장 댁.

쾅! 쾅! 쾅!

촌장 댁의 대문이 때아닌 비명을 질렀다.

늙은 하인이 눈을 비비고 나왔다.

"누구요?"

"장 노일세. 촌장을 급히 뵈어야겠네."

곧 문이 열렸고 한밤의 불청객, 장 노인은 촌장의 집 안으로 냉큼 들어섰다.

"오밤중에 무슨 일인가?"

잠옷 바람으로 나오는 촌장, 양 노대에게 장 노인이 입을 열었다.

"문제가 생겼습니다. 산에 올라가 있던 애들이 아직 돌아오지 않고 있습니다."

"몇 명이 돌아오지 않았기에?"

"열 명 전부입니다. 교대조가 올라가서 샅샅이 찾아봐도 한 명도 보이지 않았습니다."

"그래?"

양 노대는 침중한 표정을 지었다.

"달아난 두 연놈의 소행인가?"

"그럴 가능성이 높지요. 아니면 이무기의 숲 안으로 들어갔던 놈들이 다시 나온 것일지도……."

장 노인의 말에 양 노대는 코웃음을 쳤다.

"그놈들은 논외로 하라고 몇 번이나 말하지 않았느냐. 그 괴물의 위력을 알면서도 그러나? 혹시나 해서 감시조를 붙여놓긴 했지만 놈들은 벌써 괴물의 한 끼 식사가 되어버렸을 것이다."

양 노대는 갑자기 부아가 치미는 듯 언성을 높였다.

"망할 놈의 제소운 자식! 기껏 이무기 잡아주겠다고 와놓고서는 뭐가 어쩌고 어째? 갑자기 급한 일이 생겨? 나중에 다시 부하를 보내겠다고? 개자식 같으니…… 실험 재료만 챙겨놓고 그따위로 도망을 가? 내가 강호를 질타할 때 걸음마나 하고 있던 놈이 감히……!"

들고 있던 장 노인은 낯빛이 변했다.

"촌장! 말이 지나치십니다!"

"지나치긴 뭐가 지나쳐! 우리끼리 있을 때 험담도 못하나!"

"이 마을에도 놈의 귀가 널려 있습니다. 촌장 댁이라고 해서 방심할 바가 못 됩니다. 놈이 얼마나 용의주도한 놈인지는 잘 알고 있지 않으십니까?"

그 말에는 양 노대도 수긍하는 듯 화를 삭이려 애를 쓰는 모습이었다.

한편 그들의 머리 위에는 건물의 처마가 있고, 처마에는 지붕이 연결되어 있었다. 그런데 그 지붕 위에는 처마에 몸을 바싹 붙인 채 엎드려 있는 두 인영이 있었다.

두 인영은 남자와 여자였다.

둘은 처마 밑의 대화에 귀를 기울이며 전음을 나누고 있었다.

"지금 말하는 그놈이란 게 누굴까요?"

"분명 제소… 뭐라고 들었소."

여인은 눈을 크게 떴다.

"설마 제소운? 그자가 왜 이런 곳과 연락을 하고 있을까요?"

"정우 얘기로는 여기가 밀염의 산지라고 했소. 제소운은 겉으로는 정파를 표방하면서도 뒤로는 부정한 거래를 많이 하는 것으로 유명한 인물이니 밀염에 손을 댄다 해서 이상할 것도 없겠지. 게다가 저 촌장이 옛날 강호를 질타했다고 운운하는 것을 듣고 있자니 비로소 촌장의 정체를 알겠소."

"직접 싸워 봤는데 이제야 알아차린 건가요? 꽤나 둔하군요."

여인의 핀잔에 남자는 소리없이 쓴웃음을 지었다.

"둔해서 미안하오. 워낙 옛날에 활동하던 자이다 보니 처음 싸울 당시에는 몹시 생소했소."

"대체 그가 누군데요?"

"십 년 전까지 강호칠대거마 중에 하나로 악명을 떨치던 혈사귀(血邪鬼) 양굉! 그리고 저 장 노인이라 불린 자는 아마 그의 의제인 냉면귀(冷面鬼) 장태일 거요. 촌장의 검법이 생소한 듯하면서도 약간 낯이 익었는데 혈사귀의 혈염검이었나 보오. 그의 제자와 예전에 한 번 싸워본 적이 있었소."

"이해를 할 수가 없군요. 강호칠대거마라고 불리던 자들이 왜 이런 촌구석에서 밀염 장사나 하고 있는 걸까요?"

"강호칠대거마는 흉악한 행실로 인해 십 년 전 무림맹에서 무림공적으로 선포하고 퇴치 작업에 들어갔었소. 당시 비룡회를 주축으로 척살대를 조직하여 수좌 격인 천괴신마 등 네 명을 처단했지요. 그 와중에 혈사귀 등 세 명이 도망쳐서 종적을 감췄는데, 이런 곳에 숨어 있었군요. 아마도 이 마을에는 그전부터 자체적인 밀염상의 조직이 있었을 거요. 뒤늦게 이곳에 들어온 혈사귀가 자신의 강한 무공을 바탕으로 그들의 수좌 자리를 강탈했겠지. 그런 후 오랜 기간 조직을 일궈왔나 보오."

"그렇다고 해도 우리를 덮친 놈들은 지나치게 강했어요."

"나도 그게 이해가 가질 않았는데, 제소운이 끼어들었다면 충분히 강할 만했겠지. 그가 휘하에 거느리고 있는 철검대는 본 맹의 사당 중 하나와 맞붙어도 우세할 정도의 전력을 갖추었다고 평가받고 있으니까."

"저자들이 언급하는 자가 제소운이라고 확신하나 보군요."

"심증으로는 그렇소. 이제 물증을 잡아야겠지!"

남자는 말을 멈추더니 갑자기 처마 밑으로 뛰어내렸다.

여자는 남자의 급작스러운 행동에 깜짝 놀랐지만 이미 남자가 뛰어내린 마당이니 보조를 맞출 수밖에 없었다.

'정말 마음에 들지 않는 남자라니깐!'

그녀는 투덜거리면서 검을 빼 들고 장 노인에게로 몸을 날렸다.

뛰어내린 남자는 양 노대의 머리 위로 떨어져 내렸다.

갑자기 머리 위에서 뭔가가 내리 닥치자 양 노대와 장 노인은 깜짝 놀랐다.

"웬 놈이냐!"

양 노대는 다급히 허리에 손을 가져갔으나 자고 있다가 나온 터라 검이 있을 리 없었다. 머뭇거리는 그에게 일검이 닥쳐들었다.

"웃!"

양 노대는 어깨에 칼을 맞은 채 비틀거리며 물러섰고, 일격을 성공시킨 남자의 검이 그의 뒤를 따랐다. 그러나 그사이 칼을 빼 든 장 노인이 양 노대에게 날아가는 그의 검을 막아섰다.

창! 창창! 창!

장 노인과 남자의 검이 뒤엉키며 순식간에 몇 초를 주고받았다. 그러나 그것도 잠시, 남자를 따라 뛰어내린 여자의 검이 공중에서 찍어 내려오자 장 노인은 곧 손이 엉켜 버렸다.

남자는 빈틈을 보이는 장 노인의 허벅지를 한 번 찍고는 비틀거리는 그를 여자한테 맡기고 도망치고 있는 양 노대의 뒤를 쫓았다.

양 노대는 자신의 거처로 뛰어들어 가고 있었다.

남자는 그를 따라 실내로 들어섰다. 발자국 소리를 따라 복도를 뛰어가니 양 노대의 방이 나왔다. 문을 박차고 들어서는 순간, 양 노대는 창문 밖으로 다시 뛰쳐나갔다.

남자가 따라 뛰어나가는 순간, 양 노대는 하늘로 뭔가를 쏘아 올렸다.

피유유우— 펑!

양 노대가 쏘아 올린 폭죽이 터졌고, 불꽃이 환하게 촌장 댁 위를 밝혔다. 사위가 환해지며 양 노대의 뒤를 쫓아온 최운의 얼굴이 드러났다.

"후후, 곧 온 마을 사람이 다 몰려올 것이다. 네놈은 독 안에 든 쥐야."

양 노대의 말에 최운은 피식거렸다.

"그 독 안에는 네놈도 있다."

양 노대를 붙잡아서 포위망을 뚫겠다는 심산인 최운은 벼락같이 달려들었다.

양 노대는 폭죽과 함께 꺼내온 자신의 검을 빼 들었다. 십 년 전까지 강호를 공포에 젖게 만들었던 그의 혈염검법이 오랜만에 모습을 드러냈다.

창! 차장 창!

산에서 부딪쳤을 때 양 노대와 최운은 거의 백중세였다. 그러나 일 대 일 싸움은 지속되지 않았고, 승기를 잡은 양 노대 쪽 무사들이 여럿 달려드는 바람에 최운은 도망쳐야 했다.

그러나 지금은 상황이 달랐다. 일 대 일 상황인데다가 양 노대는 아까의 암습으로 오른쪽 어깨에 상처까지 입은 불리한 상태였다.

최운은 의도적으로 양 노대의 상처 입은 어깨에 공격을 집중했다.

"비겁하구나, 이놈!"

양 노대가 노하여 부르짖었으나 최운은 개의치 않았다.

추적대를 뒤에서 치는 비겁한 짓을 저지른 것은 양 노대들이 먼저였고, 지금은 단둘이서 탕평촌민을 상대해야 할 판국이었다. 무슨 짓을 해서든 속전속결로 끝을 내야 했다.

결국 삼십여 초 만에 최운의 일검이 양 노대의 오른팔을 꿰뚫었다.

마당 저편에서 이비향—으로 분하고 있는 연설연—이 장 노인을 끌고 오는 것이 보였다.

둘은 산에서의 전투가 한쪽으로 거의 기울 즈음 따로따로 탈출했었다. 서로 상대방이 탈출한 줄도 몰랐었으나 이곳 촌장 집으로 각각 잠입하던 중 우연히 마주치게 되었고, 호흡을 맞추어 탕평촌의 두 수좌를 잡아내는 개가를 올리게 된 것이었다.

그러나 잠입 목표를 달성한 기쁨은 오래가지 않았다.

촌장 댁 대문이 비명을 지르며 활짝 열렸고, 횃불을 든 수많은 탕평촌민들이 대문 안으로 쏟아져 들어왔다.

좀 전에 양 노대가 쏘아 올린 폭죽을 보고 달려온 자들이었다.

"네 이놈들! 당장 두 형님을 풀어주지 못할까!"

선두에 선 음침한 인상의 노인이 벼락같은 호통을 내질렀다.

최운과 연설연은 붙잡은 두 수좌의 목에 나란히 칼을 대고 있었다.

"그렇게는 못하겠소. 둘의 목숨을 살리고 싶거든 협조를 해주셔야 하겠소."

"이놈들이……! 네놈들이 이런 짓을 하고도 이곳에서 살아나갈 성 싶으냐?"

노화에 찬 노인의 호통에 최운은 여유있게 대꾸했다.

"그러길 기대하고 있소, 백수귀 막웅."

노인은 흠칫 놀란 표정을 지었다.

"네놈이 설마 내 정체를 알 줄이야……. 그렇다면 붙들고 있는 분들이 뉘신지도 알겠군?"

"알다마다. 혈염귀 양굉과 냉면귀 장태 아니신가?"

"그걸 아는 놈이 이리도 무모한 짓을 한단 말이냐?"

"강호칠대거마란 이름은 이제는 잊혀진 이름이오. 다 죽어가는 노인네들이 옛 가락을 잊지 못하고 뒤늦게 발광하는 꼴은 보기가 좋지 않소. 이제 쓸데없는 얘기 그만 하고 본론으로 들어갑시다. 우선 몇 가지 물어볼 게 있소. 우리 동료들은 어디로 데려간 거요?"

백수귀 막웅은 코웃음을 쳤다.

"내가 그걸 대답해 줄 성싶으냐?"

"대답하기 싫소?"

최운은 양 노대의 목에 갖다 댄 칼에 힘을 주었다. 그러자 목에서 핏물이 배어 나왔다.

"막내 이놈! 뭐 하는 짓이냐!"

양 노대는 놀라서 막웅에게 버럭 소리를 질렀다. 원래 나이가 들면 들수록 삶에 애착이 더욱 커지는 법이고, 양 노대, 혈염귀 양굉은 특히 자신의 목숨에 미련이 많은 자였다.

막웅은 양굉이 호통을 치자 질린 얼굴로 말했다.

"죄송합니다, 형님. 그런데 대답을 하고 싶어도 어디로 데려갔는지는 모르지 않습니까?"

"이 멍청한 놈! 모르면 모른다고 얘길 해야지 대답을 못하겠다는 식으로 비아냥거리면 이놈… 아니, 이분이 당연히 화가 나실 것이 아니냐! 똑바로 대답하지 못해!"

"아, 알겠습니다."

막응은 머쓱한 얼굴로 대꾸했다.

"우리도 어디로 데려갔는지 모른다. 어제 '방'의 사람들이 떠나면서 모두 끌고 갔다는 것만 알 뿐, 그자들이 어디로 데려갔는지는 알 수가 없다."

"그 '방'이란 것은 어느 방파를 가리키는 것이오?"

최운의 질문에 막응은 다시 머뭇거렸다. 제아무리 큰형님의 명이 있었다 해도 지금의 질문은 절대 대답해서는 안 되는 질문이었다. 자칫 잘못 대답하면 탕평촌 자체가 말살될 수도 있는 위험한 질문이었다.

"대답 못하겠다는 건가?"

최운은 다시 지그시 칼에 힘을 주었고, 그와 동시에 양굉의 욕지거리가 쏟아져 나왔다.

"막내 이놈! 나와 둘째를 죽일 셈이냐!"

막응은 난처한 표정으로 외쳤다.

"형님! 그것은 절대로 대답할 수 없는 질문이라는 것을 잘 아시지 않습니까?"

그 말에 양굉도 말문이 막혔다. 그러나 최운의 검이 계속 목을 파고들자 쉽게 결론이 나왔다. 자신의 목이 당장 잘릴 지경인데 못 말할 게 대체 무어겠는가.

양굉은 다급히 외쳤다.

"내가, 내가 직접 말하겠소! 대협의 동료를 잡아간 놈들은 바로 철혈방이오! 철혈방에서 잡아간 거요!"

'역시!'

최운과 연설연은 짐작을 했으면서도 놀라움을 금치 못했다.

당금 강호칠패의 주축이며 천하제일패로 발돋움하고 있는 철혈방이 이 마을과 연관되어 있었다니!

게다가 그들이 동료들을 실험 재료로 잡아갔다고 하니 둘의 마음은 더욱 무거워졌다.

한편 막웅 쪽에서는 작은 소란이 벌어졌다.

막웅의 옷자락을 뒤에서 누군가가 조용히 잡아당겼다.

"왜 그래?"

막웅이 짜증스러운 얼굴로 돌아보자, 그의 직속 수하가 서 있었다. 그는 잽싸게 입을 나불거렸다.

"주공, 이대로 가다가는 큰일입니다. 보나마나 저들은 주공의 형님들을 미끼로 이곳을 빠져나가려 할 것입니다."

"그렇겠지."

"그렇게 되면 탕평촌에서 철혈방과 밀염 거래를 한다는 비밀이 세상에 드러나게 됩니다. 그렇게 되면 철혈방에서는 탕평촌 자체를 말살하여 자신들에게 불리한 증거를 세상에서 없애 버리려 할 게 분명합니다. 절대로 그렇게 되는 것을 막아야 합니다."

"젠장! 누가 그걸 모르냐! 큰형님이 이미 말해 버렸는데 이제 와서 뭘 어쩌라고!"

"아직은 방법이 있습니다. 보시다시피 온 촌민들이 촌장 댁을 완전히 포위한 상황입니다. 우리가 허락하지 않는다면 저 두 연놈은 절대 빠져나가지 못합니다."

"형님들을 저렇게 잡고 있는데 어떻게 놈들을 막아선단 말이냐?"

수하는 째진 눈을 교활하게 반짝거렸다.

"그것은 간단합니다. 그저 주공이 촌민들에게 말 한마디만 하시면 되는 겁니다. 놈들을 절대 살려서 내보내지 말라는!"

"뭣? 그럼 형님들이 위험해질 텐데?"

"외려 좋은 것 아닙니까? 위의 두 사람이 없어지면 주공께서 이 탕평촌의 촌장이 되시는 겁니다. 덤으로 지난 십 년간 밀염으로 쌓아 올린 부까지 얻으실 수 있구요."

부하의 말에 막웅은 번쩍 정신이 들었다. 왜 그 생각을 미처 못했을까.

그렇다! 두 의형이 놈들의 손에 잡힌 지금 탕평촌민들은 모두 그의 명에 따르고 있었다. 그리고 그의 의형과 의형들을 잡고 있는 연놈들의 생살여탈권까지 그가 지금 쥐고 있었다.

왜 이런 호기를 미처 깨닫지 못했을까.

양굉이나 장태나 몇십 년간 동고동락해 오긴 했으나 서로 썩 감정이 좋은 것은 아니었다.

막웅 자신도 칠대거마의 한자리에 낄 정도의 뛰어난 무공을 갖추고 있었지만 두 의형에 치여 항상 막내 노릇에 만족해야 했고, 늘 자신보다 큰 혜택이 두 의형에게 돌아갔었다. 이제 마음만 한번 돌리면 몇십 년간 아쉬웠던 모든 것은 다 사라지고 부와 명예만이 그를 기다리게 되는 것이다.

한편 최운과 연설연은 말 잘 듣는 양굉과 장태를 협박하여 얻고자 하는 정보를 다 빼내고 있었다.

둘의 설명에 따르면 철혈방의 문상 제소운이 철검대를 이곳에 끌고 왔었고, 그자들이 동료들을 생포하는 데 일익을 담당했다고 했다. 놈들은 잡힌 동료들을 끌고 떠났는데, 잡힌 사람들을 어떤 실험의 재료로 쓸 것이라고 말했고, 떠난 방향이 철혈방으로 가는 쪽은 아니라고 했다.

얻고자 하는 정보를 거의 다 얻은 최운은 막웅에게 외쳤다.

"자, 이제 여기서 볼일은 끝났소! 이제 그만 길을 비켜주시오!"

그런데 막웅은 꿈쩍도 하지 않았다.

그는 흉소를 흘리며 말했다.

"흐흐, 그렇게 못하겠다면?"

최운과 연설연은 그의 뜻밖의 반응에 놀란 표정을 지었다. 그러나 둘보다 더욱 놀란 것은 양굉과 장태였다.

"막내 이놈! 또 무슨 수작을 하려는 게냐! 당장 이분들께 길을 터주지 못할까!"

둘의 호통이 귀를 때렸지만 막웅은 흉소를 멈추지 않았다.

"흐흐. 죄송합니다, 형님들. 이놈들은 절대 밖으로 보낼 수가 없습니다. 철혈방과 저희의 거래 사실을 알았으니 이놈들이 밖에 나가서 그 소문을 퍼뜨렸다가는 저희는 끝입니다. 그걸 알고도 보낼 수야 없지요."

"이, 이놈! 네가 감히 우리를 죽이겠다는 거냐?"

막웅은 몹시 미안한 표정을 지었지만 두 의형의 말을 듣지는 않았다.

"궁수들은 시위를 겨누어라! 나도 매우 유감이지만 지금은 어쩔 수 없다! 저 두 연놈은 비밀을 봉하기 위해서 반드시 잡아야 한다!"

잠시 웅성이던 촌민들은 곧 그의 명령에 따르기 시작했다. 모두 철혈방이 두렵기는 매한가지였고, 그 두려움은 두 두목에 대한 충성심보다 훨씬 컸기 때문이었다.

언제 대기하고 있었는지 대문 쪽 외벽 위로 궁수들이 쭉 올라섰다.

모두 강전을 활시위에 팽팽히 매긴 채 마당 중앙에 서 있는 최운과 연설연, 그리고 그들에게 잡힌 채 벌벌 떨고 있는 양굉과 장태를 겨누고 있었다.

양굉과 장태가 당장 활을 내리라며 발악을 했지만 장내의 그 누구도 그들의 말에 귀를 기울이지 않았다.

막웅은 손을 번쩍 치켜들었다. 그의 손이 내려오는 동시에 화살이 발사되리란 것은 누구나 짐작할 수 있었다.

올려진 그의 손이 막 떨어지려는 순간이었다.

슈광!

"왁!"

"으악!"

갑자기 외벽 위로 금광이 번쩍이면서 벽 위에 올라서 있던 궁수들이 추풍낙엽처럼 떨어지기 시작했다.

그와 동시에 대문이 활짝 열려지면서 몇 개의 인영이 튀어 들어왔다.

선두의 인영이 팔을 구부렸다 쭉 뻗어내자 대문 근처에 몰려 있던 촌민들이 모두 오 장 밖으로 나가떨어졌다. 뒤이어 따라 들어온 두 인영이 팔과 다리를 휘두르며 전진하자 그들의 일격을 막아내는 자가 없었다.

삽시간에 대문과 마당 사이에 길이 뻥 뚫렸고, 뜻밖의 소동에 어리둥절하는 막웅을 향해 장풍을 날렸던 인영이 닥쳐들었다.

막웅은 자신의 장기인 응조권으로 인영과 맞섰지만 인영이 펼친 괴이한 금나수법에 삼 초도 못 버티고 명치를 얻어맞은 채 바닥에 엎어져 버렸다.

막웅을 쓰러뜨린 인영은 엎어진 그의 목덜미를 잡아 번쩍 일으켰다. 그리고 그의 목에 칼을 대고는 외쳤다.

"자! 마지막 남은 두목까지 잡힌 셈이군. 이제 또 두목 출마할 사람 있나? 더 없으면 모두 무기를 버려!"

최운이 그를 알아보고는 외쳤다.

"정우야! 무사했구나!"

맹정우는 씨익 웃으며 대꾸했다.

"그럼, 그깟 이무기한테 내가 어찌 될 것 같았냐?"

들이닥친 인영들은 바로 맹정우와 세 무승이었다.

이들은 밤중에 탕평촌으로 잠입했다가 촌민들이 촌장 댁의 불꽃을 보고 몰려가는 것을 보고 몰래 따라와서 지금까지의 광경을 낱낱이 지켜보고 있었다. 그러다가 최운이 위험에 빠진 것을 보고 닥쳐든 것이었다.

탕평촌민들은 마지막 명령권자였던 막웅까지 잡혀 버리자 갈피를 못 잡고 우왕좌왕하기 시작했다.

배신도 명령할 자가 있어야 할 수 있는 법이다. 최운의 협박을 받은 양굉이 다시 한 번 무기를 버리라고 호통 치자 결국 모두 무기를 내팽개칠 수밖에 없었다.

탕평촌의 항복을 받아낸 후 최운은 급하게 묻느라 못다 얻은 정보까지 다 빼냈다. 그의 예상대로 이 탕평촌은 마을이라기보다 거대한 밀염상 조직의 집합소였다.

삼대거마는 무림맹에 쫓기다가 십 년 전 이 마을에 우연히 발을 들인 후 수뇌진을 다 죽여 버리고 자신들이 그 자리를 차지했다. 그리고 나서 자신들의 무공을 밀염상들에게 전수하며 이 탕평촌을 키워 나갔다.

철혈방과는 삼대거마가 들어앉았을 때부터 거래해 왔다고 했다.

이무기를 잡아주면 생산량의 오분지 일을 주겠다고 소문을 낸 것은, 괴물 때문에 골치를 썩이다가 철혈방에게 도움을 청하기 위해 그리한 것이라고 했다.

모든 정보를 얻은 맹정우 일행은 마을을 뜨기로 작정했다.

일행은 잡아놓은 거마들을 시켜 전 촌민에게 서로서로 옆에 있는 동료를 포박하라고 명을 내렸다. 쫓아오지 못하도록 손발을 묶어놓을 작정이었다.

그러는 사이, 맹정우는 홀로 양굉을 끌고 촌장 댁 안으로 들어갔다.

양굉의 거처로 들어선 맹정우는 그에게 말했다.

"가져와."

혹시 홀로 끌려와서 죽임을 당하는 게 아닌가 싶어 겁을 먹고 있던 양굉은 눈을 동그랗게 떴다.

"예? 무슨 말씀이신지?"

"모른 척하지 말고 돈 가져오라고. 이무기를 잡아줬으니 돈은 줘야 할 것 아냐."

양굉은 소스라치게 놀랐다.

"이, 이무기를 잡았다고요?"

"그래, 내일 아침 뒷산에 올라가서 직접 눈으로 확인해 봐. 놈의 시체가 아직 있을 테니. 어쨌거나 계약을 이행했으니 청부금은 내놔야지."

　양굉은 맹정우가 당연히 거짓말을 하고 있다고 생각했다. 정예로 키운 수하 사십 명을 일거에 물어 죽인 괴물이었다. 몇 명이서 상대할 수 있는 괴물이 아니었다.

　그러나 맹정우의 말이 사실이든 아니든 그는 믿어야 할 처지였다. 목에 칼이 들어와 있는 상태에서 무슨 소릴 들어도 안 믿을 도리가 없었다. 게다가 그 칼이 대기만 해도 목이 떨어져 나가 버릴 정도의 잘 드는 칼이라면 더 더욱 열심으로 믿어야 했다.

　맹정우는 들고 있는 시커먼 칼로 시험 삼아 탁자를 슥 건드렸는데, 탁자가 두 동강이 나버렸다. 그런 다음 곧장 그 칼을 그의 목에 들이대니 양굉은 맹정우가 고양이를 호랑이라 해도 믿을 판이었다.

　양굉은 거처의 비밀 금고에서 돈을 꺼내 맹정우에게 내밀었다.

　"올해 생산량의 오분지 일입니다."

　맹정우는 코웃음을 쳤다.

　"놀고 있네. 내년에 내가 오면 니들이 내년 몫을 주겠냐? 화살을 날리고 칼을 날리겠지. 나중 몫까지 지금 다 토해네!"

　"지, 지금은 그것밖에 없는데요?"

　맹정우는 어림없다는 표정으로 말했다.

　"이게 감히 누구한테 구라를 칠려구 그래! 네가 분명 말했지. 이 액수가 올해 생산한 것의 오분지 일이라고. 그럼 나머지 오분의 사가 더 있다는 얘기 아냐? 안 그래, 그래?"

　양굉은 아차 싶었다. 정곡을 정확히 찔린 것이다. 돈을 내놓으며 오분지 일이라고 했으니 그의 지적대로 나머지 오분지 사가 더 있다고 미리 얘기를 해버린 거나 다름없었다.

　양굉은 속으로 통곡을 하면서 다른 비밀 금고에 있는 돈까지 닥닥 긁어모았고, 결국 탕평촌의 올해 밀염 농사의 결실은 한 푼도 남김없이 고스란히 맹정우의 손아귀에 쥐어졌다.

봇짐이 두둑해진 맹정우가 양굉을 끌고 마당으로 나오자 전 촌민들은 포박당한 상태가 되어 있었고, 나머지 일행들은 말을 준비시키고 있었다.

맹정우 일행은 세 거마를 끌고 탕평촌을 나섰다.

아침이 밝아올 무렵, 일행은 관청이 있는 근처 현에 들러 세 거마를 관아에 넘긴 후 다시 길을 나섰다.

"한시라도 빨리 동료들을 잡아간 놈들을 따라잡아야 해. 실험의 재료로 쓴다 했는데 왠지 감이 좋지 않아."

최운의 말이었다. 일행은 탕평촌에서 가르쳐 준 대로 무작정 북쪽 길로 달리고 있었다.

"이대로 계속 달릴 수는 없잖아요? 감숙성까지 갈 것도 아니고. 놈들이 갈 만한 곳을 찾아야지요."

이비향의 말에 모두 고개를 끄덕이면서도 대꾸를 하는 사람은 없었다.

철혈방의 무사들이 과연 어디로 갔을까.

철혈방 총단은 성도부에 있었지만 철혈방의 분타는 천하에 산개해 있었다. 거기를 몽땅 다 헤집고 다닐 수도 없는 노릇이었다.

"실험이라고 했지?"

맹정우는 곰곰이 생각했다. 사람을 가지고 하는 실험이라면 분명 떳떳이 할 수 있는 행위는 아니었다. 그렇다면 발각되기 쉬운 분타 같은 곳에서 할 리는 없었다.

'그렇다면……!'

그 자신이 철혈방과 마주친 적은 딱 한 번 있었다. 그 장소는 매우 은밀하고 아무도 예상치 못했던 곳이었다.

"중경으로 가지!"

맹정우의 말에 모두 눈을 크게 떴다.

"중경에 뭐가 있나요?"

이비향의 말에 맹정우는 고개를 힘차게 끄덕였다.

"중경 북쪽에 뭔가 있소, 아주 수상한 무언가가!"

맹정우는 자신만만하게 앞장서 나갔다.

일행을 태운 여섯 필의 말은 힘차게 초원을 질주하며 북쪽을 향해 내달렸다.

『영웅탄생』 5권에서…